Riskanter Familienurlaub

Samantha Mary Lynn

Bibliografische Information der Deutschen Nationalbibliothek:
Die Deutsche Nationalbibliothek verzeichnet diese Publikation in der
Deutschen Nationalbibliografie; detaillierte bibliografische Daten sind
im Internet über http://dnb.dnb.de abrufbar.

© 2023 **coor**text -Verlag, Altheim

Buchcover: Germencreative
Druck: epubli – ein Service der neopubli GmbH, Berlin

Riskanter Familienurlaub

Vorwort

Familie kann so schön sein. Und dennoch gibt es auch diese herausfordernden Momente. Probleme über Probleme und man sieht das Gute an der Familie nicht mehr.

So ging es mir. Ich liebte meine Familie, aber manchmal wollte ich sie alle auf den Mond schießen. Dann gab es wieder die Momente, in denen ich froh war, nicht allein zu sein. Zum Beispiel an Feiertagen. Innerlich war ich ständig hin- und hergerissen zwischen meinen Gefühlen.

Ich heiße Samantha, meine Freundinnen nennen mich „Sammy", meine Kinder „Mama" und mein Mann „Schatziiiiii!" Dies ist ein Stück meiner Lebensgeschichte. Ich bin die Mutter von vielen Kindern und kenne keine Einsamkeit. Manchmal möchte ich gerne allein sein, nur für einige Tage, um mal meine Bedürfnisse zu erfüllen.

Dennoch bin ich froh, dass ich nicht ganz allein lebe, denn ich bin nun mal ein Familienmensch. Stets umgeben von einer Großfamilie, die reichlich Krach macht und die sich im Hotel Mama immer noch wohl fühlt.

Eigentlich könnte ich sehr glücklich sein, wären da nicht die vielen kleinen Auseinandersetzungen. Warum ist es nicht möglich, dass alle Familienmitglieder liebevoll miteinander umgehen, sich in ihrer Verschiedenheit gegenseitig ergänzen und eigene Wünsche zum Wohle der Anderen zurückstecken?

Das wäre der Himmel auf Erden! Aber obwohl ich von meinem Jüngsten einmal naiv genannt wurde, wusste ich, wie Familien wirklich funktionieren. Oft war ich diejenige, die zurücksteckte und versuchte, alle Bedürfnisse zu erfüllen, außer meinen eigenen.

Daher war ich häufig antriebslos, frustriert oder mir fehlte der Hoffnungsstreifen am Horizont. Gerade in den Jahren, als sich meine Jugendlichen in ihre Zimmer verkrümelten und Schilder an die Tür hingen mit der Aufschrift: „Zutritt für Eltern verboten!"

Ich fühlte mich abgemeldet und das belastete mich am Meisten.

Doch es sollte noch dicker kommen.

Ich war so sehr im Geschäft Familie eingespannt, dass ich dachte, ich hätte schon alles erlebt und nichts könnte mich mehr überraschen. Aber dann kam dieser gefährliche Sommerurlaub, der ganz andere Herausforderungen brachte. Zu siebt fuhren wir nach Kroatien, fünf Erwachsene und zwei Kleinkinder.

Das Wetter war mies, es regnete fast ununterbrochen, durch das Mobilheim krochen die Ameisen und die beiden Kleinen waren kaum zu bändigen. Als wäre das noch nicht genug, wurde ich von Kriminellen bedrängt, entführt und bedroht. Nie wusste ich, wem ich trauen konnte.

Außer meiner Familie, die selbstverständlich auf meiner Seite war. Aber was konnte sie ausrichten? Wir waren in einem fremden Land, verstanden die Sprache nicht und hatten kein Geld mehr zur Verfügung.

Hier war eine große Portion Optimismus gefragt!

Wie alles begann

Mit 19 Jahren hatte ich an Familienplanung noch keinen Gedanken verschwendet. Ich wollte zwar einen Mann haben, so ein Musterstück, das mich auf den Händen trägt, aber keine Kinder.
»Kinder sind laut, ungehorsam und machen eine Menge Dreck!« Das waren meine Erfahrungen als ehemalige Babysitterin.
Auf den Stress hatte ich keine Lust. Ich wollte mein Leben genießen und vieles nachholen, was mir als Kind armer Eltern versagt geblieben war. So war ich niemals mit der Familie im Urlaub gewesen, ich kannte weder Spanien, Italien, Frankreich, Österreich noch die deutsche See. Ich träumte in jedem Sommer von gewaltigen Berggipfeln und dem tosenden Meer, von Palmen und Hotelklötzen. All das, was ich im Fernsehen bestaunen konnte, wollte ich mit eigenen Augen sehen und mit meinen Händen befühlen.
In Armut geboren und aufgewachsen fehlten mir auch in den kommenden Jahren die Ressourcen, um mein Leben zu verbessern. Doch das Fernweh und die Abenteuerlust trieben mich an. Ich träumte davon, mich aus einem Hubschrauber über dem Dschungel abzuseilen und dann ganz allein durchzuschlagen. Es wurde Zeit, eigenes Geld zu verdienen.
Mit 19 Jahren hatte ich meine einfache Ausbildung beendet und alles Geld gespart, das ich locker machen konnte. Dann ging ich in ein Reisebüro (es gab damals noch kein Internet!) und wählte die günstigste Fernreise aus, die es gab.

Das waren zwei Wochen Urlaub im 3-Sterne-Hotel in Calafell, einem kleinen Fischerort an der Costa Dorada mit Halbpension und Fahrt im Reisebus für 800,-- Deutsche Mark.

Ich war überglücklich. Zwei Wochen Sonne, Strand und Meer. Mein langgehegter Traum würde endlich in Erfüllung gehen. Jung, frei und völlig unbesorgt startete ich mit nur wenig Taschengeld, einem einzigen Bikini und zwei Sommerkleidern. Aber was machte das aus? Ich fuhr nach Spanien!

Ich wusste gar nicht, was auf mich zukommen würde. Wie sollte ich mich in einem Hotel benehmen oder wie konnte ich Geld umtauschen? Meine Spanisch-Kenntnisse beschränkten sich auch nur auf »gracias« und »Dove el omnibus a Tarragona?«.

Glückliche Jugend!

In diesem Urlaub erlebte ich die wunderbarste Zeit meines ganzen Lebens. Ich ging am Strand spazieren, ließ meine Füße vom Meer umspülen, lief durch die Sonne mit einem Eis in der Hand oder saß am Hotelpool und trank Sangria. Völlig mit mir zufrieden war ich nicht auf der Suche nach einem Freund und stellte dennoch fest, dass sich mehrere Männer für mich interessierten.

Das war ein zusätzlicher Bonus. Plötzlich war ich für das andere Geschlecht interessant geworden. Ich wünschte mir, dass mein Leben fortan genauso weiterlaufen sollte: jung, schön, begehrt und glücklich.

Mehrmals im Jahr wünschte ich mir Spaß und Entspannung in südlichen Gefilden, um meinen starken Freiheitsdrang kompromisslos auszuleben.

Stattdessen gründete ich mit 24 Jahren eine Familie, suchte täglich Pfandflaschen, ausgeliehene Bücher, Schulhefte und Stifte und lebte von der Hand in den Mund.

Ich tat das, was ich eigentlich niemals tun wollte. Und ich landete dort, wo ich niemals sein wollte. Nämlich wieder in einer Familie, in der das Geld super knapp war.

Ich wählte die große Liebe und vervielfältigte sie. Tag für Tag umsorgte ich meine Kinder, bis sie alt genug waren, um eigene Entscheidungen zu treffen. Erst danach bemerkte ich die Identitätskrise, in der ich steckte. Ich war 45 Jahre alt und schrieb an meiner Biografie.

Damals wusste ich nicht mehr, wer ich war. Als Mutter hatte ich mich total verausgabt, natürlich auch Fehler gemacht, aber stets alles gegeben, was ich zu geben hatte. Doch nun wurde ich nicht mehr benötigt. Und was ich noch mit meinem Leben anfangen wollte, das wusste ich noch nicht. Ich war ratlos und planlos.

Ich hatte Fragen über Fragen und mir fehlten die Antworten. Also ging ich Stück für Stück in meinem Leben zurück, forschte nach Anhaltspunkten und begann, meine Vergangenheit aufzuarbeiten. Alles angeregt durch mein Schreiben. Ich wollte wissen, wer ich wirklich war und was mich antrieb. Ich tat diese persönliche Bestandsaufnahme weinend, selbstkritisch und ehrlich, weil ich auf der Suche nach der Wahrheit war.

Wie konnte es geschehen, dass mein Mut, meine Abenteuerlust und mein Vertrauen in mich selbst auf der Strecke geblieben waren? Einst kannte ich keine Vorsicht. Ich warf mich mitten ins Leben hinein, ohne Rücksicht auf Verluste. Hatte ich meine persönliche Integrität im bewegten Familienalltag verloren? Oder war ich einfach nur reifer geworden? Das war die große Frage.

Es folgte eine Sinnsuche, die monatelang anhielt. Ich betrachtete mein Leben und kam zu dem Schluss, dass es an der Zeit war, einiges zu ändern. Ich musste mich wieder selbst finden und auch mal daran denken, meine Wünsche zu verwirklichen, bevor es zu spät war.

Es tat mir nicht leid, dass ich mich für meine Familie 20 Jahre lang aufgeopfert hatte. Das war aus echter, tiefer Liebe heraus geschehen. Meine Kinder wuchsen zu starken Persönlichkeiten heran, die furchtlos ihren Weg gehen. Mehr konnte ich ihnen nicht mitgeben und damit war mein Job als Mutter erst einmal erledigt.

Nun sollte es wieder um mich gehen. Um die Freiheit, eigene Hobbys auszuprobieren, neue Freunde zu finden, einen Verein zu gründen oder soziale Projekte ins Leben zu rufen, was immer mir auch einfiel.

Es wurde Zeit, wieder neu ungezwungen und integer zu handeln!

Doch diese späte Selbstfindung wurde mir nicht leicht gemacht. Da war zum Beispiel mein Ehemann, der rein gar nichts verändern wollte und den ich erst mal überzeugen musste, dass man mich wieder auf diese Welt loslassen konnte. Es war Zeit, wieder die spontane, lustige, etwas verrückte Sammy zu werden, die ich in den Jahren verloren hatte.

Höre ich da Töne von Bitterkeit?

Nur ganz leicht!

Johannes und ich, wir hatten eine gute Zeit miteinander, bis die Kinder in die Pubertät kamen. Dann konnte man wirklich verzweifeln, denn plötzlich stand unsere Welt auf dem Kopf. Die lieben Kleinen verzogen sich in ihre Zimmer und kreischten ständig: »Tür zu, wir wollen nicht gestört werden!«

Mein Traummann war zu dieser Zeit müde geworden. Wollte ich etwas unternehmen, dann hatte er keinen Bock darauf. Mit Antworten wie »Das geht nicht!« oder »Können wir uns nicht leisten!« oder der Klassiker »Ist gar nicht möglich!« kam er nicht lange bei mir durch.

Wenn ich da an die IT'ler dachte, mit denen ich mal zusammengearbeitet hatte, dann durfte man den Satz »Das geht nicht!« gar nicht in den Mund nehmen. Die Informationstechniker waren der Meinung, dass es bis dato nur noch keiner versucht hatte.

Also hinterfragte ich die Antworten meines Gatten: »Was ist das Problem, warum soll das nicht möglich sein?« Und ganz schnell wird klar: »Geht schon, wenn man will!«

Auch seine Aufmerksamkeitsspanne mir gegenüber war beträchtlich geschrumpft. Beim gemeinsamen Frühstück redeten wir entweder über Geld, die Probleme der Kinder, wir schwiegen uns an oder er checkte ständig sein Handy.

Der Ehe-Alltag gab mir zu dieser Zeit keine Bestätigung mehr. Ich fühlte mich im Gegenteil ständig entkräftet durch viele kleine zwischenmenschliche Konflikte.

Ich dachte an den tollen Typen zurück, den ich in Spanien kennenlernte und der mich und nur mich haben wollte. Waren das schon unsere guten Jahre gewesen?

Als ich zu jener Zeit mit meinem Bus in dem kleinen Fischerort an der Costa Dorada angekommen war und nur an den Strand dachte, da stand Johannes schon in der

Lobby und sah mich interessiert an. Wen wunderte es, dass er beim Abendessen bereits an meinem Tisch saß? Und es wäre sicherlich beim gepflegten Smalltalk geblieben, wenn mir nicht der Nachtisch vom Teller gerutscht wäre.

Die Blamage war gewaltig. Alle Leute im Speiseraum sahen auf die glitschige Dosenfrucht, die auf dem Tischtuch lag und warteten auf meine Reaktion. Es war mucksmäuschenstill und man konnte eine Nadel fallen hören. Ich sah überhaupt keinen Anlass, mich peinlich berührt zu fühlen und lachte laut los.

Sofort widmeten sich die anderen Besucher wieder ihren Tellern, während ich kaum aufhören konnte, zu lachen.

Johannes lächelte sympathisch und beugte sich zu mir. Er legte die Dosenfrucht zurück auf meinen Teller und zerkleinerte sie mit den Worten: »Komm, ich helfe Dir mal!«

Später, als wir gemeinsam zum Strandcafé bummelten, den ersten abendlichen Sonnenuntergang genossen und intensive Blicke tauschten, da gestand er mir: »Dein Lachen hat mir so gut gefallen!«

Stundenlang konnte er erzählen und sehr, sehr lange konnte er mir zuhören. Alles, was ich sagte, war ihm wichtig. Jeden Wunsch las er mir von den Lippen ab. Wenn ich Appetit auf gebratene Hähnchen hatte, dann fuhr er mit dem Rad kilometerweit zum nächsten Grillstand. Alles war möglich und nichts war zu viel.

Seine Bereitschaft, mich zu lieben, war überdimensional.

Wir heirateten und das erste Kind machte sich bald bemerkbar. Ich kündigte meinen Job, denn für dieses kleine Wesen wollte ich mir alle Zeit der Welt nehmen.

In diesem Sinne waren wir uns einig. Unsere Familie war das Wichtigste für uns und täglich erkannte ich, wie gut wir uns ergänzten.

Sobald mein Mann abends nach Hause kam und sein «Hallo Familie!» ertönte, ging er zielstrebig in die Küche, um die Spülmaschine einzuräumen. Dann sammelte er im Nu das herumliegende Spielzeug in eine Kiste und fragte erst danach: »Was gibt es zum Abendessen?«.

Sogar Erbrochenes konnte Johannes ohne Würge-Reiz aufwischen, was mir so gar nicht gelang.

Da ich den ganzen Tag mit den Kindern verbrachte, stimmten wir uns ab, dass mein Mann die Abendbelustigung übernehmen sollte. Ich ging in die Sprachenschule und lernte Spanisch, auch mal Italienisch und etwas Französisch, um für alle gemeinsamen Urlaube gerüstet zu sein. Mein Mann ging währenddessen mit den Kleinen zu McDonalds, wo sie im Spielbereich tobten.

Ich fühlte mich während dieser Zeit geliebt und umsorgt, meine Tätigkeiten als Familienmanagerin waren anerkannt und obwohl die Nächte oft recht kurz waren, schöpfte ich die Kraft für den Alltag aus der Liebe zu meiner Familie und aus meinen persönlichen Aktivitäten.

Das Einzige, was uns als junge Eltern belastete, war das fehlende Geld. Mit nur einem Verdienst mussten wir den Gürtel sehr eng schnallen. Ich kochte gesund, mit wenig Fleisch und viel Gemüse und verlängerte jedes Hauptgericht um eine Menge Soße. So kamen wir zu sechst mit einem Pfund Hackfleisch zurecht. Manchmal aßen wir nur Reis mit Erbsen oder knusprige Bratkartoffeln, aber wir waren glücklich.

Wir liebten uns und jedes Mal, wenn ein Kleinkind strahlend auf uns zugerannt kam, zog es unser Herz zusammen und wir wollten ein weiteres Baby haben.

Das ging so weit, bis ich mir eines Tages verbot, kleine Kinder überhaupt anzusehen. Damit zog ich den Schluss-Strich. Wir hatten mit unserer Bande wirklich genug zu tun und es gab Tage, die mehr als stressig, hektisch und arbeitsintensiv waren, so dass ich mich oft überlastet fühlte.

Zu dieser Zeit las ich alles, was es an hilfreichen Fachbüchern gab. Zeitmanagement, Psychologie, Erziehungsratgeber und ich behielt nur das, was unseren Alltag überstand. Mit vielen guten Ratschlägen vereinfachte ich unser Leben. Von Montag bis Freitag standen sowieso Kindergarten und Schule auf der Tagesordnung, Elternabende, tägliche Spielplatz-Zeiten und feste Ruhephasen. Den Samstag wollten wir als Familie richtig feiern. Das begann mit dem Kuscheln im großen Familienbett, in dem wir alle übereinander lagen, kreuz und quer. Das war sehr lustig und wenn ich etwas vermisse, dann diese gemütliche Zeit am Samstagmorgen.

Wurden die lieben Kleinen dann nach einiger Zeit hungrig, bereitete ich ein grandioses Frühstück zu. Den morgendlichen Kakao und für die Milchverächter den Saft, Brötchen und alles, was dazugehörte. Ein besonderes Highlight war, wenn Papa frische Wurst beim Metzger holte und jeweils ein Kind ihn begleiten durfte.

Auch wenn täglich ein Becher umfiel und sich der Saft über den ganzen Tisch ergoss, so haben wir an diese Zeit nur schöne Erinnerungen. Wir sparten die ganze Woche

für unseren Erlebnis-Samstag. Denn nach dem Super-Frühstück gab es einen grandiosen Ausflug.
Wir waren in jedem Tierpark der Umgebung und kannten alle Freizeiteinrichtungen und Schwimmbäder. Wohin wir auch fuhren, es war allezeit schön. Ich denke gerne an einen Zoo-Besuch zurück, bei dem ein Pony genüsslich begann, meinen langen, dunkelgrünen Rock zu verspeisen. Ich begutachtete den Riss und warf in die Runde: »So kann ich doch nicht rumlaufen!«, als der dreijährige Alex mir aus vollem Herzen seine Zoo-Aufkleber reichte, die er gerade erst am Eingang geschenkt bekommen hatte. »Da Mama, kannst du es wieder kleben!«
Hunderte solcher Geschichten werden immer wieder hervorgekramt und erzählt.
Es ist unsere Geschichte!
Das Leben einer Familie, die füreinander da war, sich gegenseitig ergänzte und die mit den unterschiedlichen Charakterzügen, Ansichten und Meinungen umgehen konnte.
Einer für alle und alle für einen! Die gute alte Musketier-Praxis, so stellte ich mir Familien vor und das war unser Leben.
Sonntags besuchten wir den Gottesdienst. In der Kinderstunde konnte ich meine Kleinen für einige Zeit abgeben, so dass mal andere für den Spaß sorgen mussten. Das war wunderbar, doch bald wurde ich in die Arbeit integriert und zur Gruppen-Leiterin ausgebildet. Fachkräfte waren rar und ich stellte bereits eine große Kinderschar. Es blieb mir nichts anderes übrig, ich musste auch hier mitarbeiten und tat mein Bestes.

Selbst im Beten wurde ich stark. Es war mir schon immer ein Anliegen, meine Kinder zu beschützen, doch da ich selbst so klein und unbedeutend war, befahl ich sie dem Schutz des Höchsten an.

Das war auch kurz vor knapp.

Wenn ich an die Geschichte mit Mathilda denke, dann bekomme ich heute noch Gänsehaut. Meine Tochter ging in die Grundschule und war angeblich im Schulbus die Rädelsführerin für starken Lärm gewesen. Nun, das ließ sich hinterher schlecht feststellen, da alle Zeugen anderer Meinung waren. Aber leider wurde meine Tochter vom Busfahrer hinausgeworfen und verlief sich auf dem Heimweg.

Die Zeit war schon fortgeschritten und Mathilda war noch nicht zu Hause angekommen. Ich überlegte gerade, ob ich mit den Kleinen zur Schulbus-Haltestelle laufen sollte, da klingelte das Telefon. Eine fremde Frau fragte: »Sind Sie die Mutter von Mathilda? Sie hat mir Ihre Telefonnummer gegeben!« Mir fiel ein Stein vom Herzen.

Als ich meine Tochter abholte, saß sie vergnügt am Tisch in einer Gaststätte und trank Fanta. Die nette Dame, die sie aufgelesen hatte, wollte nicht mal meinen Dank haben. Sie betonte: »Es war eine Selbstverständlichkeit. Alle Mütter hätten so gehandelt!«

Neben Sorgen gab es auch einige Unfälle. Die sechsjährige Nele war dafür bestens geeignet. Sie hatte ein neues Sprungseil erhalten und sollte es vor dem Haus testen. Da sie nicht bis unten warten wollte, hopste sie bereits im Treppenhaus herum. Es tat einen mächtigen Schlag, als die schwere Lampe von der Decke fiel und auf Neles

Kopf traf. Ich packte mein Kind und fuhr zum Kinderarzt.

Doch auch in dieser Situation war nichts Schlimmes passiert. Wir sollten darauf achten, dass Nele sich einige Tage ruhiger benahm als üblich, das war schon schwer für uns. Nele konnte man nicht ruhigstellen. Sie war so neugierig und aktiv, probierte auch alles aus, was ihr in den Sinn kam. Oft hatte ich Bedenken, dass sie ihre eigene Kindheit nicht überleben würde.

Unser Kinderarzt war ein Glücksgriff und immer für uns da. Auch wenn meine Anrufe manchmal sonderbar waren: »Meine Tochter hat in die weihnachtliche Beleuchtungskette gebissen. Kann da etwas passieren?« Ja, sie haben manchmal komische Sachen gemacht, die lieben Kleinen. *Ich habe keine Ahnung, wo sie das herhaben.* Und sicherlich hat man in der Arztpraxis auch hin und wieder über uns geschmunzelt. Dennoch wurde ich gelobt, wenn ich den Kleinen im Wartezimmer jedes vorhandene Buch vorlas. Wenn es nötig war, stundenlang und mit den unterschiedlichsten Stimmen. »So wird Sprache gebildet, das machen Sie sehr gut!«

Wir hatten die ganze Kinderzeit hindurch einen herzlichen Kontakt zu diesem Arzt, der mich unterstützte, indem ich Sammeltermine bekam, wenn alle Kinder krank waren und sogar einen Geschwister-Bonus auf Kindergarten-Atteste.

Neben Sorgen und Unfällen gab es aber auch die Dinge, über die wir noch lange lachen konnten.

Während ich mittags mal kurz eingenickt war, büxte Alex als Zweijähriger aus. Er stand in Unterhosen mitten auf dem Weg vor unserem Haus, sperrte mit seinen aus-

gestreckten Armen den Durchgang ab und rief fröhlich lachend: »Ich lass hier keinen durch!«
Die Nachbarn klingelten Sturm. »Was denn?«, lachte Alex. »Ich spiel doch nur Polizei!«
Ach, hätte ich doch damals ein Foto gemacht. Diese niedlichen Sachen gerieten sehr schnell in Vergessenheit.
Obwohl ich mich heute oft frage, wo die Zeit geblieben ist, so weiß ich doch, dass wir damals sehr glücklich waren. Tausend Dinge hätten schiefgehen können, das war mir bewusst. Und ich war meinem Gott von Herzen dankbar, dass nichts Schlimmes passierte. Ich betete jedes Mal um himmlischen Schutz, bevor ich aus dem Haus ging, weil Nele stets in die eine Richtung lief und Vince, der Kleinste, in die entgegengesetzte. Ich wusste gar nicht, wem ich zuerst hinterherlaufen sollte.
Auch wir Eltern haben Fehler gemacht, das blieb leider gar nicht aus. Doch fast alle Kinder sind zufrieden mit ihrer Kindheit. Dieses Gespräch ergab sich eines Tages, als wir mit unseren jungen Erwachsenen gemütlich am großen Esstisch saßen.
Mathilda konnte es nicht nachvollziehen, warum ich nicht arbeiten gegangen war. Ihr fehlten tolle Kleider und Schuhe und ein ordentliches Taschengeld. Auch die ständigen Bratkartoffeln, unseren Familienbus oder die einfachen Zelt-Urlaube, die fand sie gar nicht gut.
Unser Sohn Alex, der drei Jahre nach Mathilda geboren wurde, liebte unsere Ausflüge und Urlaube. Er möchte es bei seinen Kindern genauso machen. Schöne Kleider und viel Geld waren seiner Meinung nach für ein Kind nicht notwendig.

Nele, die wiederum drei Jahre nach Alex geboren wurde und die eigentlich der ersehnte Bruder werden sollte, war ebenfalls mit der Familiensituation zufrieden. Sie liebte es, zwischen den Jungs aufzuwachsen und mit ihnen Blödsinn zu machen.

Vince, der Jüngste, ein Jahr nach Nele geboren und als Baby ein Schrei-Kind, meinte, ihm hätte als Kind nur ein Handy gefehlt, sonst war er ganz zufrieden. Außer, dass man bei uns nicht von Erziehung sprechen konnte, er hätte sich komplett selbst erzogen.

Dass wir daraufhin alle gelacht hatten, scheint klar.

Die Sache mit Mathilda schmerzte mich jedoch sehr. Doch ich wusste nicht, wo ich zu dieser arbeitsintensiven Zeit noch einen Job hätte unterbringen sollen.

Darüber hinaus war ich selbst nicht wohlhabend aufgewachsen und mein Mann auch nicht. Sein Vater war früh gestorben und die Mutter musste vier Kinder allein erziehen. Johannes und ich, wir konnten sparen, aber dennoch war unsere Kindheit glücklich.

Ich war ein Dorf-Kind und spielte mit allem, was ich draußen fand. Kein hoher Baum war vor mir sicher und jede Dummheit, die man sich vorstellen konnte, artete zur Mutprobe aus. Überlebensqualitäten wurden gefordert, wenn wir reißende Bäche überquerten oder Festungen verteidigten. Ich war stets die Anführerin einer Kinderschar und dachte mir die spannendsten Spiele aus. Mit einem Mindestmaß an Materialien konnte ich tolle Dinge tun. Zum Beispiel Papierschiffchen basteln und diese in einer großen Pfütze schwimmen lassen. So etwas kam bei uns zum Einsatz, wenn es tagelang regnete. Meist dauerte es nicht lange und die Kleinen saßen mit den Regenhosen direkt in der Pfütze und spielten mit den Schiffchen.

„Krokodile fangen" war auch so ein Spiel für strömenden Regen. Dann pirschten wir uns durch den Urwald (ein Waldstück in der Nähe) und schlugen mit unseren Stöcken auf jeden Krokodil-Arm ein, der sich vorwitzig aus dem Gebüsch heraus schlängelte. Danach ging es in die warme Badewanne und anschließend gab es heiße Schokolade und Kekse.

Was sollte man sonst tun, wenn es tagelang regnete und die Kinder nervten? Ober wenn man in den Ferien nicht wegfahren konnte, weil das Geld fehlte? »Macht doch auf Balkonien Urlaub!«, empfahl uns meine Schwiegermutter. »Da ist es auch schön!«

Hat schon mal jemand mit vier kleinen gelangweilten Kindern auf einem Balkon gesessen?

Nein, wir waren bei jeder Gelegenheit draußen, das war zehnmal angenehmer. Bereits Anfang März eines jeden Jahres aßen wir im Freien und selbst an Silvester wurde noch gegrillt. Für die Zeit im Grünen dachte ich mir interessante Spiele aus, voller Spaß und Fantasie.

Auf einem kargen Spielplatz spielten wir *fangen* und ich jagte die Kinder umher, auch der Fuchs geht herum war mit unserer Menge an Leuten möglich und Verstecken war sowieso der Knaller.

Für Geschichten habe ich meine Kinder früh begeistert. Jeden Abend wurde vorgelesen, bis sie selbst lesen konnten. Spannende Detektiv-Geschichten, die Geheimnis- und die Abenteuer-Serie. Alles, was es an guter Kinderliteratur gab. Ich hatte stundenlang an ihrem Bett gesessen und gesungen, wenn sie nicht einschlafen konnten,

Bauchweh hatten oder sonstige Sorgen. Papa hatte sich sogar eine neue Geschichten-Reihe ausgedacht, die bei langweiligen Autofahrten zum Einsatz kam.
Wir liebten uns und die Familie ergänzte sich. Auch die Geschwister verstanden sich untereinander recht gut. Tagsüber wurde zusammen gespielt und abends räumten die Kinder oft alle Matratzen aus den Betten, um gemeinsam darauf zu schlafen.
Es sollte immer so sein. Ich wollte schon ein Loblied auf die Familie singen, als sich ganz plötzlich, fast über Nacht der Wind änderte. Er wehte uns entgegen und versuchte, uns wegzupusten. Wir Eltern standen da und verstanden gar nichts.
Unsere geliebten Kinder begannen, gegen uns zu kämpfen, je nach Temperament in unterschiedlicher Stärke. Gemeinsam boten sie ein starkes Bollwerk.
Die Pubertät! Die lieben Kleinen hatten sich viel zu schnell zu kratzbürstigen Jugendlichen entwickelt und zickten uns bei jeder Gelegenheit an.
Ab dieser Zeit gab es nur noch wenig Harmonie in unseren Räumen. Schon beim gemeinsamen Essen ging es los mit endlosen Diskussionen, immerwährenden Streitgesprächen und dem lästigen Herumhacken auf ein und demselben Thema.
Wehe, man sagte etwas über die Freunde von Nele, dann schrie sie los: »So darfst du nicht über meine Freunde reden!« Oder mein Mann versuchte mal wieder, altmodische Weisheiten anzubringen, die er als Kind gelernt hatte. Dann begann die ganze Tischgesellschaft zu lachen. »Warst du schon dabei, als Noah die Arche baute?«

Mein Mann wurde respektlos behandelt, das hatte er nicht verdient. Dem ungeachtet erkannte er nicht, dass Benimm-Vorschriften im Moment nicht ankamen. Als er dann noch versuchte, die Ausgehzeiten einzugrenzen, gab es einen kräftigen Gegenwind. »Warum soll ich schon um 22.00 Uhr zuhause sein, während alle anderen noch feiern?« Dieses Geschrei hatten wir jeden Freitagabend.

Statt etwas nachzugeben, setzte Papa auf stur. »Du bist pünktlich um 22 Uhr draußen, sonst klingel ich bei den Leuten!«

Das war natürlich eine Kampfansage und seitdem hatte Johannes nichts mehr zu lachen. Es war unmöglich, ihn zu einem Kompromiss zu bewegen. Er wankte keinen Millimeter von seiner neuen Linie ab und verspielte dabei viele Sympathien.

Zwischen Papa und den Kindern wurde gekämpft, wie in einer Arena und immer ging es um die gleichen Themen: Ausgehzeiten oder Geld. Vor allem Mathilda konnte so wütend werden, dass die Türen fast aus den Angeln fielen. Die armen Nachbarn taten mir ständig leid.

Ich hasste diese wöchentlich wiederkehrenden lautstarken Diskussionen und konnte mich noch gut daran erinnern, wie ich mit 14 Jahren in unsere Dorfdisko gegangen war. Natürlich war ich damals noch viel zu jung dafür gewesen und man hätte mich auch nicht hineinlassen dürfen. Ich mogelte mich jedes Mal durch und fühlte mich gut dabei. Meine Eltern warnten mich vor Gefahren, hielten mich aber nie mit Verboten ab. Und ich hatte genug Verstand, um die wirklich gefährlichen Dinge nicht zu tun, zum Beispiel Drogen zu nehmen oder bei

fremden Männern ins Auto zu steigen. Manchmal war ich am Wochenende sogar früh wieder zurück, wenn so gar nichts in der Disko los war.
Schließlich hatte ich bei einem meiner abendlichen Ausflüge in der nahen Stadt eine Teestube gefunden, in der man mir den christlichen Glauben nahebrachte. Es war so eine Art Studententreff und einer meiner Freunde hatte ihn mir empfohlen. Wir saßen auf Matratzen, tranken Tee, aßen Schmalzbrote und hörten von einem liebenden Gott, der sich für interessiert. Das hatte ich bis dahin noch nie gehört.
Ich hätte diesen freundlichen Gott nicht finden können, hätte ich um 22.00 Uhr zuhause sein müssen. Nein, es war stets kurz vor Mitternacht, als ich mit dem letzten Stadtbus ins Nachbardorf fuhr und die dunkle Landstraße allein nach Hause lief.
Auch Johannes war in seiner Jugendzeit abends unterwegs gewesen, deshalb verstand ich seine Sturheit nicht. „Ich kann erst schlafen, wenn alle Kinder zuhause sind!" Klar, das Problem haben alle Eltern, müssen deshalb die Kinder aufs Erwachsenwerden verzichten?
Ich stand Tag für Tag mittendrin im Chaos und versuchte, zu vermitteln. Den Schrei meiner Kinder nach Freiheit und Selbstbestimmung konnte ich gut verstehen, ich war ja genauso gestrickt. Dennoch konnte ich meinem Mann nicht in den Rücken fallen. Ich versuchte so lange beruhigend zwischen den Fronten auszugleichen, bis mir mein Mann vorwarf, ein »Tauchsieder« zu sein, der sich in alles einmischt.
Das war wirklich die Höhe!

Ich sollte an seiner Seite stehen und zu ihm halten in einem aussichtslosen Kampf? Und dann nannte Johannes meine Versuche, allen gerecht zu werden, Einmischung?

Seit dieser Zeit ließ ich meinen lieben Mann seine Kämpfe allein austragen und leider stand er seitdem auch ziemlich isoliert da.
Mir blieb nur die Rolle der Zuschauerin und wenn es besonders ernst wurde, ging ich dazwischen. Den Kindern riet ich, das Problem zu umschiffen, bei Freunden zu übernachten und dann mit ihnen auszugehen.
Während dieser schwierigen Jahre hatte ich keinen Spaß mehr an der Familie. Ich dachte auch, es würde nie wieder besser werden. Ich litt darunter, dass täglich die Fetzen flogen und unser harmonisches Familienleben immer mehr verschwand.
Unsere Wohnung kam mir vor wie ein Minenfeld, auf dem unzählige Kämpfe tobten und kleine Feuer immer wieder aufflammten.
Das war der Zeitpunkt, wo ich mich gefühlsmäßig ständig erschöpft fühlte. Es stresste mich mehr, zwischen den Kampfteilnehmern zu stehen, als die schlaflosen Nächte, die man mit Babys hatte.
Nur aus diesem Grund freute ich mich bereits auf die Zeit, wenn die Kinder das Elternhaus verließen.

Mein Streben nach innerer Freiheit

Als die Kinder in die Pubertät kamen, schnell nacheinander, begann ich, mein Leben infrage zu stellen. Es war die Zeit, als ich nur noch Zerwürfnisse sah und nicht weiterwusste. Es waren die vielen Streitereien, die sich in unserer Familie entwickelten, die mir täglich die Kraft raubten. Es waren auch negative Verhaltensmuster, die mir Tag für Tag immer wieder begegneten.

Ich begann meine Autobiographie zu schreiben, weil ich viel freie Zeit hatte und mir danach war, jemandem meine Gefühle zu erklären. Das Schreiben erleichterte mich und ich schrieb mir alles von der Seele, doch es warf auch neue Fragen auf, die ich noch nicht beantworten konnte. Etwa: »Warum machen mich Konflikte fertig?«, »wie sehr habe ich mich verändert?« oder »warum ließ ich mich im Berufsleben unterdrücken?« Ich durchforstete mein Leben und meine Erfahrungen, bis ich Antworten hatte.

Mit einem Mal hatte ich einen schriftlichen Überblick über mein Leben in der Hand, der viele meiner Gefühle und Handlungen verdeutlichte. Ich sah auch die falschen Entscheidungen in meinem Leben und sagte zu mir selbst: »Das kann es doch nicht gewesen sein, dass der Kontakt zu meinen Kindern so abbricht!« Ich geriet in einen Zwischenstand, eine Neufindungs-Phase und stellte mir vor, wie ein selbstbestimmtes glückliches Leben für mich und meine Kinder aussehen könnte.

Mit welcher Leidenschaft könnte ich meine Ideen verwirklichen, wenn die Feuerlöscher der Familie sie nicht gleich im Keim ersticken würden? Und wie geliebt würde ich mich fühlen, wenn ich nicht ständig kritisiert werden würde?

Als ob das nicht genug wäre, drang in dieser schwierigen Lebensphase auch noch meine schriftstellerische Gabe ans Licht. Zwar noch nicht ausgeprägt, aber sie wollte betätigt werden. Bis zu diesem Zeitpunkt hatte ich noch nicht einmal gewusst, dass ich schreiben kann. Ich las zwar sehr gerne, kam aber schnell an meine Grenzen. Und nun schrieb ich einfach alles nieder, was mich bewegte und das tat mir gut.

Es war das erste zarte Selbsterkennen und Selbstverstehen meiner Fähigkeiten. Bisher war mir dieses Talent gar nicht bewusst gewesen und ich konnte damit in keinster Weise umgehen. Ich schrieb und schrieb, als ob mein Leben davon abhängen würde, bis mein Mann meinte, ich könnte auch mal wieder aufhören.

Von nun an gab es Tage, an denen ich grübelte über Einfälle, die plötzlich da waren. Mit diesen Bildern und Szenen konnte ich gar nichts anfangen. Dazu kamen all die herausfordernden Familiensituationen, die mich fertig machten. Als ich sie aufschrieb und es wieder und wieder las, da klang es leichter, nachvollziehbar und teilweise sogar lustig.

So fügte sich alles zusammen, als hätte es einen Sinn. Am schwierigsten Punkt in meinem Leben wurde mir etwas gereicht, das ich bis dahin nicht vermisst hatte. Ich musste zugreifen, denn es war für mich lebenswichtig, so fühlte es sich jedenfalls an.

Mein Leben kam mir vor, wie ein Flickenteppich, der sich wie durch ein Wunder zusammenfügte und ich merkte,

als ich die Papierform meiner eigenen Biografie in der Hand hielt, dass mein Leben nicht bunt durcheinander gewürfelt war, sondern dass alles einen Sinn ergab. Es war ein unbeschreibliches Gefühl, als ich das erkannte! Ich freute mich wie ein Kind und wäre am liebsten hin- und her gerannt, auf- und niedergehüpft. Ich musste dieser Freude Raum geben. Mein Leben hatte einen Weg und einen Sinn! Ich würde künftig wissen, wer ich war und was ich mit meinem Leben noch anfangen wollte.
Doch zuerst hatte ich noch viele negative Gefühle. Ich dachte, wer mein Schreiben kritisierte, würde mich ablehnen. Und so war ich oft verletzt, wenn sich jemand lieblos über meine Geschichten äußerte. Auch das musste ich lernen, mit vielfältiger Kritik umzugehen. Mein erstes Buch war Mist, das war nun mal so. Sogar die ganz Großen haben mal klein angefangen.
Und das wollte ich jetzt richtig machen. Ich absolvierte in meinem fortgeschrittenen Alter ein literarisches Fernstudium, um mir das Handwerkszeug anzueignen. Doch trotz aller guten Lektionen, die ich erlernte, hatte ich noch Angst vor diesem Roman.
Wird dieses Buch auch gut genug sein? Sind meine Gedanken und Gefühle nachvollziehbar? Ich habe gelernt und geschrieben und noch einmal gelernt und geschrieben. Und immer noch habe ich Furcht vor lieblosen Kritiken. Es geht mir in meinem Buch nicht um den großen Erfolg, sondern ich möchte meine Leserinnen und Leser von Herz zu Herz ansprechen und ermutigen, weil ich glaube, dass auch meine Erfahrungen helfen können.
Ich hätte selbst Ermutiger gebraucht, denn es sah bei mir lange Zeit so aus, als wären die guten Tage vorbei. Dabei

war ich so eingespannt in den Alltag und so beschäftigt mit dem Schimpfen über die Dinge, die nicht liefen, dass ich all die schönen Dinge nicht mehr wahrnehmen konnte. Erst durch die Reise zu meinem wahren Ich wurde ich zu einer Art Beobachter meines eigenen Lebens und mit diesem Abstand sah ich das allumfassende Bild zum ersten Mal.

Und trotzdem hätte ich mir einen Mentor gewünscht, der mich an die Hand nimmt und durch den ganzen Wirrwarr mit dem Schreiben hindurchführt. Doch ich musste selbst klarkommen, als Gesprächspartner hatte ich nur meinen Mann, den meine neuen Ideen zutiefst verwirrten.

Johannes verstand das am Anfang nicht. Meine Lust zum Schreiben, das folgende Studium, das Anmieten eines Büros. Wie konnte er auch? Ich ging meinen Weg rücksichtslos, obwohl ich das Ziel noch gar nicht kannte. Da war nur ein Ruf und ich wollte ihm folgen. Ich bewegte meinen Fuß auf einem riesigen Puzzle, bei dem ich das nächste Teil nur schemenhaft erkennen konnte. Der Weg war gebahnt, die Richtung stimmte, aber ansonsten wählte ich oft die falsche Abzweigung. Dennoch war alles besser, als stehenzubleiben, obwohl es noch mehr Fragen als Antworten gab.

Mein Mann beäugte das Ganze kritisch und wollte lieber, dass alles so blieb, wie es war. Dadurch erfuhr ich, wie verschieden wir doch waren und das führte zu weiteren Spannungen.

Ich wollte Verständnis für meine kreativen Einfälle, das konnte er mir aber nicht geben. Sprach ich spontan und ohne groß nachzudenken über meine neueste Idee, so kam Johannes gleich mit der Auflistung der Dinge, die schiefgehen konnten. Ich hätte es lieber gehabt, er würde meine teilweise verrückten Ideen unterstützen, denn mit der Zeit ließ ich die unmöglichen oder unwirtschaftlichen Eingebungen sowieso fallen. Etwas Vertrauen in mich hätte mir viel gebracht.

Seine Form der Sachlichkeit zerstörte jede noch so flüchtige Idee, die ich noch nicht recht fassen konnte. Leise Eingebungen schwirrten manchmal um meinen Kopf herum, so wie emsige Bienen und benötigten meine sofortige Aufmerksamkeit. Wenn ich diese Gedanken nicht gleich aufschrieb, waren sie verschwunden wie Dunst, einfach hin weggeweht. Geistesblitze waren unwiederbringlich verloren, wenn sie zerredet wurden.

Daher musste ich künftig abwägen, was ich erzählte, um meine Ideen zu schützen. Das fiel mir natürlich sehr schwer, da ich offen war und redete, wie mir der Schnabel eingab. Ich ging also auf Distanz und als mein Mann merkte, dass ich immer schweigsamer wurde, war ihm das auch nicht recht.

Mit der Zeit erkannte ich, dass ich auch Fehler gemacht hatte. Seit ich mich für die ungewohnte Kreativität geöffnet hatte, fühlte ich tausend Ideen in mir. Eine nach der anderen teilte ich Johannes fröhlich mit, der damit schlichtweg überfordert war.

Ich musste lernen, meine Einfälle erst zu strukturieren, weil sonst niemand mit diesem Tempo mitkam.

Ich legte also Sparten an (1. Diese Ideen kann ich für Geschichten gebrauchen, 2. Das Szenario ist machbar, 3. Wunderbare Idee, aber leider noch Zukunftsmusik).

Es sollte noch einige Zeit dauern, bis ich Johannes nicht mehr täglich mit einer neuen Idee konfrontierte, seitdem bekam ich auch weniger Pessimismus zu hören. Und eines Tages verteidigte mich mein Mann sogar gegenüber unserem Hauskreisleiter. In dieser Gruppe ließ ich mich in einem schwachen Moment darüber aus, dass in meinem Leben nichts funktionierte. Die Antwort, die ich daraufhin erhielt, stellte Johannes gar nicht zufrieden. Er sah mich an und sagte: »Was redet der denn? Du hast doch schon so viel erreicht!«

In diesem Moment verbesserte sich unsere Beziehung. Seine Sachlichkeit half mir zu erkennen, dass ich auf dem Weg war, sicher noch nicht angekommen, aber unterwegs und stellenweise schon wirksam. Und das tat mir so gut. Ich fühlte mich endlich von meinem Mann angenommen und sagte ihm das auch. Johannes freute sich, dass er helfen konnte. Ab diesem Moment sprachen wir wieder über kreative Ideen, ihre Entstehung, die realistische Einschätzung und erkannten beide, dass wir uns trotz unserer Verschiedenartigkeit noch immer ergänzten.

Erlebnisse mit den Kindern

Des Weiteren wollte ich mich von meinen Kindern nicht länger an den Rand drängen lassen. Sie sollten sehen, dass Mama immer noch cool genug war und stolz auf mich sein.

Deshalb setzte ich mich eines Tages einfach zu meinen Jugendlichen. Ich ließ mir ihre Computerspiele erklären, hörte ihre Musik und lernte Ausdrücke kennen, die in keinem Lexikon standen. Meine Kinder trieben seitdem ihre Scherze mit mir und sagten: »Mama, du gehörst dazu, deshalb dissen wir dich.«

Sie hatten so viel zu bieten und darauf wollte ich nicht verzichten. Man musste sie nur mal aus dem Zimmer herauslocken. Während sie mit 15 Jahren nur für Medien begeisterungsfähig waren, wurde ihnen das einige Jahre später viel zu langweilig. Die jungen Erwachsenen ließen sich wieder im Wohnzimmer blicken und wollten reden, gemeinsam spielen oder einen Ausflug machen. Seitdem hatten wir wieder Spaß an der Familie.

Alex war der Sohn, den ich anrief, wenn mein Auto schlappmachte. Er kam sofort und kümmerte sich darum, dass ich weiterfahren konnte. Er erklärte mir auch, wie ich ein Scheinwerfer-Birnchen selbst wechseln konnte, für alle Fälle.

Mit Nele fuhr ich gerne zum Wellness. Wir redeten, schwammen, ließen uns massieren und aßen etwas Leckeres. Wenn wir dann im brusthohen warmen Wasser an der Poolbar standen und überlegten, wer den alkoholischen Cocktail nehmen durfte und wer fahren musste, dann war die Welt wieder in Ordnung.

Vince war der Sohn, mit dem ich gemeinsam kochte. Obwohl er einer der Coolen war, kochte er gerne Gerichte berühmter Köche nach. Beim Gemüse-Schnippeln in der Küche redeten wir über Gott und die Welt, wissenschaftliche Dokumentationen, Musik, Bücher, Filme und Computerspiele. Wir verglichen friedlich unsere konträren Ansichten.

Solche Momente mit meinen Kindern gaben mir etwas. Da kam sehr viel Liebe zurück, Anerkennung und liebevolles Necken, vor allem von Vince mit erhobenem Zeigefinger: »Hast du mich angelogen, Mama? Sag es! Nur immer heraus mit der Wahrheit!«

Ich war sehr froh über diesen guten Kontakt zu meinen Kindern, aber dafür musste ich selbst etwas tun. Ich ließ mich auf meine Jugendlichen und die moderne Welt ein.

Da kamen Situationen auf mich zu, die ich nicht kannte. Zum Beispiel, als Vince mich eines Tages drängte, kurz in sein Spiel einzutauchen, einfach mal für ihn zu übernehmen. Ich nahm den Controller in die Hand. Vince zeigte mir, wie ich lenken konnte. Auf dem Bildschirm sah ich ein schönes Bild, wie aus einem alten Western. Mein Reiter durchquerte mit seinem Pferd die struppige Prärie, in der Ferne sah ich eine Stadt. Ich sollte nun das Pferd bewegen. Das war gar nicht so einfach, es stürzte zwischendurch immer wieder ab, während es über die Bahngleise ging. Es dauerte, aber dann hatte ich es so weit im Griff, dass es geradeaus laufen konnte.

Ich ritt langsam und gemächlich auf die Stadt zu, die einsam in der Wüste lag. Vince wies mich auf einen Mann hin, der an einem Haus lehnte. »Den musst du

erschießen, das ist ein Böser, sonst erschießt er dich! Mach schon, du hast nicht mehr viel Zeit! Er oder du!«
Ich wollte nicht, dass meine Figur stirbt, das wäre mir nahe gegangen. Es gab da eine unsichtbare Verbindung zwischen uns und ich fühlte mich, als wäre ich der Reiter. Zu abwegig? Wohl kaum, schließlich hatte ich lange geübt, bis das Pferd auf dem Weg blieb. Selbst das Gewehr zu ziehen, war ein langwieriger Prozess. Der Reiter und meine Hände am Controller bildeten eine Einheit, denn die Person auf dem Pferd wurde nur durch meinen Willen gelenkt.
»Beeil dich, Mama, du bist schon in Schussrichtung. Gleich wird er auf dich zielen. Du musst ihn zuerst treffen, sonst stirbst du. Willst du das?«
Nein, das wollte ich nicht. Wenn diese Person auf dem Pferd starb, dann würde ich das gefühlsmäßig erleiden. Also waren ihre Feinde meine Feinde. Ich zog die Waffe und zielte, aber etwas hielt mich zurück. Ich wollte nicht abdrücken. Vince rief: »Das ist doch nur ein Spiel, Mama, er oder du!« Dennoch fiel es mir schwer, auf den Computermenschen zu schießen. Er hatte Arme, Beine, ein Gesicht. Vince ließ nicht locker. »Schieß, Mama, sonst erschießt er dich!«
»Aber der sieht aus wie ein Mensch! Den kann ich doch nicht erschießen!« Vince schüttelte über so viel Dummheit den Kopf und sagte mit Nachdruck: »Das ist ein Computerspiel, Mama, und der Kerl ist eine computeranimierte Figur! Jetzt drück endlich ab!«
Ich wollte nicht als Weichei oder Schlimmeres gelten und es war ja nur ein Spiel, also drückte ich ab. Ich traf den Mann und er rappelte sich wieder auf. »Schieß noch

mal!«, rief Vince laut und eindringlich und ich drückte nochmal ab. Der zweite Schuss war für den Fremden tödlich und für mich nicht mehr so schlimm.

Ich war nach diesen Schüssen emotional völlig erschöpft, als Vince mich lachend aufforderte: »Jetzt musst du schnell weg, Mama, sonst sperren sie dich ein. Das war der Sheriff. Du kannst doch nicht einfach in eine Stadt hineinreiten und den Sheriff töten!«

»Was?«, schrie ich Vince an. »Du hast gesagt, das ist ein Böser und ich muss es tun, sonst wird er mich töten. Warum hast du das gemacht?«

Vince lachte. »Diesen Scherz machen wir mit jedem neuen Spieler, das ist quasi ein Aufnahme-Ritual.«

Ich war sprachlos und schüttelte den Kopf. Es war nur ein Computerspiel und trotzdem hatte ich ein ganz mieses Gefühl. Ich schrie: »Ich habe grundlos einen Menschen getötet!« Vince hörte gar nicht mehr auf zu lachen. Er fand das Ganze überaus spaßig und versuchte dennoch, mich zu beruhigen. »Eine Computerfigur, Mama! Warum hast du mir überhaupt geglaubt? Du bist so naiv. Warum sollte ich die Wahrheit sagen? So macht es doch viel mehr Spaß!«

Ich drückte Vince den Controller in die Hand und schleuderte ihm aufgeregt entgegen: »Sieh zu, dass du für mich schnellstmöglich dort wegkommst, und vergeige es nicht. Ich will nicht sehen, wie ich eingesperrt werde. Das mache ich nie wieder! Du brauchst es gar nicht mehr zu versuchen, nie wieder spiele ich mit!« Ich stürmte aus dem Zimmer und hörte sein Lachen noch, als die Tür bereits ins Schloss fiel.

Es kostet etwas, sich auf Jugendliche einzulassen. Sie sind anders, als wir damals waren. Bei uns gab es noch kein Internet. Wir saßen abends auf dem Spielplatz und rauchten heimlich unsere erste Zigarette. Oder wir dachten uns Mutproben aus, zum Beispiel einfach etwas im Laden klauen, das hätte auch leicht in die kriminelle Richtung gehen können.

Mein Vater warnte mich damals täglich, wenn ich das Haus verließ: »In der Zeitung stand, dass Jugendliche eine Scheune angezündet haben. Lass dich nicht mit solchen Typen ein!« Als ob ich so blöd gewesen wäre. Meine Mutter hatte jeden Tag den gleichen Spruch auf den Lippen: »Pass auf, wenn du über die Straße gehst und steig in kein fremdes Auto ein!«

Sie wussten, dass Jugendliche in der Gefahr standen, besonders dumme und gefährliche Dinge zu tun. Und sie wollten vorbeugen. Und wir? Lassen wir unsere Kinder mit dem Internet allein?

Manches wurde in Deutschland zensiert und das ist gut so. Man sollte keine Menschen zerhacken! Aber so etwas passiert in manchen Spielen. Schießen, stechen, Köpfe explodieren, Blut sprudelt ... Ich sah meinem Sohn von Zeit zu Zeit über die Schulter und sagte ihm, was mir gar nicht gefiel. Dann lächelte er genervt, so ähnlich, wie ich damals bei meinen Eltern. Aber sie hatten es trotzdem gesagt. Mehr konnte ich nicht mehr tun. Ich blieb mit meinen Jugendlichen im Gespräch, zeigte, dass auch eine Mutter cool sein konnte, nervte von Zeit zu Zeit und hoffte, dass sie niemals die Bodenhaftung verlieren!

Heile Welt?

Unser großer Esstisch im Wohnzimmer war schon immer der Treffpunkt der Familie. Als die Kinder noch klein waren, wurde der Tisch mehrmals am Tag bevölkert und bei jedem Essen fiel mindestens ein Trinkbecher um. Das hatte zur Folge, dass ich jeden Tag auf und unter dem Tisch putzen musste. Das gehörte so sehr zu meinem Alltag, dass ich kaum noch darüber nachdachte. Kleine Kinder bedeuteten für mich wirklich kleine Sorgen!

Nun sahen wir uns an diesem Familientisch nur noch abends und auch dann waren nicht alle versammelt. Nele und Alex waren häufig mit Freunden unterwegs, dann verzichtete Vince auch auf unsere Gemeinschaft und aß vor dem PC in seinem Zimmer.

Da wir oft allein am Tisch saßen, freuten sich mein Mann und ich, wenn wenigstens am Wochenende dieser Tisch wieder richtig belebt wurde. Das geschah vor allem dann, wenn Mathilda, David und die beiden Kleinen vorbeikamen, die garantiert wieder einen Becher umwarfen. Wenn das geschah, fing Emely an, laut zu heulen und Mathilda rief gleich beruhigend: „Ist doch nicht schlimm, das wischen wir gleich wieder weg!"

Da Mathilda als Jugendliche eine richtige Rebellin war, hatte ich immer Bedenken, für welche Art Mann sie sich entscheiden würde. Aber ihr David war ein Schwiegersohn nach meinem Herzen. Groß, kräftig gebaut und gutmütig passte er sich unserer Familie voll an. Er spielte mit uns Brettspiele, ihm schmeckte alles, was ich kochte, und er akzeptierte uns so, wie wir waren. Ein Hauptgewinn!

Gemeinsam hatten die beiden zwei Kinder, die dreijährige Emely und Max, 10 Monate alt.
Emely ähnelte ihrer Mutter, die mich mit ihren Wutanfällen oft an meine Grenzen brachte. Sie durfte die schönen Kleider und Schuhe tragen, die Mathilda einst gefehlt hatten und doch war die Kleine charakterlich das Ebenbild von Mathilda. Wie lange hatte ich mir die Schuld dafür gegeben, dass unsere langjährige Geldknappheit Mathilda verärgert hatte und nun sah ich ihre Tochter und sie handelte charakterlich genauso, obwohl sie aus finanzieller Sicht viel mehr bekam.
An dieser Stelle merkte ich, dass ich mir nicht für alles, was schiefgelaufen war, die Schuld geben musste. Kinder waren verschieden und manche waren leichter zufriedenzustellen als andere. Ach, hätte ich das schon früher erkannt!
Emely konnte sehr laut schreien, wenn sie etwas störte. Sie hatte aber auch die schelmische Art ihrer Mutter geerbt. Alles in allem war sie sehr süß. Reden konnte sie schon sehr früh und so stand ihr Mund selten still.
Max war das genaue Gegenteil, er kam mehr nach David. Er war ein unkomplizierter zufriedener Junge, der ruhig spielte und anständig aß, während Emely am Essen nur knabberte. Dafür sprach er nur sehr wenig, was man von einem einjährigen Kind auch nicht unbedingt erwarten konnte.
Da Emely jedoch recht früh sehr viel geredet hatte, zweifelten wir manchmal an der Intelligenz von Max, was natürlich totaler Quatsch war. Aber meine Jungs machten sich schon einen Spaß daraus, welchen Beruf Max erlernen würde, wenn der Kleine stundenlang an einem Rad

drehte, ohne zu ermüden oder endlos Bälle in eine Wassertonne warf.

Ich hatte Mathilda gewünscht, dass sie erst ihr Eheleben genießen konnte, bevor die Kinder kamen. Ich wusste ja, wie es war. So schnell gingen die Jahre vorbei und die Jugend kam nie wieder!

Mathilda sollte die Freiheit haben, sich selbst weiterzuentwickeln und zu erkennen, was sie im Leben wirklich wollte. Aber meine Tochter war anders als ich. Bei ihr gab es keine halben Sachen und sie wusste genau, was sie wollte. Vor allem in der Kindererziehung hatte sie die Hosen an, schließlich war sie angehende Erziehungswissenschaftlerin.

Meine Lust auf Enkel war auch noch nicht ausgeprägt. Denn als Emely geboren wurde, war ich noch täglich selbst als Mutter gefordert und fühlte mich noch gar nicht wie eine Großmutter. Bei mir ging es noch um Sein oder Nichtsein, nicht um Schaukelstuhl oder Strickzeug. Und so verabscheute ich die Anrede »Oma!« von Anfang an.

Obwohl ich mir vornahm, Emely rechtzeitig daran zu gewöhnen, mich in der Öffentlichkeit nur »Tante« zu nennen, spielte die Kleine nicht mit. Kaum konnte Emely sprechen, da lief sie auf mich zu, packte meine Beine und brüllte aus vollem Hals »Oma!« Im Umkreis von zehn Metern drehten sich alle Köpfe herum.

Es dauerte seine Zeit, bis ich mich an diese Anrede gewöhnte, obwohl Mathilda immer wieder betonte: »Stell dich nicht so an, du bist schon alt!«

Ich hatte so den leisen Verdacht, dass Mathilda zu Hause saß und Emely immer wieder vorsprach: »Oma! Oma! Oma!«
Auch wenn sie mich schon gewohnheitsmäßig kritisierte, hatte sie doch unrecht. Ich wirkte noch gar nicht wie eine alte Frau. Es gab noch die guten Tage, an denen sich jüngere Männer umdrehten, wenn ich durch die Stadt lief. Natürlich nur, wenn niemand »Oma!« neben mir schrie.
An jenem Samstagnachmittag kamen Mathilda und Anhang durch die Tür, um bei uns Spaß zu finden. Der kleinen Familie ging es manchmal so, dass sie sich zuhause langweilten und wenn Nele, Alex und Vince bei uns waren, dann wurde es an unserem Tisch in der Regel lustig. Meist auf meine Kosten.
Nele begann die Unterhaltung auch gleich mit den Worten: »Wisst Ihr noch, wie Mama immer die Zettel an den Spiegel geklebt hat?« Mathilda rief lachend dazwischen: »Die ich dann jeden Tag abgerissen habe?«
Und ich hatte mich stets gewundert, wo sie geblieben waren.
In diesem meine damaligen Erziehungsversuche lächerlich machenden Tonfall ging es immer weiter, man beurteilte meine pädagogischen Leistungen, allen voran Mathilda. »Mir hat sie nie etwas verboten!«, warf Vince in die Diskussion ein. »Ich durfte immer am PC spielen!«
»Das stimmt doch gar nicht, du hattest auch mal PC-Verbot!«, ereiferte ich mich. Das sah ja ganz so aus, als ob ich unseren Kleinsten verwöhnt hätte. Schon fing Mathilda an: »Tu nicht so, Mama, natürlich hast du den Vince vorgezogen.«

»Das kam nur daher, weil er sich manierlich benommen hat im Gegensatz zu dir!«, teilte ich ebenfalls großzügig aus. Mathilda lachte. »Na, auf jeden Fall hatte ich auch kein PC-Verbot, da ich die Zettel stets verschwinden ließ!« Dann ging es weiter mit Alex, der wissen wollte, was ein ausgesprochenes Computer-Verbot in der Erziehung überhaupt bringen würde.

Ich ließ meine Gedanken um Jahre zurückgehen. Es war damals nicht schwer gewesen, die PC-Verbote zu verhängen. Und um mich selbst daran zu erinnern, wer gerade ein solches Verbot erhalten hatte, befestigte ich einen Erinnerungszettel am großen Spiegel im Flur. Dieser Zettel war nur für mich, denn im üblichen chaotischen Tagesablauf vergaß ich die Durchsetzung des Verbots, wenn mich kein entsprechender Zettel erinnerte.

»Wie dumm ist denn ein Verbot, dass du nicht konsequent überwachen kannst?« Mit diesen Worten holte mich unsere angehende Erziehungswissenschaftlerin wieder zurück in die Diskussion. »Völlig unnötig!«

An diesem Tag verschoss Mathilda noch mehr Pfeile und fuhr fort: »Weißt du, Mama, wie oft ich dich angelogen habe?« Und dann erzählte sie mir, was sie alles getan hatte ohne mein Wissen. Ich wusste nicht, dass sie solch eine Lügnerin war, sollte aber wohl froh sein, dass sie mir damals die Wahrheit ersparte.

Es war doch so, dass ich mich gesorgt hatte, wenn die Kinder aus dem Haus gingen, und ich sorgte mich, wenn sie zurückkamen, was ihnen alles Schreckliches widerfahren sein konnte. Ich war viel zu sehr Mutter und wollte die lieben Kleinen vor allem Übel behüten.

Sollte ich Mathilda jetzt dankbar sein für ihre Lügen? Möglicherweise hatten sie meinen damaligen Alltag erleichtert. Dem ungeachtet hatte ich eine andere Einstellung zur Wahrheit. Ich konnte nicht lügen und versuchte es auch gar nicht. Ich wollte authentisch sein, ehrlich zu mir selbst, zu meinen Kindern und zu meinen Mitmenschen. Sogar bei unseren Brettspielen verlor ich, weil ich nicht gut genug lügen konnte.

So saßen wir weiter am Tisch, redeten miteinander, verglichen uns, hörten die ein oder andere Frechheit, erwiderten sie, lachten gemeinsam mit der Familie und begannen, bald aufzuräumen, nachdem alle wieder gegangen waren.

Ich liebte jeden Einzelnen, aber zusammen machten sie es uns oft nicht leicht.

Endlich wieder arbeiten?

Der Alltag mit den Kindern war straff strukturiert, sonst kam ich nicht zurecht, und dennoch hatte ich Zeiten, in denen ich mich langweilte. Die Hausarbeit, das Überwachen der Hausaufgaben, das Basteln mit den Kindern, die Zeiten auf dem Spielplatz, all das füllte mich nicht mehr aus.
Ich wollte mal wieder unter die Leute gehen, bevor mir die Decke auf den Kopf fiel. Als endlich auch der Kleinste in die Schule kam, war ich sicher, meine erworbenen Fähigkeiten des Chaos-Managements auch beruflich nutzen zu können. Auch eine finanzielle Verbesserung würde uns helfen.
Ich schrieb Bewerbung um Bewerbung und erhielt nur Absagen. Die Welt da draußen schien nicht auf mich zu warten. Auf eigene Kosten besuchte ich einige Fortbildungen, meist bei der Volkshochschule.
Nun brachten die Bewerbungen die ersten persönlichen Vorstellungsgespräche und prompt hatte ich einen Job.
Ich begann mit zehn Stunden wöchentlich und arbeitete mich schnell ein. Die Minijobs wechselte ich, wenn sie mir nicht mehr gefielen, und schließlich erhielt ich die erste Halbtagsstelle über Zeitarbeit. Ich fuhr mit dem Zug nach Frankfurt und lernte viele Unternehmen diesseits und jenseits des Mains kennen. Mal war ich im Sekretariat beschäftigt, mal in der Personalabteilung und zu guter Letzt landete ich am Empfang.
Ich bekam gute Jobs, weniger gute und solche, die ich lieber vergessen wollte. Zufrieden war ich mit meinem Berufsleben überhaupt nicht. Am ersten Tag jeder neuen Tätigkeit litt ich unter Selbstzweifeln. Dann hatte ich stets ernste Bedenken, ob ich für den Job überhaupt geeignet

sei. Doch begann ich die neue Tätigkeit, dann fing der Job sehr schnell an, mich zu langweilen. Was war denn eigentlich mit mir los? Ich war zuerst von Selbstzweifeln geplagt und nach kurzer Zeit unterfordert. Ganz schlimm war die Tätigkeit am Empfang. Ich saß stundenlang herum und wartete auf meine Chance. Manchmal träumte ich, der Chef würde eines Tages kommen und sagen: »Ich sehe, dass Sie eher als Vorstandsassistentin geeignet sind!« Aber diese Träume waren Schäume.

Nie gab es eine Aufstiegsmöglichkeit für mich oder einen Karrieresprung, kein Weihnachtsgeld und keine Tariferhöhung. Jede Weiterbildung musste ich selbst bezahlen und in meiner Freizeit absolvieren. Und das, was ich wirklich tun wollte, nämlich das kreative Schreiben, wurde in keiner Firma gewünscht.

Ich war im Beruf diejenige, die sich darum kümmerte, dass alles lief, und stand trotzdem nur am Rand. Es war selbstverständlich, dass ich für eine kranke Kollegin einsprang, immer wieder. Anerkennung gab es dafür nicht. Mir kam es sogar so vor, als könnte mein Chef mich nicht leiden.

Beschwerte ich mich zuhause, dann halfen mir die Kommentare meiner Familie auch nicht weiter. »Das ist halt so, daran musst du dich gewöhnen!«, meinte mein Mann. Alex nutzte die Gelegenheit und erzählte gleich von seinem Chef. Vince war der Einzige, der etwas Sinnvolles und Konstruktives in meiner Situation sagte: »Mama, du darfst deine Bestätigung nicht bei Menschen suchen!«

Er hatte Recht, aber bei wem sonst sollte ich meine Anerkennung finden, wenn nicht bei Menschen? Ich kannte weder Roboter noch Aliens!

Glücklich war ich mit meinem Berufsleben auch weiterhin nicht. Ich wechselte ständig den Job, bildete mich zusätzlich weiter und blieb dennoch die einfache Sekretärin.
Natürlich beschwerte ich mich wieder zuhause.
»Du bist ja nie zufrieden!«, meinte mein Mann.
»Du lässt dir zu viel gefallen!«, sagten die Kinder. »Mach doch mal krank und lass die anderen arbeiten!«
Doch ich wusste, das konnte ich nicht. Es war nicht meine Art, Krankschreibungen zu erschummeln oder mich mit den Ellbogen durchzukämpfen. Ich war eine fleißige und freundliche Arbeitnehmerin und versuchte es erst einmal im Guten. Doch ausnutzen lassen wollte ich mich auch nicht.
Ich fand es wichtig, mein eigenes Feld zu behaupten und die persönlichen Grenzen abzustecken.
Alles konnten wir Frauen uns nicht gefallen lassen, sonst degradierten wir uns selbst zum Opfer, auf dem jeder herumtreten durfte. Und dabei bemerkten wir nicht mehr, dass wir nur noch fremdbestimmt wurden.
Ich wollte kein Opfer sein, ließ aber zu viel durchgehen. Ich verstand nicht, warum der Chef mit meiner Kollegin über mein Arbeitsgebiet sprach, während ich im gleichen Raum saß. Mich sah er nicht mal an, obwohl meine volle Aufmerksamkeit auf ihn gerichtet war. Dennoch fiel es mir schwer, mich darüber zu beschweren, etwa auf die Art: »Chef, das ist mein Arbeitsbereich, das sollten Sie mit mir besprechen!« Ich litt darunter, dass man mich übersah und schwieg. Damit gab ich der Kollegin die Waffen in die Hand, mit denen sie mich später ernsthaft bekämpfte. Es war nur allein meine Schuld, weil ich meine Grenzen nicht gesetzt hatte. Hätte ich rechtzeitig das Ruder herumgerissen, dann wäre mir das schlechte Ende

erspart geblieben, nämlich Mobbing in Perfektion durch die Kollegin, die das ganze Team gegen mich aufbrachte.
Ich hatte diesen Job vergeigt und konnte nur noch kündigen. Was blieb, war der Selbstvorwurf und die Frage: „Warum hatte ich nicht rechtzeitig für meine Rechte gekämpft? Ein Widerwort hätte genügt, um dem Chef klarzumachen, dass er sich mit mir abgeben musste".
Ich hatte geschwiegen und mich im Stillen geärgert, immer und immer wieder. Und ich wusste warum, ich war nur nicht bereit, es zuzugeben. Ich war harmoniesüchtig und wollte, dass jeder mich mochte. Außerdem wollte ich viel Liebe zeigen, weil ich an einen liebenden Gott glaubte. Nun war mein Ruf zerstört und ich hatte eine Schwäche gezeigt, die meiner nicht würdig war. Es war wieder mein Kleinster, der auf mein Meckern antwortete: »Du hast Angst vor den Konsequenzen deiner Entscheidungen, Mama. Angst davor, dass du dann nicht mehr beliebt bist...«
Es tat weh, das zu hören, aber ich musste mir eingestehen, dass ich ängstlich war und mich fürchtete, Entscheidungen zu treffen, und verachtete mich selbst dafür. Wann war ich zum Angsthasen geworden? Als Jugendliche konnte es mir gar nicht wild genug zugehen. Ich stieg in Loopings ein, ohne mit der Wimper zu zucken.
Doch hier war ich bei meiner Arbeitsstelle gestrandet und wusste nicht weiter.
Wer oder was hatte mich meiner Kampfbereitschaft beraubt?

Meine Kindheit

Ich fühle mich unfähig. Das erzeugt in mir Gefühle der Hilflosigkeit, die ich zuletzt als Jugendliche fühlte.

Ein Trauma, das ich damals erlebt habe und von dem keiner weiß, kam während meiner herausfordernden beruflichen Situation an die Oberfläche.

Mein Elternhaus war liebevoll geprägt und obwohl wir uns finanziell in allem einschränken mussten, vermisste ich kaum etwas. Als ich dann zwischen 12 und 14 Jahren alt war, kippte die Stimmung. Mein Vater war depressiv geworden, er fühlte sich nutzlos durch die Frührente, saß nur noch zuhause herum und begann, meine Mutter für seinen Zustand verantwortlich zu machen. Jeden Tag schrie er sie an und ließ nichts Gutes an dem, was sie tat.

Ich war noch zu jung und unwissend, um zu erkennen, dass hier professionelle Hilfe nötig gewesen wäre.

Meine Mutter war ausgebrannt durch die fortwährende Armut. Es lag an ihr, das wenige Geld einzuteilen und dabei mussten wir auf vieles verzichten. Ich hatte das als Kind kaum gemerkt, denn wir hatten ein eigenes Haus und Tiere, ich hatte Freunde. Für meine Mutter musste es dagegen sehr schlimm gewesen sein. Sie war so von ihrer Ehe enttäuscht, dass sie meinem Vater nichts entgegenzusetzen hatte. Sie ließ sich anschreien und wehrte sich nicht.

An manchen Tagen war es besonders schlimm. Dann forderte ich sie auf, sich endlich zu wehren und schrie meinen Vater an: »Lass sie in Ruhe!«

Warum sah nur ich den tief enttäuschten Blick in ihren Augen, wenn sie wehmütig sagte: »Ach, hätte ich damals doch nur den anderen Mann geheiratet, der mich auch haben wollte!«

Ich war noch ein halbes Kind und konnte ihr nicht helfen. Welche Tragik! Ich wollte meiner liebevollen Mutter ein Schloss kaufen mit allem, was sie sich wünschte, aber wir hatten kein Geld. Schlug ich vor, fortzugehen, dann sagte sie: »Wohin sollen wir denn gehen und von was sollen wir leben?«

Wir kannten keine Hilfsangebote, wie Frauenhäuser oder dergleichen. Es gab nur uns zwei und wir versuchten, jeden Tag zu überstehen.

Ich liebte meinen Vater von ganzem Herzen und dennoch hasste ich ihn in den Momenten, wenn er meine Mutter schlecht behandelte. Doch egal, was ich sagte, sie wollte sich nicht wehren, sie ertrug still ihr Leid.

Ich konnte es nicht mehr mit ansehen und wählte die Flucht, als ich gerade 18 Jahre alt geworden war. Von heute auf morgen zog ich aus. Es brach mir das Herz. Ich liebte beide, meinen Vater und meine Mutter, aber ich konnte nicht mehr mit ihnen zusammenleben. Ich brauchte Freiheit, mein eigenes Leben und ich brauchte Frieden für meine Seele.

Noch heute hasse ich Krach und Uneinigkeit. Das wurde mir während der konfliktreichen Zeit bewusst. Und hier lagen die Wurzeln für meine Probleme. Ich hatte dieses Trauma völlig vergessen, möglicherweise auch verdrängt, und erinnerte mich erst wieder daran, als ich Gründe für meine eigene Problematik suchte.

Nun hatte ich diese Zeilen aufgeschrieben und ich musste mich damit auseinandersetzen. Diese damalige seelische Erschütterung hatte mich wieder gefunden. Ich fühlte erneut den alten Groll gegen meinen Vater und rief: „Wehr Dich endlich!" und nichts geschah.

Mein Ruf verhallte wie ein Flüstern in der Nacht.

Meine Mutter zerbrach innerlich, sie hatte keine Hoffnung mehr. Sie wurde psychisch krank und starb viel zu früh an einem gebrochenen Herzen. Wie sehr hätte sie sich über meine Kinder gefreut!
Es setzt sich fort, von Generation zu Generation. Wir konnten uns damals nichts leisten und heute kann ich das auch nicht. Selbst wenn ich wollte, hätte ich nicht genügend Mittel, um ein eigenes Leben zu finanzieren. Aber ich habe mir damals geschworen, mich von niemandem schlecht behandeln zu lassen.
Ich habe meine Erinnerungen aufgeschrieben, geweint und gebetet wochenlang, bis ich dieses Trauma verarbeitet hatte.
Dann fuhr ich wieder in meine Heimatstadt. Ich kam am Bahnhof an, wo mein Vater oft am Zigarrenstand einkaufte. Im Geist sah ich ihn dort stehen. Dann lief ich in die Innenstadt zu den altbekannten Plätzen. Hier fuhr unser Bus ab, dort wartete ich mit meiner Mutter, einmal ließ ich eine Einkaufstasche stehen. Die Erinnerungen sprudelten nur und machten mich traurig. Ich vergoss ein paar Tränen und wusste, dieses Thema war nun durch.
Ein Leben in der Vergangenheit hilft niemandem. Ich durfte nicht stehenbleiben, ich musste wieder nach vorne blicken. Und Gott teilte mir eindrücklich mit, dass dieses Kapitel meines Lebens nun für alle Zeit erledigt sei.
Ich möchte Euch Frauen zurufen, dass es nicht besser wird. Männer, die Frauen schlecht behandeln, werden sich niemals ändern. Brich aus, aus toxischen Beziehungen, solange noch Zeit ist, bevor Du zerstört wirst!
Ich sah meine Mutter langsam und lautlos innerlich sterben. Sie zog sich in sich selbst zurück und niemand außer mir kam mehr an sie heran.

Sie war erst 67 Jahre alt, als sie an einem zerbrochenen Herzen starb. Ich konnte noch vorher mit ihr ein Gebet sprechen, so dass sie wenigstens im Himmel glücklich sein kann. Mehr konnte ich nicht tun. Die Hoffnung auf den Himmel war das Einzige, was ich ihr geben konnte.
Seither brennt dieses Feuer in meinem Herzen, dass ich Frauen aus der Herrschaft ihrer gewalttätigen Ehemänner befreien möchte. Um damit den Fluch zu zerbrechen, der von Generation zu Generation weitergegeben wird. Die Mutter wird misshandelt, die Tochter gerät auch an einen solchen Mann und wird misshandelt, die Enkeltochter ebenso. Es ist eine Gewaltspirale, die niemals endet. Jungs tendieren eher zum Vater und beginnen, zu schlagen und so geht es weiter mit Opfer und Täter von Geschlecht zu Geschlecht.
Willst du das für dich und deine Kinder? Eine solche Zukunft? Weißt du, wie sehr es schmerzt, dabeizustehen und nichts tun zu können?
Ihr Frauen, wacht auf! Ihr müsst euch nicht mit Zuckerbrot und Peitsche zufriedengeben. Oh ja, ich weiß, er kann auch nett sein. Aber für wie lange? Und dann schlägt er wieder zu oder er betrügt euch wieder!
Warum wollt ihr eure Seele in den Schmutz treten lassen, Tag für Tag? Identifiziert euch nicht mit eurer Opferrolle, das habt ihr nicht verdient. Ihr seid wunderbar gemacht, so wie ihr seid, lasst euch nicht von seinen Lügen zerstören!
Ein Partner, der euch beleidigt, mit Vorwürfen traktiert, mit anderen Frauen betrügt oder respektlos behandelt, der liebt euch nicht. Er lügt, wenn er den Mund aufmacht!
Was ist das für eine Liebe, die Beleidigungen, Vorwürfe, Erniedrigungen, Demütigungen oder Schläge mit sich bringt? Solch eine Liebe gibt es gar nicht.

Das Buch der Bücher erklärt das höchste Gefühl, dessen ein Mensch fähig ist im Brief an die Korinther:
  Liebe hat Geduld. Liebe ist gütig. Sie kennt keinen Neid.
   Sie macht sich nicht wichtig und bläht sich nicht auf,
    sie ist nicht taktlos und sucht nicht sich selbst.
   Sie lässt sich nicht reizen und trägt Böses nicht nach.
    Sie freut sich nicht, wenn Unrecht geschieht,
     sie freut sich, wenn die Wahrheit siegt.
Das ist echte Liebe!
Wenn du in deiner Beziehung geschlagen, gedemütigt oder betrogen wirst oder wenn dein Lebensgefährte so etwas mit deinen Kindern tut, dann solltest du ihn sofort verlassen. Du wirst zerstört werden, deine Kinder werden leiden und es wird sich nichts ändern, dass weiß ich leider nur zu gut.
Ihr Frauen, lasst uns gemeinsam aufstehen gegen Männer, die sich aufplustern und die arrogant nur an die Erfüllung ihrer eigenen Wünsche denken.
Lasst uns die Wahrheit verkünden! Egal, was gewaltbereite Männer sagen, sie lügen. Schläge dürfen nicht als Mittel eingesetzt werden, um euch zu erziehen oder zu bestrafen. Schläge und Misshandlungen zeigen nur Jämmerlichkeit und sind mit nichts zu entschuldigen.
Denk daran, die Liebe tut dem anderen nichts Böses!
Männer, die euch schlecht behandeln, lieben nur ihre eigene Bequemlichkeit. Sie möchten das sanfte dienstbereite Wesen, das sie umsorgt und ihnen die Pantoffeln bringt, nicht verlieren. Sie schätzen eine willige Sklavin.
Sei dir dafür zu schade!
Anmerkung der Autorin:

Ich schreibe diese Botschaft an Frauen, weil ich selbst mit dem Rücken zur Wand stand, als meine Mutter in ihrer Ehe zerstört wurde.
Ich meine aber auch euch, ihr Männer, wenn Ihr von häuslicher Gewalt betroffen seid. Ihr dürft euch durch meine Zeilen auch angesprochen fühlen.
Sei dir gewiss: wenn du in einer Beziehung lebst, die deine psychische und/oder körperliche Gesundheit bedroht, dann meine ich dich, egal ob Frau, Mann oder Kind.
Ich möchte, dass du hineinkommst in ein Leben voll Freiheit, dafür stehe ich ein.
Ein Wort an all die guten Männer dort draußen: Ich rufe nicht zum Kampf gegen euch auf. Im Gegenteil, ich bin froh, dass es euch gibt. Denn ohne euch hätte ich den Glauben an die Liebe schon längst verloren.
Ich bin auch keine kampferprobte Feministin. Ich mag starke Männer und habe eigene Söhne, daher kenne ich auch ihre Problematik.
Es geht mir wirklich nur um toxische Partner, die Frauen, Männer und Kinder erniedrigen, misshandeln oder missbrauchen. Das muss mal zur Sprache kommen.
Von solchen Partnern solltest du dich lösen. Das ist keine Liebe!
Auch für Kinder gibt es Hilfe. Sprich mit jemandem, dem du vertraust oder ruf einfach die Polizei an und sprich mit ihnen.
Wir müssen den Kreislauf des Schweigens durchbrechen! Kein Mensch sollte ein häusliches Martyrium erdulden!
Mein Versprechen an euch: Sollte dieses Werk erfolgreich werden, dann eröffne ich ein liebevolles Haus der Zuflucht. Für Menschen, die aus toxischen Beziehungen ausbrechen wollen.
Im Gedenken an meine liebe Mutter.

Kampfansage am Familientisch

Das letzte halbe Jahr war für mich wieder sehr schlimm gewesen, ich lechzte nach Entspannung. Wie sehr hatte ich mich auf meine Berufstätigkeit gefreut! Und nun hetzte ich nur noch hin und her. Vormittags war ich in einem Frankfurter Büro beschäftigt, nachmittags leitete ich noch zusätzlich ein Nachhilfeinstitut an meinem Wohnort. Hin und her fuhr ich mit öffentlichen Verkehrsmitteln, die oft zu spät kamen oder gar ausfielen.

Es war mir wichtig, pünktlich die Tür meines Nachhilfeinstitutes zu öffnen. Denn meine Lehrer kamen regelmäßig zehn Minuten zu spät und mein Pflichtgefühl verbot es mir, die Kinder auf dem Bürgersteig warten zu lassen.

Also hetzte ich Tag für Tag hin und her. Früh am Morgen in die Großstadt, mittags schnell in die Bahn, nach dem Essen in die Nachhilfeschule, danach in den Einkaufsmarkt, um dann um 20 Uhr zu kochen. Putzen und ähnliche Arbeiten verschob ich auf das Wochenende.

Der Gedanke »Einen Job musst du kündigen«, wurde immer deutlicher. Mein Herz gehörte der Nachhilfe-Institution. Die Arbeit mit Menschen machte mir viel Spaß. Auch der Umgang mit meinen Lehrern war lustig, auf diese Weise konnte ich das Berufsleben aushalten. Dumm war nur, dass ich als Niederlassungsleiterin nicht mehr als 9,50 Euro pro Stunde erhielt und davon nicht leben konnte. Daher der zusätzliche Teilzeitjob. Der war zwar langweilig, aber recht gut bezahlt.

Endlich hätte ich zufrieden sein können, denn ich hatte, was ich wollte. Spaß an der Arbeit und zusätzlich eine gute Bezahlung, nur leider mit zwei Jobs. Mein Leben wurde viel zu stressig.

Nach dem Einkaufen schlief ich meist auf dem Sofa ein, bis jemand fragte: »Gibt es heute kein Abendessen?« Das konnten meine Kinder oder mein Mann sein.

Im Schlaf gestört erwachte ich wie gerädert und kämpfte mich wie in Trance in die Küche. Mit viel Getöse schmiss ich die Töpfe auf den Herd und brutzelte etwas zusammen. Ob es schmeckte, war mir dabei fast egal.

Ich war überfordert, wieder einmal in meinem Leben.

Warum konnte es den Super-Job, der mir Spaß machte, nicht mit einer anständigen Bezahlung geben? Dann könnte ich jeden Abend in der Küche singen und ausgeruht und fröhlich ein leckeres Essen zubereiten.

Johannes bot sich an, mir nach dem Essen beim Spülen zu helfen, so hilfsbereit war er immer. Doch ich hatte keine Lust, mit ihm gemeinsam in der Küche zu stehen. Da es mir nicht gut ging, war meine Bereitschaft, mich verbal zurückzuhalten, nicht sehr groß. Und mein Mann würde mir wieder Tipps geben, wie ich die Küchenarbeit besser erledigen könnte.

Mein Stresspegel stieg immer mehr. Es fiel mir schwer, abends und am Wochenende Erholung zu finden. Auch wenn es im Job mal besser lief, dann ließen mich diese kleinen zwischenmenschlichen Reibereien, mit denen ich zu Hause kämpfte, nicht zur Ruhe kommen.

Wie ein Hauch meines Selbst wandelte ich durch jeden einzelnen Tag. Mein Innerstes blieb auf der Strecke, während meine äußere Hülle einfach immer weiter funktionierte.

Arbeiten, essen, schlafen. Arbeiten, essen, schlafen. Arbeiten, Essen schlafen. Es war stets der gleiche Trott.
Ich fühlte mich, als säße ich in einem goldenen Käfig, schön anzuschauen, aber mit gestutzten Flügeln. Die Lebenslust war vergangen und das fröhliche Pfeifen war verstummt.
Ich konnte nicht mehr. Es war wieder mal an der Zeit, einen Urlaub zu erleben und vollkommen zu relaxen. Ich lechzte nach der faulen Zeit, die mich wieder regenerieren konnte.
Meine Perspektive musste mal wieder gewechselt werden und der Blick zum Horizont musste befreit werden, damit meine Seele die Freiheit des eigenen Seins ganz neu verspüren konnte.
Ich wollte leben und mich wieder lebendig fühlen!
Glücklicherweise stand der nächste Sommerurlaub bevor und eins war mir klar, nichts und niemand konnten mich von meiner Erholung abhalten. Heute nicht und morgen schon gar nicht. Auch kein Geldmangel. Es galt, in den Urlaub zu fahren, als hinge mein Überleben davon ab.
Natürlich sah das mein Mann anders. Seiner Meinung nach durfte man nur in den Urlaub fahren, wenn man auch das Geld dafür hatte. Das sah ich ja prinzipiell ein, aber für mich war der Urlaub überlebenswichtig.
Die Kinder würden ebenfalls auf ihren Urlaub pochen, das war sicher. Schließlich hatten wir als Eltern ein ganzes Jahr lang Zeit gehabt, Geld zu sparen. Doch bei uns gab es nie Ersparnisse.
Benötigte ich früher neue Schuhe für die Kinder, was im Frühjahr, im Sommer, im Herbst und im Winter nötig wurde, dann musste ich diese Ausgabe vom Essensgeld

bestreiten. Auch die Schulsachen, Geburtstagstorten, Dekorationsartikel für die kleine Feier, etwas Taschengeld, all das zog ich vom Essensgeld ab, denn es gab keine andere Möglichkeit.

Mit derart angespannten finanziellen Verhältnissen überzogen wir unser Konto jeden Monat und unsere Schulden wuchsen Tag für Tag. Dem ungeachtet hatte ich in den letzten Jahren stets dafür gesorgt, dass jedes Kind einen schönen Geburtstag feiern konnte und auch wenn nötig, neue Schuhe erhielt. Dafür wurde das Essensgeld in dem jeweiligen Monat drastisch eingeschränkt und das Essen mit viel Soße verlängert. Doch seitdem vertrauten mir meine Kinder in allem.

Und seit ich meinen eigenen Verdienst hatte, baten sie mich, durchzuhalten, damit wir uns endlich etwas leisten konnten.

Es war so weit. Der Urlaub stand vor der Tür und ohne umfassende Diskussionen gab es bei uns keine Urlaubsplanung.

So startete auch diesmal wieder die offizielle Urlaubs-Planungs-Runde an unserem abendlichen Familientisch. Eröffnet wurden diese alljährlich stattfindenden sehr lauten Gespräche von Nele mit der einfachen Frage: »Wo fahren wir dieses Jahr hin?«

Postwendend folgte der Kommentar meines Mannes, dass wir uns den ersehnten Urlaub nicht leisten könnten. Erwartungsgemäß schloss sich dann die entrüstete Frage von Alex an. »Habt ihr etwa kein Geld gespart?«

Daraufhin begann Johannes umständlich zu erklären, wie er in den letzten zehn Jahren das Urlaubsgeld vorfinanziert hatte und wie sehr wir seitdem verschuldet waren. Nun wollte er keine neuen Schulden machen.

Sein Vorwurf ging an mich: »Aber du kämpfst mit allem, was du hast, jedes Jahr dafür, dass wir in den Urlaub fahren!«

Die Stimmung war auf dem Nullpunkt.

»Was war mit dem Billigurlaub in Bayern?«, wollte Nele wissen. »Den für 300 Euro, den konnten wir uns doch leisten?«

Mein Mann nickte. »Ja, das ging damals und wäre auch jetzt wieder möglich!«

Alle stöhnten. Der Bayern-Urlaub war absolut minimalistisch, kalt und langweilig gewesen.

Bevor die Stimmung noch weiter kippen konnte, schüttelte ich lächelnd den Kopf und wandte mich an Johannes: »Du kannst den Sprit bezahlen, ich übernehme den Rest!«

Das war mein Triumph. Die tägliche Hetzerei hatte sich für uns gelohnt und ich konnte eine gute Summe von meinem Gehalt sparen. Das Geld würde für ein komfortables Mobilheim auf einem interessanten Campingplatz reichen oder für ein Safarizelt mit afrikanischem Charme. Beide Unterkünfte verfügten über eine Holzterrasse, die ich liebte.

Meine Kinder atmeten auf. Sie fanden die Idee mit dem Safarizelt auch sehr gut, aber schließlich war mein Mann dagegen. Er wollte sein eigenes Bad haben. Ich nehme an, das war seine Art zu rebellieren, aber mal ganz ehrlich, im Bayern-Urlaub hatten wir auch kein eigenes Bad.

Was sollte ich meckern? Es ging uns schon sehr gut. Wenn ich da an unsere Campingurlaube der Vergangenheit dachte, in denen wir supersparsam im Igluzelt übernachteten und auf dem Boden auf einer Decke speisten. Das wenige Essensgeld verlängerte ich stets mit eingeschweißten Bratkartoffeln und mitgebrachten Dosensuppen. Diese Urlaube waren so einfach, dass sich Mathilda noch heute schüttelt. »Wie Mittellose, auf dem Boden essen!«

Ich gebe zu, so super waren diese günstigen Urlaube damals nicht gewesen, aber wir kamen mal raus und sahen schöne Länder. Manche Campingplätze im Süden waren sogar so gut, dass sie eine lange Wasserrutsche hatten und verschiedene Sportarten anboten.

Da war es fast egal, dass wir auf Luftmatratzen übernachteten, die die frühmorgendliche Kälte durchließen. Spätestens am Vormittag, wenn die Sonne kräftig schien, waren wir bereits so stark aufgewärmt, dass wir uns wieder abkühlen mussten.

Es war schon eine riesige Verbesserung, als wir eines Tages finanziell dazu in der Lage waren, ein voll ausgestattetes Familienzelt zu buchen. Fortan hatten wir eine Tischgruppe auf der Terrasse stehen und mussten nicht mehr auf dem Boden essen.

Das Mobilheim war dann schließlich die Krönung unserer Wünsche, da es mindestens zwei Schlafzimmer hatte, ein Bad und noch eine zusätzliche Toilette. Alles auf kleinstem Raum, aber zweckmäßig verbaut. Das war Glamping, die neue Form des Komfort-Campings. Für uns das ultimative Urlaubserlebnis, das wir uns nur als „last-Minute-Schnäppchen" leisten konnten.

Für das Mobilheim hatte ich dieses Mal gesorgt und ich war stolz darauf. Das Schuften hatte sich gelohnt.

Auch die Kinder wirkten entspannter. Da sie nach so vielen Jahren immer noch grenzenloses Vertrauen in meine Fähigkeiten hatten, ging es gleich richtig zur Sache.

»Warum fahren wir nicht mal woanders hin?«, wollte Nele wissen. »Australien fände ich toll!«

»Lieber in den Regenwald!«, hielt Alex dagegen.

»Ich möchte mal den Grand Canyon sehen!«, vervollständigte Vince.

»Moment, Moment!«, versuchte ich, die Gemüter zu beruhigen. »So viel Geld habe ich nicht gespart! Wir müssen schon mit dem Auto fahren. Fliegen können wir uns noch nicht leisten!«

Nachdem ich das klargestellt hatte, richtete sich die Planung auf erreichbare wunderschöne Ziele: Italien, Spanien, Frankreich, Österreich oder die Schweiz. Das waren reizvolle Ferienländer, die mit dem Auto erreichbar waren und die wir schon kannten.

Im weiteren Verlauf wurde die Diskussion dennoch hitzig, das war nicht anders zu erwarten.

Meist begann Alex mit Vorschlägen, dann stimmte Nele ein. Beide lieferten sich eine wahre Schlacht, wer den besten Vorschlag darbot. Es wurde verbal gereizt und aufgestachelt, während Vince seinen Teller in die Küche brachte und damit das Zimmer verließ.

Mein Jüngster wusste genauso gut wie ich, wie diese Gespräche endeten, nämlich mit immer dümmeren Ideen von Seiten der Kinder, lautem Gelächter über nicht ganz stubenreine Witze, nutzlosen Erziehungsversuchen meines Mannes und schließlich dem Geschrei von Nele am Schluss: »Warum darf Alex immer aussuchen?«

Wäre ich nicht die Mutter, würde ich es ebenso wie Vince machen. Sobald man satt war, aufstehen und schnell verschwinden.
Obwohl ich für meinen Jüngsten durchaus Verständnis aufbrachte, musste ich ihn jetzt bei der Stange halten. Wenn er an diesem Punkt in seinem Zimmer verschwand, hätte er später die Frechheit, zu behaupten, dass er diesen Urlaubsort niemals ausgesucht hatte. Und folglich würde er sich über einen langweiligen Urlaubsort, nutzlose Tage, an denen er auf seine PC-Spiele verzichten musste und Ähnliches beschweren. Wie gesagt, es lief in jedem Jahr gleich ab und damit musste ich umgehen.
Das alles hielt ich ihm mit wenigen Worten vor. »Vince, du weißt, wie das läuft ...« Er grinste und setzte sich wieder hin.
Nele schlug Spanien vor, Alex und Vince waren einverstanden. Mein Mann konterte lautstark: »Ich fahre nicht noch einmal 1200 km, höchstens bis zum Gardasee!«
«Warum habt Ihr den Bus nicht gekauft? In unser Auto passt doch nichts rein!« Damit goss Alex wie jedes Jahr Öl ins Feuer. Und Vince ergänzte: »Muss ich mich wieder zwischen Alex und Nele auf die Rückbank quetschen? Das funktioniert nicht mit meinen breiten Schultern!«
Woraufhin mein Mann gleich klarstellte: »Ich weiß, dass es eng wird, darum nehmen wir das Boot dieses Mal nicht mit!«
Ich stöhnte, nicht schon wieder! Ich gehe auf beide Themen überhaupt nicht mehr ein. Das aufblasbare Kajak sollten wir nach Meinung meines Mannes in keinem Jahr mitnehmen, da er keine Lust hatte, ständig aufzupumpen

und für den Transport zwischen Campingplatz und See die Luft wieder herauszulassen. Es half ihm ja sonst auch keiner!

Die breiten Schultern von Vince führten dazu, dass wir auf jeder Urlaubsfahrt stündlich die Plätze wechseln.

Und seit wir keinen Bus mehr fuhren, nervte uns Alex. Der Kofferraum unseres Fords Focus reichte nie aus, egal, was wir transportieren wollten. Daher war der 9-Sitzer von Mitsubishi der verlorengegangene Kindheitstraum von Alex. Und obwohl ich nickte und sagte: »Alex, wir wissen, was du sagen willst. Der Bus war so toll ...« Es half nichts. Er nahm sich erneut die Zeit, wie jedes Jahr, ausführlich alle Vorteile eines 9-Sitzers aufzuzählen. »Geräumig, passt auch das Boot rein!«, und das beste Argument: »Wir können in dem Bus übernachten!«

Es freute mich, dass wenigstens mein Sohn gute Kindheitserinnerungen an unsere vielfältigen Busse hatte, ganz anders als Mathilda, die sich nicht nur fürs einfache Zelten, sondern auch für die Fahrt mit dem Familienbus schämte.

Ich fühlte diese letzte Urlaubsfahrt im Bus, bei der wir etwas schlafen wollten, noch immer in den Knochen. Es war grauenhaft! Wir standen auf einer Raststätte, total übermüdet. Nach acht Stunden nächtlicher Autofahrt wollten Johannes und ich mal kurz die Augen schließen, während die lieben Kleinen hellwach waren, schließlich hatten sie während der Fahrt geschlafen. Nun gab es verschiedene Bedürfnisse. Nacheinander wollten die Kinder auf die Toilette gehen, etwas essen, trinken oder mal kurz auf dem Spielplatz toben und das noch vor Sonnenaufgang. Und weil man kleine Kinder auf einer

Raststätte kaum allein herumlaufen lassen konnte, opferten sich entweder mein Mann oder ich als Begleitung. Immer wieder!

Nach einiger Zeit erkannten wir, dass wir keine Ruhe finden würden und entschlossen uns, zügig weiterzufahren, um überhaupt endlich einmal anzukommen. Wir stellten ein Hörspiel ein, erklärten, dass sämtliche Toilettengänge ab jetzt unmöglich seien und fuhren völlig erschöpft weiter mit dem Ergebnis, dass die Stimmung auf dem Tiefpunkt angelangt war. Die Kinder heulten durcheinander, weil sie keine Lust mehr hatten, stillzusitzen. Mein Mann war völlig genervt, ein Wort gab das andere und schon hatten wir den schönsten Streit.

So fuhren wir an dem schiefen Turm von Pisa vorbei, ohne diese Sehenswürdigkeit wirklich wahrzunehmen. Ich sah ihn nur kurz durch das Autofenster und dachte, *huch,* ist der *schief.* Und doch wird für mich dieser schiefe Turm immer das Erkennungszeichen für gigantischen Stress sein. Und sollte mal jemand den Vorschlag machen, wieder in diese Gegend zu fahren, werde ich ablehnen. Es war wirklich schade, dass mir meine negativen Emotionen einen Teil von Italien gründlich verdorben hatten.

Solche Erfahrungen kennen wir alle, sie sitzen tief in unserem Inneren und prägen unbewusst alle weiteren Entscheidungen. Das sieht man besonders bei Familienmustern. Sie sind aus verschiedenen Situationen heraus entstanden und sie prägen unsere Lieben so sehr, dass man gar nicht mehr bemerkt, wie das festgefahrene Muster den Familienfrieden belastet bzw. die Kommunikation untereinander stört.

Und leider wurde es auch nicht einfacher, Alex die Sache mit dem Bus zu erklären und dass das Schlafen im Bus keine Option sei. Wie konnte ich Alex meine Gefühle erklären, wenn meine Erinnerungen an Familienkutschen eher negativ waren, er jedoch mit dem Familienbus jegliche Annehmlichkeit verband? Völlig unmöglich!

Eines Tages versuchte ich, ihm ernsthaft zu erklären, dass zu einer berufstätigen, gebildeten und erfolgreichen Frau ein cooles Auto gehörte. Das konnte er nicht nachvollziehen »Warum kannst du nicht eine erfolgreiche Frau mit einem Bus sein?«

Unerheblich, welche Worte ich benutzte, er verstand es nicht. Das war eine richtige Patt-Situation! Und so wird Alex sicherlich wieder jedes Jahr damit beginnen: »Warum habt ihr den Bus nicht gekauft?«

Manchmal wollte ich auf ein Kissen schlagen.

Ich konnte, als die Kinder endlich erwachsen waren, das wenig schmeichelhafte Image »Mutter mit großer Familienkutsche« gar nicht schnell genug loswerden. Als unser letzter Bus verschrottet wurde, plädierte ich als erste für einen Kleinwagen. Damit hatten wir weniger Platz im Kofferraum und auf der Rückbank, das gebe ich ja zu. Doch dafür sah es nicht so aus, als würde der Sportverein einen Ausflug machen.

Meiner Meinung nach war es an der Zeit, dass man mich endlich mal wieder als Frau wahrnahm. Und dass nicht jeder völlig unbekannte Automechaniker zu meinem Mann sagte: »Ach, das ist Ihre Frau, die mit dem weißen Bus voller Kinder durch unsere Straße fährt!« Wie peinlich ist das denn!

Da ich ein durchweg ehrlicher Mensch bin, weiß ich ganz genau, dass Eitelkeit meine größte Schwäche ist. Erfolgreich und Familienkutsche – ohne mich, das versteht man doch. Ich sehe mich im Selbstbild als Unternehmerin, zwar noch ohne Erfolg, aber immerhin bereits auf dem Weg.

Ich musste meine Gedanken wieder sammeln. Die ganze Zeit ging es mit Urlaubsorten hin und her. Die Familie diskutierte, während ich innerlich abwesend war, nun wurde es Zeit, das Ergebnis zu überprüfen.

»Also, wo fahren wir denn nun hin? Habt ihr euch entschieden?« Mit diesen Worten stieg ich wieder in das Gespräch ein.

»Was hältst du vom Gardasee?«, fragte mein Mann.

»Warum nicht?« Wir hatten im letzten Jahr schon einen wunderbaren Urlaub in Spanien verbracht und auf die lange Fahrt hatte ich diesmal auch keine Lust.

Bis zum Gardasee waren es nur 700 einfache Kilometer und schon eröffnete sich einem der ultimative Urlaubstraum.

Ich konnte wieder einmal durch eine Altstadtgasse schlendern und die Häuser mit der prachtvoll blühenden Bougainvillea bewundern. Oder mit einem Eis in der Hand die Auslagen der Geschäfte bestaunen, hier eine Seife mit Zitronenduft, dort ein Fläschchen Lavendellikör. Den beschwingten Gesprächen der Italiener zuhören und beim Schlendern im Takt der aus den Cafés ertönenden Musik in den Knien wippen. Herrlich!

...

»Niemals wieder werde ich in einem Bus mit Kindern übernachten!« Das möchte ich laut in die Welt hinausrufen, am liebsten in die Wellen brüllen, die gegen den Strand klatschen. Das ist so heilend für die Seele, daher schreie ich sehr gerne meine Desillusionierung in den Wind oder in die tobenden, aufschäumenden Wellen hinaus.
»Ihr Wellen, habt ihr das gehört? Ich werde nie, nie, niemals wieder einen Bus fahren!«
Und die Wellen werden mir antworten: »Das ist doch klar!«
Meine Frustration spült mit den Wellen ins tiefe Meer hinaus. Dabei fühle ich so, wie es der Autor Charles Baudelaire in seinem Gedicht ausgedrückt hat:
>»Du freier Mensch, du liebst das Meer voll Kraft,
> Dein Spiegel ist´s. In seiner Wellen Mauer,
> die hoch sich türmt, wogt deiner Seele Schauer«

Noch mehr Teilnehmer?

Es waren nur noch wenige Wochen bis zum nächsten Sommerurlaub. Und jeder von uns träumte schon von den 14400 schönsten Minuten seines Lebens. Endlich einmal faulenzen und die Seele baumeln lassen! Mein Mann träumte von Familienzeit, meine Jungs vom Ausschlafen und ich vom Frühstücken auf der Holzterrasse, während der Campingplatz noch ruhte und ich begierig die Stille in mich aufnahm.
Entspannung, Inspiration, Leichtigkeit, das hatten wir uns verdient!
»Dann kaufe ich mir auf dem Markt ein Kleid!« Nele träumte von Klamotten, als es an der Tür klingelte. Ich sah meinen Mann an, er blickte auf Nele, die mit den Achseln zuckte. »Sind wahrscheinlich nur Mathilda und David. Ich habe ihnen gesagt, dass sie vorbeikommen können!«
Wir seufzten. Nele war recht freizügig mit ihren Einladungen in unsere Wohnung. Und oft vergaß sie mir zu erzählen, wer da bei uns unverhofft auftauchen würde. Als gute Gastgeberin musste ich zumindest etwas Kuchen anbieten. Ich rannte in die Küche und kramte in meiner Tiefkühltruhe. Dort fand ich noch einen Rest vom Streuselkuchen, der schon beim Kauf etwas trocken gewesen war. Aber das konnte man noch ändern. Ein paar Butterstückchen darauf, etwas Zimt und Zucker und ab in den Backofen. Lecker, das Aroma zog schon bald durch die Wohnung.

Zeitgleich trampelten drei Personen durch die Tür, zwei große und eine kleine, mein Enkelsohn wurde von David getragen.

Mathilda, David, Emely und Max kamen oft bei uns vorbei, wenn sie sich langweilten oder wir fragten an, was sie so taten. Ich freute mich meist, wenn sie anrückten, da es mitunter ziemlich lustig wurde, es gab aber auch Tage, wo es mir gar nicht passte. Doch mit Mathilda musste ich sehr vorsichtig umgehen. Wenn ich nicht gleich sagte: »Wie schön, dass Ihr gekommen seid!«, dann ließ sie sich für eine lange Zeit nicht mehr bei uns blicken.

Es gab sogar mal eine Zeit, in der sie uns überhaupt nicht besuchte. Bei ihrem Auszug mit 19 Jahren hatte sie gebrüllt: »Ich komme nie wieder!«

Unglücklicherweise hielt sich Mathilda nach ihrem Auszug für die nächsten Jahre an ihre Aussage. Sie heiratete David und kam nur noch sehr selten bei uns vorbei. Davids Mutter nahm meine Stelle ein. Bei ihren seltenen Besuchen zählte Mathilda mir gerne die Vorzüge der baldigen Schwiegermutter auf.

»Sie sieht so viel besser aus als du, Mama! Sie macht viel mehr aus sich, du könntest dich auch mal schminken! Und sie geht Vollzeit arbeiten und verdient ihr Geld!«

Das tat wirklich weh. Ich wurde von meiner eigenen Tochter abserviert. Was sollte das bitte?

Ich war es ja gewohnt, dass ich übersehen wurde. Aber nicht von der eigenen Tochter, die ich wegen ihrer Einschlafschwierigkeiten jede Nacht auf den Knien geschaukelt hatte. Zu der ich stets hielt, wenn es Ärger mit Papa gab. Der ich aber dennoch nichts rechtmachen konnte.

»Warum hast du wieder diese Werner-Hosen an?«

In den Zeiten, in denen wir den Zugang zu unserer Tochter verloren hatten, da fehlten mir sogar ihre Beleidigungen mit der Comic-Werner-Figur. Ich wollte sie wieder haben und begann, um ihre Liebe zu kämpfen.

Bei ihren seltenen Besuchen kochte ich ihr Lieblingsessen, spielte mit Emely oder schaukelte den kleinen Max, bis er einschlief. Ich versuchte alle Rezepte, die in Frage kamen, denn Mathilda war eine »Hähnchen-Tarierin« aus Überzeugung und sehr um ihre Laufstegmaße bemüht. Außer Huhn aß sie nur Salat und trank gesunde Smoothes. Ich würde davon niemals satt werden. Aber Mathilda hatte auch nach zwei Kindern immer noch ein Figürchen, das sich sehen lassen konnte. Und sie kannte kein Mitleid mit Disziplinlosigkeit, weder bei sich selbst noch bei anderen.

Meine Strategie wirkte mit der Zeit. Das junge Paar kam immer öfter, um sich bei uns verwöhnen zu lassen. Manchmal wurde ich von Mathilda kritisiert und an anderen Tagen erhielt ich Blumen oder ein Kirmes-Herz mit der Aufschrift »Für die beste Mama!« Diese Herzen habe ich alle aufgehoben.

Wir hatten wieder einen sehr guten Kontakt zu der kleinen Familie und verbrachten viele Nachmittage mit Brettspielen, netten Gesprächen und interessanten Anekdoten.

Besonders freute es mich, wenn die kleine Emely heftig mit dem Fuß auftrat und lautstark verkündete: »Mama, ich will ein Eis!« Dann dachte ich, man bekam wirklich alles im Leben zurück.

Trotz aller Schadenfreude musste ich dennoch staunen. Mathilda war eine sehr geduldige Mutter. Sie beugte sich

zu Emely hinunter und fragte sanft: »Wie heißt das?«
Emely schlug die Augen nieder und wisperte: »Mama, ich möchte bitte ein Eis!«
So weit so gut, aber was wäre, wenn wir mal kein Eis im Haus hätten? Oh ... oh ... oh ...
Dennoch war es lustig, wenn alle vier vorbeikamen. Das riss uns aus unserem eingefahrenen Alltag heraus. Und ich war jedes Mal froh darüber, dass Mathilda wieder den Weg nach Hause gefunden hatte.
Es dauerte seine Zeit, aber nach der Geburt von Emely kam meine Tochter nach Hause und legte uns Emely in die Arme.
Als Mathilda dann mit Max schwanger war, ging es ihr sehr schlecht. Oft saß sie bei uns, bis David von der Arbeit kam, weil sie nicht zuhause allein bleiben wollte. Sie ließ sich von mir bemuttern, so wie früher, und bat mich, die kleine Emely während der anstehenden Geburt des Babys zu betreuen.
Das war eine echte Horrorsituation für mich, da Emely noch keinen Tag von ihrer Mutter getrennt gewesen war. Ich hatte große Angst davor. Aber ich denke, wir beide, Emely und ich, haben diese Zeit so gut gemeistert, wie es unter den Umständen möglich war.
Seitdem freute sich die Kleine über eine Oma, die mit ihr spielte. Nachdem Emely ihre Schuhe ausgezogen und ihre Jacke dem Papa in die Hand gedrückt hatte, kam sie auf mich zugerannt. Sie schrie: »Oma!« und klammerte sich an meine Beine. Ich ging in die Hocke, um sie zu drücken. Sie fragte mich, ob ich Buntstifte hätte und ob wir wieder zusammen dieses lustige Bonbonspiel auf

meinem Handy spielen könnten. Das, welches immer plopp machte.

Es wurde dann ein gemütliches Kaffeetrinken und plötzlich fingen Alex und Nele an, vom anstehenden Urlaub zu erzählen. Mathilda war geschockt. »Campingplatz? Wir gehen nur ins Hotel.« Aber David war neugierig, schließlich hatte er so manchen coolen Zelturlaub bei den Pfadfindern verbracht. »Was macht ihr denn so, auf eurem Campingplatz?«, fragte er. Da waren Alex und Nele natürlich in ihrem Element, als sie erzählten.

Vom Luna-Park in Frankreich und wie wir dort die langweiligen Abende verbrachten. Von Spanien und der Wahl des »besten Campingplatz-Vaters«. Der Gewinner hatte sowohl die meisten Liegestütze vorgezeigt als auch das beste Schlaflied gesungen.

Ich erzählte von der wöchentlichen Wassergymnastik und Zumba. Alex sprach von dem interessanten Fußballspiel an der Adria, bei dem sich meine Söhne mit den Holländern gegen die Italiener verbündet hatten.

Nele erzählte von den lustigen jugendlichen Animateuren, die völlig überdreht waren und sicherlich unter Drogen standen. Es gab so viel Schönes, was wir auf einem südlichen Campingplatz erlebt hatten.

David war ganz überrascht. Bei seinem Ausruf: »Ich war noch nie in Italien! Wäre auch mal schön!«, schüttelten wir die Köpfe.

»Du warst noch niemals in Italien?«

»Wir waren immer nur in Griechenland, durch Italien sind wir nur durchgefahren, bis zur Fähre!«

Also steigerten wir uns noch mit unseren Erzählungen. Von den wunderbaren Campingplätzen, der angeneh-

men Wärme, den bunten Märkten, dem echten italienischen Eis...
Mathilda winkte ab. Campingplatz, das kam nicht in Frage. Sie wollte einen Hotel-Urlaub, mit voller Verpflegung, täglichem Aufräumservice und dem stundenlangen Faulenzen am Sandstrand.
Aber das konnten Alex und Nele nicht auf sich sitzen lassen. Sie verteidigten unser Komfort-Camping mit vielen Attributen. Schön – interessant – gemütlich – lustig – so würde unser Urlaub werden.
Als Nele dann noch spezielle Babysitter-Dienste anbot und Alex betonte, uns alle einmal ins Restaurant einladen zu wollen, da zeigte sich das junge Ehepaar interessiert.
Aber campen, das waren schlimme Erfahrungen für Mathilda. Sie konnte sich noch gut an unseren furchtbaren Zelturlaub in Bayern erinnern. Es war überaus kalt gewesen und außer einem solarbeheizten Schwimmbad gab es keine Attraktion. Vor lauter Langeweile hatte Mathilda damals die Hasen aus dem Streichelzoo an den Ohren gezogen. Woraufhin ich zu einem Gespräch mit der Campingplatzleiterin gebeten wurde.
Da sowohl Mathilda und David als auch wir die Idee, zusammen zu verreisen, grundsätzlich gut fanden, betrieben wir noch mehr Werbung.
»Wir könnten uns abends in die Bar setzen, noch ein Eis essen oder einen Cocktail trinken und die Shows genießen!«
Und ich versprach: »Wir Frauen gehen zur Wassergymnastik und die Männer passen auf die Kinder auf!«

Außerdem wollten wir oft gemeinsam grillen, damit sich Mathilda das Kochen ersparen konnte. Neben Alex wollten auch Nele und ich ein komplettes Essen im Restaurant bezahlen. So oft waren wir noch in keinem Urlaub essen gegangen. Unsere Überzeugungsarbeit lief so gut, dass David und Mathilda langsam auf den Geschmack kamen. Sie wären mit dabei, wenn wir einen Sandstrand für die Kinder finden könnten. Der Gardasee war damit nicht mehr im Spiel.

Wir suchten also einen neuen Urlaubsort, den wir mit den beiden Autos bequem erreichen konnten und der noch dazu supergünstig sein sollte. Das gemeinsame Fahren würde für uns alle nur Vorteile bieten. Wir konnten zwei Autos beladen und Nele erklärte, sie würde im Auto von Mathilda und David als Spaßmacher zwischen den beiden Kleinen mitfahren.

Dadurch würden sich meine Jungs auf der Rückbank nicht quetschen müssen.

Außerdem wurde vereinbart, dass wir die beiden Mobilheime gerecht aufteilen würden. Nele sollte in das freie zweite Schlafzimmer in Mathilda und Davids Mobilheim ziehen. Damit würde sie sich auch an der Hausmiete beteiligen und das junge Paar hätte einen Babysitter in der Nähe.

Somit hätten unsere Söhne mehr Platz in unserem Mobilheim. Und ich mehr Ruhe! Denn meine Jungs schliefen morgens lange, während Nele frühmorgens beim Frühstück sitzen und mit Papa diskutieren würde. Nicht, dass mein Mann schuldlos gewesen wäre, so wie er immer meinte: »Wenn sie nicht immer ...« Oh nein, Fakt war,

dass beide zusammen meinen Start in den Tag verderben konnten.
Die Vorteile lagen für alle klar auf der Hand. Also wurde die Idee allgemein begrüßt und der Schlachtplan gemeinsam entworfen. Danach gingen die Meinungen auseinander. Die Kilometer waren eingeschränkt, das verteidigte mein Mann. Spanien mit seinen tollen Sandstränden war daher gestrichen. Der Preis musste außerordentlich günstig sein, das setzte Mathilda voraus. David wünschte sich, dass der Strand direkt am Campingplatz begann. Er fand das immer sehr nervig, auf Kreta jeden Tag erst mit dem Pkw vom Berg hinunter zum Strand zu fahren.
Ich wünschte mir eine gute Animation mit Sportveranstaltungen und Spaß. Denn wir alle hassten Langeweile, wir wollten stets im Urlaub unterhalten werden.
Wenn meine Sprösslinge beschäftigt waren, dann konnte ich auch mal das tun, wozu ich Lust hatte. Zum Beispiel einen Stadtbummel machen. So etwas nervte Vince und das wiederum legte sich auf die allgemeine Stimmung.
Wir suchten also nach sehr günstigen Angeboten im Internet, konnten dennoch nichts finden, was in den Preisrahmen passte. Darüber hinaus waren die Sandstrände im genehmigten Radius ebenfalls selten.
Johannes, Alex, Nele und ich, wir checkten jeden Tag den Reisemarkt ab. Hatten wir etwas gefunden, das halbwegs passte, dann teilten wir die Bilder und Infos über WhatsApp der gesamten Gruppe mit. Doch fündig wurden wir nicht. Der Urlaubszeitpunkt rückte näher und näher und wir konnten noch nichts buchen.

Schließlich fand Nele ein Angebot in Kroatien, einem Land, in dem wir noch nie unseren Urlaub verbracht hatten. Der Campingplatz lag direkt am Meer und bot sein Mobilheim sehr günstig an. Leider fehlte der Sandstrand und es würden auch wieder 1000 km einfache Wegstrecke zu bewältigen sein.

Das Angebot passte zwar nicht hundertprozentig, aber die Zeit lief uns davon. Es waren nur noch vier Wochen bis zum geplanten Reiseantritt und jeden Tag verringerte sich die Auswahl an Möglichkeiten. Wir befürchteten, dass in den Last-Minute-Angeboten bald nur noch einzelne Tage übrigbleiben würden.

Deshalb fackelten wir nicht lange.

Der Strand in Pula, Istrien, sah auf den Bildern toll aus und er war vom Campingplatz aus mit wenigen Schritten erreichbar. Es gab zwar nur einen Steinstrand und über die Animation wurde nichts berichtet. Doch der Preis war unschlagbar und da wir noch nie einen Campingplatz ohne jegliche Animation oder ohne Spielplatz mit Sandkiste gesehen hatten, stimmten sogar Mathilda und David zu.

Keiner aus unserer Gruppe war bisher in Kroatien gewesen, aber wir waren offen für neue Eindrücke.

Nun galt es, meinen Mann zu überzeugen, denn sein gesetztes Fahrtlimit lag bei 750 km. David erklärte sich bereit, dieses Ziel meinem Mann schmackhaft zu machen und schließlich stimmte Johannes auch zu. Er buchte die beiden Mobilheime und erhielt dabei noch den Großeltern-Bonus, den er gerecht unter allen Mitfahrern aufteilte.

Wir waren in Urlaubslaune, als wir uns am nächsten Abend wieder bei uns trafen und als Nele in die Unterhaltung einwarf: »Fahren wir dann wieder Karawane?« Wir alle hielten uns die Bäuche vor Lachen, das war so typisch für Nele. Bestimmt dachte sie an die biblischen Bilder von den Weisen aus dem Morgenland, die sich auf Kamelen durch die Wüste bewegten.

Nachdem wir uns wieder beruhigt hatten, meinte Johannes schmunzelnd: »Ja, Nele, wir fahren wieder Kolonne!«

Eine heimliche Liebe

Endlich war es so weit. Wir hatten den Urlaub gebucht und freuten uns darauf. Ich hätte vor lauter Freude singen und tanzen können.
Der ganze Arbeitsstress war nicht spurlos an mir vorübergegangen und ich fühlte mich nur noch müde. Es war an der Zeit, auszusteigen aus diesem Karussell, das sich immer schneller drehte.
Das Jahr ging vorüber und es gelang mir nicht, die vielen schönen Momente festzuhalten. Daher kam es mir so vor, als würde das Leben einfach an mir vorbeiziehen und leise winken: »Es geht auch ohne dich!«
Deshalb war ich nun beruhigt, denn nach einem schönen Sommerurlaub würde es mir viel besser gehen. Ich schmiedete Pläne, was wir so alles in diesen Tagen anstellen wollten.
Vor allem beabsichtigte ich, meine Urlaubstage mit dem Frühstück auf der Holzterrasse zu beginnen. Sitzend unter dem großen Sonnenschirm mit der Kaffeetasse in der Hand, während die Sonne bereits versuchte, an Wärme zu gewinnen.
Um mich herum war es in diesen frühen Morgenstunden absolut still. Niemand redete, nur die Vögel zwitscherten. Johannes saß im Mobilheim und löste Kreuzworträtsel, schrieb Nachrichten an die Daheimgebliebenen oder döste ein wenig, er war nicht so ein Frischluftfan, wie ich.
Ich musste nach draußen, egal, wie das Wetter war, und die Atmosphäre des Platzes in mich aufnehmen. Selbst dann, wenn es regnete. Es machte mir Spaß, die Menschen zu beobachten, die in der Frühe zerzaust aus ihren

Wohnwagen stiegen und zum Waschhaus schlurften, mit altmodischen Pantoffeln an ihren Füßen.

Ich mochte es, wenn die Väter vom Bäcker zurückkamen, die Arme voller frischgebackener Brötchen. Neben ihnen hüpften Kinder, die sich freuten, dass Papa Zeit für sie hatte.

Ich hörte gerne gutgelaunten Italienern zu, die beschwingt Müllsack um Müllsack in ihre kleinen klapprigen Autos warfen. »Ciao, Francesco, come stai?«

Das war Urlaub für mich. Meine Umgebung füllte mich mit Eingebungen und hier konnte ich in mich hineinhorchen. In dieser Einfachheit fand ich Inspiration. Mir fielen Geschichten ein, die ich beschwingt zu Papier bringen konnte.

Ich liebte diese stillen Stunden auf der Terrasse im Freien. Ich fühlte mich dann dazugehörig, wie ein Kind des Südens, eins mit unserem Urlaubsort.

Man glaubte es kaum, aber am Anfang war die Idee, zelten zu gehen, nur aus der Not heraus geboren. Wir hatten kaum Geld und konnten uns keinen richtigen Urlaub leisten. Kein Hotel, keine Flugreise, nichts dergleichen.

Heute war ich dankbar dafür. Aber hätte ich mir damals einen Pauschalurlaub mit allem Luxus leisten können, wäre ich auch gefahren.

Das leckere Frühstücksbuffet würde mir schon gefallen. Aber die viele verlorene Zeit würde mir auch fehlen. Es wäre bereits Vormittag, bis ich überhaupt an die frische Luft kommen würde. Und niemals hätte ich die Eingebungen dieser frühen Stunde kennengelernt.

Urlaube auf dem Campingplatz waren seither das Größte für mich. Oft stellte ich mir vor, wie ich als Kind ver-

tauscht worden war. Und wie man mich in einem wunderschönen Urlaubsland als lang vermisstes Familienmitglied plötzlich erkannte. Das wäre doch toll!
Mehrmals hatte ich solche Handlungsstränge entwickelt, da ich es immer noch nicht fassen konnte, dass ich mit meinem warmherzigen Wesen, meinem Optimismus und meinem Hunger nach Sonne aus Nordhessen stammen sollte. Vom Aussehen her würde ich sowieso als Spanierin durchgehen.
Sonne satt war bei mir gleichbedeutend mit Zufriedenheit. Auf dem Campingplatz konnte ich von früh bis spät in der Sonne sitzen und mich frei fühlen. Frei von Zwängen, frei von Terminen, frei von Erwartungen und Herausforderungen, frei von Versagens-Ängsten und frei von mir selbst.
Ich liebte die Tage, die absolut faul vergingen, wenn man nichts erledigen musste. Auf dem Campingplatz war alles so unkompliziert. Das leichte Sommerkleid konnte man den ganzen Tag tragen. Und wenn man beim Sonnenbaden nicht die ideale Bikini-Figur besaß, störte das auch niemanden.
Man beobachtete die Leute und wurde selbst beobachtet, aber alles geschah mit Respekt. Man schaute hin und lächelte freundlich über manches Ungewohnte, aber es regte sich niemand auf. Man war ja im Urlaub.
Campen, das war so eine Ur-Gelassenheit, eins mit der Natur, zufrieden mit sich selbst und ohne perfektionistische Gedanken.
Ich schätzte die Menschen, die auf einem Campingplatz in Einfachheit lebten und sich ihrer Freiheit freuten. Die

sich die Zeit nahmen, um wandern zu gehen und die neben einem Mini-Zelt eine Hängematte aufknüpften.
Freizeit ohne Erfüllungsdruck, fantastisch!
Ich fand es auch toll, dass es auf einem südlichen Zeltplatz keine Standesunterschiede gab. Der wuchtige BMW aus Holland parkte neben einem klapprigen Fiat aus Italien. Ein Großunternehmer lag mit seinen Kindern genauso am Strand wie ein einfacher Arbeiter. Und beide schimpften ihre Sprösslinge, die schon blaue Lippen hatten und das Wasser nicht verlassen wollten.
Das war Urlaub auf dem Campingplatz.
Ein Zuhause auf Zeit in einer gemischten Gemeinschaft, in der der Blick zum Horizont noch offen war, in der man sich selbst finden konnte und in der man nach einigen Gläsern Wein glücklich seufzte.
Die flimmernde Luft, die zirpenden Grillen und der Geruch der mediterranen Kräuter, gepaart mit dem frischen Meereswind, das versetzte mich jedes Mal in Urlaubsstimmung.
Man dachte fast, auf einem Campingplatz wäre alles möglich. Fremde Kinder standen plötzlich ohne Vorwarnung in der Wohnküche und wurden vorgestellt: »Oma, das ist Ben!«
Eine schnell zusammengestellte Fußball-Mannschaft aus Deutschen und Holländern kämpfte gemeinsam gegen die überragende italienische Mannschaft und keiner der Jugendlichen wurde verletzt. Wo gab es sonst so etwas?
Ein Franzose kam vorbei und roch den leckeren Duft des Abendessens. Er bat, mitessen zu dürfen. Und auch wenn es mit den Sprachkenntnissen nicht so klappte, dann wurde ihm mit Handzeichen klar gemacht, dass er

willkommen war. Später rätselte er, aus welchem Land wir wohl stammten. Er fragte alles durch »Spanien, Portugal, Italien, Schweiz, Österreich ... « Als er hörte, dass wir Deutsche waren, wollte er es nicht glauben: »No Germany!«

Ich schätzte diese entspannte Campingplatz-Atmosphäre mit Menschen, die aus anderen Ländern kamen, vielleicht anders aussahen als ich, die mir aber vom Wesen her ähnlich waren. Sie freuten sich genau wie ich über Freundlichkeit, Verständnis, gutes Wetter und nette Gespräche.

Fröhliche Einheimische und gut gelaunte Touristen vereinten sich für eine bessere Welt.

Es bestand eine Atmosphäre der Annahme, in der man ohne Hohn und Spott etwas Neues ausprobieren und wagen konnte. Es war kein Problem, auf die Bühne der abendlichen Show zu treten und sich zum Zweikampf zu stellen. Vorgetragen durch die Animateure in fünf Sprachen. Wenn man verlor, dann mit einem charmanten Lächeln. Man zeigte damit, dass man nicht jedes Mal gewinnen musste.

Urlaub war für mich auch ein Ausprobieren meiner Fähigkeiten, ein Ausloten und Wahrnehmen meiner geheimsten Gedanken und das Sinnieren über die eigene Zukunft. Sonst hatte ich in meinem Alltag nie die Zeit, in mich zu gehen, mir über etwas klarzuwerden oder meine Träume zu definieren.

Es bestand auch die Möglichkeit, mutig eine neue Sportart auszuprobieren. Und wenn es dann mal nicht so klappte, dann ging die Welt davon auch nicht unter. Ich war nicht am Arbeitsplatz und konnte mich mal so zeigen, wie ich wirklich war.

Ich machte gerne neue Erfahrungen und testete meinen Mut aus. So wie ich im Adrenalin-Kick-Kletterpark begann und dann trotzdem nicht durch diese wackelnde Tonne kriechen konnte. Der Spaß daran, mich selbst herauszufordern und meine Grenzen zu erforschen, war groß. Mein Versagen wurde mir nur am Rande bewusst.

Mutig war es schon, wenn man es überhaupt versuchte.

War das Geld vergeudet? Hatte ich mich zum Narren gemacht? Würde man jetzt schlecht von mir denken?

Mal ganz im Ernst, die echt sportlichen Betreiber hatten mich gar nicht wahrgenommen. Und für mich war es gut, meine eigenen Grenzen zu erfahren. Ich war kein Superheld, kein Avenger und ich konnte wahrscheinlich auch nicht die ganze Welt retten, aber das Gute war, das musste ich gar nicht, das war nicht meine Aufgabe.

Ich brauchte nur menschlich, mitfühlend und herzlich zu sein und möglicherweise das ein oder andere Problem zum Guten wenden.

Es gab eben auch Adrenalin-Kick-Anfänger!

Das Abenteuer beginnt

Ich renne durch eine enge Gasse und suche den Ausgang. Es gibt kein Tor, nicht mal eine Lücke im Gestein. Gleich nach dieser Gasse schließt sich eine weitere Gasse an, die genauso aussieht. Dunkel, feucht, menschenleer. Ich laufe und laufe, ohne stehenzubleiben und ohne auszuruhen. Ich bin ganz im Frieden mit mir selbst und ich kann lange rennen. Vor mir kommt eine Abzweigung. Rechts oder links, das ist die Frage. Ein kurzer Blick zurück. Die Straße hinter mir scheint leer zu sein und vor mir kann ich auch nichts erkennen. Wohin also? Ich muss mich sofort entscheiden, jedes Zögern ist gefährlich, das ahne ich, auch wenn ich nichts sehe. Welche Richtung soll ich nehmen, um zu entkommen?

Ich kann meine Verfolger nicht erkennen, aber ich spüre sie, die intensiven Blicke im Nacken. Augen, die im Verborgenen auf mich lauern. Wer waren sie oder was hatte ich Ihnen getan? Ich wusste es nicht, wählte aber instinktiv die rechte Seite, die mir Sicherheit versprach. Die rechte Seite soll angeblich stärker sein, mit der rechten Hand schreibe ich und mein rechter Fuß läuft immer als erster los. Also auch diesmal.

Noch scheint meine Wahl zufriedenstellend. Ich sehe mich um, da erkenne ich sie plötzlich. Es sind Schatten, die sich verteilen, um mir den Weg abzuschneiden. Sie wollen mich in die Zange nehmen. Ich sitze in der Falle. Mein Blick wandert hin und her auf der Suche nach einer Möglichkeit, mich zu verbergen. Doch ringsherum gibt es nur nackten Stein. Er ragt empor, wie eine Festung. Aber nicht zum Schutz, sondern um unwiederbringlich darin gefangen zu sein.

Was kann ich tun? Ich taste mit meinen Händen die Häuserfronten ab. Alle Fensterläden sind fest verschlossen. Ich ziehe panisch am Griff jeder einzelnen Haustür, eine muss sich doch

öffnen lassen. Nicht zum Verstecken, nein, nur um durchzurennen und auf die andere Seite der Gasse zu fliehen.
Endlich habe ich Glück. Eine Tür gibt nach. Ich dränge mich ins Innere der schützenden Mauern, wohl wissend, dass sie keinen wirklichen Schutz bieten. Ich kann nicht bleiben, mir läuft die Zeit davon. Ich muss weg, weiterlaufen, immer laufen, bis ich einen sicheren Ort erreiche.
Ich stolpere und kann mich gerade noch fangen, alte Möbelstücke liegen hier kreuz und quer. Wie komme ich aus diesem alten, dunklen Haus voll Modergeruch wieder hinaus? Ich kämpfe mich durch Möbelstücke und Müll und öffne ein Fenster, das auf die gegenüberliegende Gasse hinausführt. Ein weiterer Durchlass, der genauso aussieht, wie all die anderen vor ihm. Dunkel und kalt, aber menschenleer.
Keine Verfolger sind zu erkennen, auch keine Schatten, die mit ihren Knochenfingern nach mir greifen. Was das für Wesen sind? Ich weiß es nicht. Ich habe sie noch nie gesehen, kenne sie nicht und doch bin ich davon überzeugt, dass es menschliche Wesen sind und keine Geister.
Es kribbelt mir im Nacken, die Verfolger nahen. Ich öffne schnell das Fenster und steige auf das Fensterbrett, dazu muss ich mich hochstemmen. Dann sitze ich auf dem Brett und fürchte mich vor dem Absprung, obwohl wir uns noch im Erdgeschoss befinden. Was, wenn ich mir den Knöchel verstauche? Wie kann ich dann weiterlaufen?
Ich nehme meinen Mut zusammen, es muss ja sein, es gibt anscheinend keinen anderen Weg. Sollte ich wieder nach Hause kommen, das verspreche ich mir selbst, werde ich meine Fitness steigern. Es geht doch nichts über einen allzeit funktionierenden Körper!
Ich bin hart gelandet, doch meine Zehen lassen sich bewegen. Ein kurzer Blick in beide Richtungen und ich entscheide mich

wieder für die rechte Seite. Mit etwas Glück renne ich der Freiheit entgegen!
Ich laufe, bis ich erneut zu einer Abzweigung komme. Diesmal wähle ich die linke Richtung, man soll das Glück nicht herausfordern. Die Straße ist ruhig. Ich kann kurz stehenbleiben und verschnaufen. Mein Atem klingt wie eine Dampflokomotive. Einatmen – ausatmen – einatmen. So bewusst wie noch nie ziehe ich die Luft ein, mit der vollen Konzentration auf meine Atemzüge. Ein – aus – ein.
Dieses Verharren ist so kostbar. Meine Lungen brauchen den zusätzlichen Sauerstoff, mein Körper benötigt die frische Brise. Ich muss nachdenken, Entscheidungen treffen, blitzschnell handeln. Keine Zeit für Fehler!
Ein falscher Zug und ich falle den Verfolgern in die Hände. Ohne Chance, zu entkommen und ohne Hoffnung auf eine Zukunft.
Doch lange darf ich nicht verharren, ich spüre erneut die schleichende Gefahr im Nacken. Das verheißt nichts Gutes. Ich sehe mich um und versuche, die Finsternis mit meinen Blicken zu durchdringen. Sie sind noch nicht aus ihren Ecken hervorgekrochen, aber ich weiß, dass sie mich beobachten. Die Schatten warten darauf, dass ich den falschen Weg einschlage und ihnen direkt in die Arme laufe.
Nur eine falsche Entscheidung und es kann meinen Kopf kosten! Jetzt bloß nicht nachdenken. Nicht an die vielen Fehler meines Lebens erinnern! Ein weiterer kann tödlich enden!
Rechts oder links? Ein Riesen-Problem! Die Zeit drängt! Ich entscheide mich wieder für rechts, die Seite der Kraft. Diese Richtung hat mir die kurze Verschnaufpause gebracht. Ich laufe in die nächste freie Gasse.
Soll das immer so weiter gehen? Ein ständiges Fliehen vor Gestalten, die ich nicht kenne und denen ich nichts getan ha-

be? Durch Labyrinthe und dunkle Straßen, die alle gleich aussehen?
Schnell – immer schneller – einen Fuß vor den anderen setzen – nicht stehenbleiben – atmen, unablässig atmen – die Richtung wählen – rennen, hasten, ohne aufzuhören, ohne Ende, laufen, ununterbrochen nach vorne preschen!
Wer kennt den Ausweg?
Ich rase eine Gasse entlang und biege in die nächste ein. Der alte Stein sieht überall gleich aus. Vielleicht war ich hier schon einmal, ich weiß es nicht. Ich habe die Orientierung längst verloren, werfe einen hastigen Blick nach hinten und wähle.
Rechts oder links? Kann ich meine Verfolger erspähen?
Ich bin so stark mit Rennen beschäftigt, dass ich die Veränderung nicht gleich bemerke. Eben waren noch Hausfassaden da, nun sehe ich nur Dunkelheit. Eine friedliche Finsternis ohne Bewegung. Mein Atem geht keuchend. Das Gefühl der Gefahr ist gewichen. Es kommt mir vor, als wäre ich aus dem Film, der mir vorgegeben wurde, ausgestiegen oder als wäre ich plötzlich durch ein Zeitportal in eine andere Dimension versetzt worden.
In einem Moment war ich noch am Laufen und im nächsten weiß ich nicht mehr, wo ich bin.
Ich liege auf etwas Weichem. Nun setze ich mich langsam auf und versuche, das Dunkel mit meinen Augen zu durchdringen. Wo sind die Steinmauern, die meinen Weg begrenzen, die alten Hausfassaden und die ständig wiederkehrenden Abzweigungen?
Fortgeweht, wie eine Feder im Wind.
Mein Atem geht nach wie vor schnell, mein Herz schlägt überlaut, meine Sinne fokussieren noch auf die höchste Konfrontation, während ich in die Dunkelheit lausche. Ich spüre Sicherheit, obwohl mein Verstand noch gar nichts begreift.

Ich habe die Dimension gewechselt, aber wohin?
Ich taste um mich herum. Neben mir liegt eine Gestalt, sie lebt, ich höre ihre Atemzüge. Es klingt vertraut. Meine Finger ertasten etwas Weiches.
Ein Bett!
Konnte es sein, dass ich unverletzt in meinem eigenen Bett gelandet war? Höchst unwahrscheinlich mit meinem untrainierten Körper.
Es hatte sich so real angefühlt, als wäre ich die Hauptperson in einem Film. Ich lief superschnell, wie noch nie in meinem Leben, ohne zu ermüden. Ich kalkulierte, lotete aus und entschied nur aus meinem Bauch heraus. Verfolgt durch Schatten, denen ich niemals im realen Leben begegnen wollte.
Körperlich wurden mir Höchstleistungen abgefordert, die ich in der Wirklichkeit niemals vollbringen könnte. Seelisch war ich jeden Moment damit beschäftigt, die Angst zugunsten der Logik zu verdrängen. Geistig war ich in meiner besten Form, verbunden mit meinem Unterbewusstsein, der Ur-Form weiblicher Intuition.
Meine einzigen Waffen waren mein messerscharfer Verstand und die Fähigkeit, unter Druck kalkulieren, reagieren und improvisieren zu können. Das waren die Befähigungen, die ich als Mutter im harten Familienalltag gelernt hatte.
Über kriminelle Energie verfügte ich nicht. Trotzdem kannte ich Erpressung, Drohung, und Körperverletzung bereits aus der Sandkiste. »Gib mir die Schaufel, sonst schlag ich dich!« Und auch meine eigene Erziehung war ein Teil der Bedrohungsmasche. »Wenn du nicht sofort damit aufhörst, darfst du heute Abend keinen Film anschauen!«
Was hatte ich noch zu bieten?

Ein wenig Selbstverteidigung, aber nicht genug. Wie die meisten Mütter war auch ich harmoniesüchtig und nicht daran interessiert, jemanden wirklich schmerzhaft zu verletzen.

Was konnte ich den dunklen Gassen und den Abgründen der Menschheit entgegensetzen?

Ich sah mir meine Waffen an.

Mein wichtigstes Kampfwerkzeug war die Liebe für meine Familie. Diese Klinge war wirklich scharf geschliffen. Für meine Kinder hätte ich alles getan.

Aber würde diese Stichwaffe im Kampf gegen die Unterwelt ausreichen?

Es war eine Herausforderung der Extraklasse, die ich zu bewältigen hatte. Viel zu gefährlich für eine einfache Mutter, die sonst eine gute Herausforderung zu schätzen wusste.

Unvorbereitet blieb mir nichts anderes übrig als zu fliehen, gute Verstecke aufzustöbern, taktische Klugheit zu beweisen und kriminalistischen Spürsinn zu entwickeln.

Ich versuchte, mich selbst zu motivieren.

»Auf geht's, wir Mütter schaffen das!«

Bisher hatte ich in meiner Funktion als Familienchefin alles überstanden. Aber auch ich kannte gute und schlechte Tage. Die Momente, in denen ich mir alles zutraute und die Augenblicke, in denen ich an mir zweifelte.

Es war ärgerlich. Ich war viel zu früh aufgewacht und hatte das Ende verpasst. Nun saß ich im dunklen Zimmer und dachte nach, wie es wohl ausgegangen wäre. Hätte ich den Ausweg gefunden? War ich befähigt genug, um siegreich aus dieser Konfrontation hervorzugehen?

Am Inhalt des Traums selbst hatte ich keinen Zweifel. Es war eine eindeutige Warnung und ich wusste, dass es um unseren Sommerurlaub ging. Die einzigen freien Tage meines Lebens. Wie sollte ich das meinen Lieben mitteilen?

Der Campingplatz war gebucht, die Reise war bezahlt und alle freuten sich auf den bevorstehenden Sommerurlaub. Nur ich wusste es besser. Etwas Gefährliches würde in diesem Urlaub geschehen. Nichts Schlimmes, schließlich war niemand getötet worden, aber es stand eine herausfordernde Situation bevor. Ich würde alles an Kraft aufbieten müssen, was mir nur möglich war. Und ich konnte in dieser Situation nicht für die Sicherheit meiner Familie garantieren. Das war seit Jahren mein wichtigstes Ziel.

Was sollte ich tun? Sollte ich alle warnen?

Ich kannte meine Familie, vor meinen Träumen hatten sie überhaupt keinen Respekt. »Spinnereien« würden sie murmeln.

Vince würde freundlich »Mama!« sagen und dabei beruhigend über meinen Kopf streichen. »Du bist doch nur unsicher, weil wir noch nie in Kroatien waren und das hat dein Gehirn im Schlaf verarbeitet. Das ist ein ganz natürlicher Prozess. Nichts, weswegen du Angst haben musst. Und weißt du, Kroatien liegt in Europa. Völlig ungefährlich!«

Und Alex würde hinzufügen: »Hast du nicht erzählt, dass deine Freunde schon seit 20 Jahren nach Kroatien fahren? Was soll denn da passieren?«

Ihr Wort in Gottes Ohr!

Die Einzige, die ich mit der mir eigenen »Paranoia«, wie es meine Jungs gerne nannten, anstecken konnte, das war Nele. Sie lachte zwar auch erst mit, sogar lauter als die

Jungs. Aber wehe, sie musste dann auf dem Campingplatz im Dunkeln zum Waschhaus gehen. Ihr den Urlaub verderben, das wollte ich auf keinen Fall.

Eins war klar. Ich war in keiner Weise paranoid, nur vorsichtig. Aber ich hatte keine Wahl. Ich musste das Ganze für mich behalten und mir einreden, dass dieser Traum belanglos war. Nur einmal zu viel gegessen oder wieder ein Handlungsstrang für einen Krimi?

So war ich sicher die Einzige, die mit gemischten Gefühlen in den diesjährigen Sommerurlaub fuhr.

Die anderen waren fröhlich und laut, als wir wie üblich durcheinanderredend am großen Tisch saßen und Pizza aßen.

Die einzige Herausforderung, die meine Lieben sahen, war, wie man die zehn Stunden Fahrtzeit angenehm überstehen konnte.

Um die Kommunikation zwischen den beiden Fahrzeugen sicherzustellen, hatte Alex zwei Walkie-Talkies besorgt, die während der Fahrt ständig im Einsatz waren.

Mitten im Nirgendwo konnte man hören: »Schwarze Mamba ruft Langer Lurch: bitte kommen!«

Poetische Ergüsse

Wir fuhren bis München erst einmal durch. Denn wie David sagte: »Wir nutzen aus, dass die Kinder noch schlafen!« Hinter der Großstadt fuhren wir an der nächsten Raststätte raus. Ich war gespannt, wie die Kleinen die Fahrt überstanden hatten und spähte in das Auto. Doch alles schien in Ordnung zu sein. Emely saß sehr zufrieden in ihrem Kindersitz und Max war gerade erst am Aufwachen.

Ich war schon neidisch, als ich das sah. Wenn ich mich an die Urlaubsfahrten mit unseren Kindern erinnerte und an die Standardfragen: »Sind wir bald da?«, »Wie weit müssen wir noch fahren?«, »Ich muss mal!« Und der Hit: »Wann frühstücken wir denn endlich?«

Die Frage nach dem leiblichen Wohl kam immer unmittelbar nach der Abfahrt. Das war stets um zwei Uhr morgens. Meine gesäuselte Antwort sollte sie einlullen: »Schlaft doch noch ein wenig, gefrühstückt wird bei Sonnenaufgang!«

So war es auch diesmal. Nachdem wir heißen Kaffee, belegte Brote, Hörnchen und Waffeln verspeist hatten, fuhren wir durch Österreich, vorbei an den imponierenden Bergriesen. Und auch dieses Mal nahmen wir uns vor, mal wieder in die Berge zu fahren.

Ich mag die Berge, die gesunde Luft und die Blumenwiesen, auf denen zufriedene Kühe stehen. Dennoch würde ich einen Urlaub am Meer stets vorziehen. Ich liebe die endlose Weite des Horizonts und kann kilometerweit mit nackten Füßen durch den warmen Sand laufen. Sehr gerne sitze ich auch einfach auf einem Felsen und betrachte das Wasser. Wenn die Wellen an

den Strand schlagen und die Gischt spritzt, dann fühle ich mich lebendig.
Hier kann ich alles loslassen, die Wellen nehmen es mit, an diesem Ort bin ich wahrhaftig frei. Auf diesem Felsen muss ich keine Maske tragen, ich darf einfach ich selbst sein. Oh, das fehlt mir so sehr, mich selbst wiederzufinden. Zu lange habe ich mich für andere Menschen korrekt benommen, um noch zu wissen, wie ich eigentlich wirklich bin.

Schließlich fuhren wir auf der Tauern-Autobahn durch Slowenien. Eine Strecke mit vielen Radarfallen, die nur mit 110 km/h befahren werden durfte. Jeder von uns hatte von Freunden und Arbeitskollegen ähnliche Geschichten gehört. Wegen eines geringen Verstoßes wurde vor Ort mächtig abkassiert. Da unser Urlaubsbudget wie jedes Jahr begrenzt war, achtete ich dauerhaft auf die Geschwindigkeitsanzeige, wenn mein Mann am Steuer saß.

Zwei Stunden lang fuhren wir an Wäldern, Wiesen und Tälern vorbei. Es war eine schöne Landschaft. Alles grünte und spross um uns herum, aber es wirkte unbebaut und unbelebt. Es waren keine Häuser zu sehen, auch keine Bauernhöfe oder eingezäunten Grundstücke. Slowenien wirkte mit dem Blick aus dem Autofenster, als wäre es eine von der Natur gezähmte Wildnis mit einigen romantischen Schlössern und altertümlichen Burganlagen.

Meine Neugierde war geweckt. Ich stellte fest, dass ich rein gar nichts über dieses Land wusste. Außer, dass die Leihwagen-Firma uns in einem vorherigen Urlaub Slowenien als Durchfahrtsland verboten hatte.

Es musste doch mehr geben als die Angst vor Autodiebstählen. Welche Menschen lebten in dieser Wildnis? Ich fragte Alex und Vince. Sie kennen jedes Reich seit der ersten Hochkultur der Sumerer.

Beide Söhne freuten sich über mein Interesse und erzählten abwechselnd vom militärischen Engagement Sloweniens im letzten Krieg.

Ich hörte eine Zeitlang zu, bis meine Gedanken eigenständig auf Wanderschaft gingen. In meiner Vorstellung nahmen Menschen Gestalt an, die nach Freiheit und Souveränität strebten.

Ich verstehe dieses Ideal, da ich selbst nach der persönlichen Freiheit suche. Mein Kampf ist unblutig, weil ich nicht das Recht habe, einem anderen Menschen das Leben zu nehmen.

Dem ungeachtet gebe ich zu, dass diese Einstellung nicht für kleine Länder haltbar ist. Jede Medaille hat zwei Seiten und nicht jeder Kampf kann ohne Blutvergießen geschehen.

Ich weiß auch nicht, wie ich handeln würde, wenn die Sicherheit meiner Familie gefährdet wäre. Ich bete darum, dass ich niemals in eine solche Situation gerate, in der ich wählen muss zwischen Leben und Tod.

Aus tiefstem Herzen fühle ich mich trotz allem mit diesen mutigen Kämpfern verbunden, die Tag für Tag in Abgeschiedenheit und Kargheit leben und gegen Kälte, Sturm, Regen, Hunger und Not kämpfen.

Ich liebe Geschichten, in denen es um starke Menschen geht, die im Laufe der Geschichte über sich selbst hinauswachsen und dabei die Liebe ihres Lebens finden.

Daher lese ich sehr gerne Highland-Schmöker. Obwohl mich an diesen Abenteuergeschichten die Wildheit der Schöpfung, der Kampf gegen jegliche Naturgewalt, die tiefe Liebe zu einem

Menschen und die Versorgung der Familie geht, zieht mich meine Familie jedes Mal auf, wenn ich ein solches Buch in der Hand halte. »Sex-Bücher!«, bekomme ich sofort zu hören. Da kann ich noch so oft erklären, dass es mir nicht um dieses Thema geht, die Pauschalisierung kommt immer wieder. Vince liefert sogar noch ungewollte Hintergrundinformationen.

Als ich vor kurzem ein Buch in der Hand hielt, auf dessen Umschlag ein gut gebauter Schotte posierte, kam Vince vorbei und schüttelte den Kopf. »Du weißt schon, dass die sich nicht gewaschen haben!«

»Geh raus!«, rief ich ihm zu, während er lachte.

Mein armer sympathischer Held. Er sollte nicht übel riechen. Das konnte ich mir unter keinen Umständen vorstellen. Mein Haudegen sollte nach Feuer, dem Harz der Bäume oder dem salzigen Seewind riechen. Ich blendete das neue Gedankengut recht schnell aus. Abgelehnt!

Vielleicht hatte Vince sogar Recht, trotzdem möchte ich diese Realität nicht anerkennen, um mir den Buchgenuss nicht zu verleiden. Ich bin mir sicher, dass wir immer wählen können, welche Wahrheit wir akzeptieren möchten.

Jedes Mal, wenn Vince danach ins Zimmer spähte, während ich las, rief ich ihm schon von Weitem entgegen: »Wehe!« und er schloss lachend die Tür.

Wir saßen noch im Auto und die grüne einsame Landschaft rauschte endlos an mir vorbei. Ich ließ meine Gedanken schweifen und dachte an einen verwundeten Helden, der vom Schlachtfeld kam und sich am Ende seiner Kraft befand.

Die Verse entstanden spontan in meinem Kopf und ich rezitierte sie selbstvergessen vor mich hin:

»*In Rüstung gekleidet, blutend sein Herz,*

der Gang nicht mehr sicher, die Augen voll Schmerz … «
Das allgemein aufkommende Stöhnen ließ mir bewusst werden, dass mich alle hören konnten. »Nicht schon wieder, Mama!«
Dieses neue Gedicht landete in der Schublade *S wie Schriftsteller*. Meine Familie war Meister darin, Menschen, Gaben und Talente in Schubladen einzuordnen.
Kennst Du auch dieses Ordnungsmittel? Ich bin überzeugt davon, dass es in unseren Familien landauf und landab vorhanden ist. Benehmen A kommt in die eine Lade und Benehmen B in die andere. Die betreffende Person kann künftig tun, was sie will, sie kommt aus der Schublade nicht mehr heraus. Anklagen wie »Immer tust du…«, »niemals machst du…« Hervorgestoßene Aussagen, vergessene Versprechen oder gereimte Gedichte werden automatisch in die entsprechende Schublade eingeordnet. Dazu bedarf es nur eines Stichwortes und die Familienstruktur steht.
So läuft das auch bei uns. Ich stecke fest in meiner Schublade und niemand hat nur ein klein wenig Respekt für mich. Keiner in meiner Familie glaubt, dass ich mit meinen Werken jemals erfolgreich sein werde. Mein Mann belächelt mich: »Du und dein Hobby!« und ist genervt, wenn ich zu lange damit beschäftigt bin. Erscheint zu denken, dass man ein Manuskript in einer Woche schreibt.
Alex verurteilt meinen Entwurf, obwohl er ihn noch nie gelesen hat. Aber er weiß Bescheid und tönt: »Viel zu langweilig, das will keiner lesen!« Oder: »Das Genre interessiert doch niemanden mehr!« Er versucht, mich auf Science-Fiction umzupolen oder zumindest meine Buchseiten mit Mystik zu füllen. Von beidem bin ich aber nicht der Fan. Ich stehe auf spannende, herzerwärmende und humorvolle Literatur, aufs Kom-

binieren und Mitdenken, auf intelligente Lösungen und auf kleine Glücksmomente.
Trotz dieser Kritiken im engsten Kreis mache ich weiter. Mein Schreiben ist das Einzige in meinem Leben, worin ich mich nicht nach der Meinung anderer richte. Selbst die literarische Norm habe ich etwas angepasst. Damit kann ich natürlich Schiffbruch erleiden, das ist mir klar. Aber es wird auch immer mein ehrliches Werk bleiben. Ich habe etwas zu sagen, aber wenn das niemand hören möchte, dann ist das auch in Ordnung.
Ich möchte helfen und erwarte nichts zurück. Nur bitte beurteile mich nicht zu hart.
Ich gebe mein Bestes und hoffe, es ist gut genug.

Endlich angekommen

Nach der langwierigen Fahrt kamen wir am Nachmittag total erschöpft und verschwitzt auf dem Campingplatz an. Den Weg hatten wir dank unseres Navigationsgerätes gleich gefunden.
Als unsere Kinder noch klein waren, gab es ständig Probleme, in einer Ortschaft den außerhalb liegenden Campingplatz zu finden. Sehr oft fragte Johannes mit seinen wenigen Sprachkenntnissen bei Tankstellen nach dem Weg. Heutzutage genügte es, die GPS-Daten des Platzes einzugeben, um ohne Probleme auf den einzigen ins Naturschutzgebiet führenden Fahrweg zu gelangen.
Diese Straße war zwar mehr ein ausgebauter Feldweg, der sich parallel zur Küste zog. Aber die Aussicht war wunderschön. Der Campingplatz lag völlig allein im Grünen, der Himmel wölbte sich hellblau über der leicht bewegten See und die vereinzelten Sonnenstrahlen ließen das Wasser glitzern.
Im Auto war es sehr heiß geworden, so sehnten wir uns nach dem ersten Bad im erfrischenden Wasser. Doch zuerst mussten wir einchecken.
Wir parkten vor der Rezeption und stiegen aus. Wie erschraken wir, als wir die kühle Luft auf unserer erhitzten Haut spürten. Zum Baden war es eigentlich noch zu kalt. Wir stimmten uns ab und waren trotzdem der Meinung, dass wir baden würden, schließlich war das unser erster Urlaubstag.
Meine Familie war abgehärtet. Als es einmal am Gardasee tagelang regnete und die Temperaturen mächtig sanken, sprang ich als Erste in den See, dicht gefolgt von

meinen Söhnen und Nele. David versicherte uns, dass ihn ebenfalls nichts von einem Bad im Meer abhalten konnte. Mathilda sorgte sich um die Kinder, aber sie würde sich uns selbstverständlich anschließen.

Als wir erwartungsvoll das Rezeptionsgebäude betraten, wurden wir recht schnell abgefertigt. Mit dem Hinweis, dass wir auf unsere Platzanweiserin warten müssten, wendete man sich dem nächsten Kunden zu.

Das war gar kein Problem für uns. Wir waren im Urlaub und Verzögerungen gehörten vor allem in südlichen Ländern dazu.

Mathilda setzte sich auf die Bank, um Max zu stillen. Wir standen im Halbkreis um sie herum.

Wie erstaunt waren wir, als wir angekeift wurden, wir sollten endlich Platz machen für die nächsten Urlauber, obwohl noch niemand wartete. Da wir zeitig angekommen waren, herrschte keinerlei Andrang.

David zog eine Augenbraue hoch und auch wir verstanden die Barschheit nicht. Eine solche Unfreundlichkeit hatten wir weder in Italien noch in Spanien erlebt. Mein Schwiegersohn kannte so etwas auch aus Griechenland nicht.

Johannes hatte in jedem unserer Campingurlaube unzählige Fragen an die Rezeptionsmitarbeiter gestellt, von wegen Umtauschmöglichkeiten, Tresoranmietung, Busverbindungen oder Ausflugsempfehlungen. Er war an der Anmeldung gut bekannt und brachte auch mal eine Weinflasche zum Öffnen dorthin, weil uns das entsprechende Werkzeug fehlte. Dann stellte sich heraus, dass die preiswerte Flasche nur aufgedreht werden musste.

Man lachte gemeinsam, aber niemals wurden wir unfreundlich oder respektlos behandelt.

Im Gegenteil! Ich wünschte allen Sicherheitsmitarbeitern, die an der Schranke ihren Dienst versahen, »Buen giornio« und sie grüßten freundlich zurück.

Wir hatten in Italien und Spanien nur nette Menschen kennengelernt. Sogar in Frankreich erhielt ich bei der Wassergymnastik eine charmante Aufforderung, die ich nicht verstehen konnte. Ich zuckte mit den Schultern und erhielt die Worte auf Englisch und das im Land des größten Nationalstolzes.

Ich kann mich sogar noch gut an die außergewöhnlich freundliche Haltung unseres spanischen Linienbusfahrers erinnern, der extra für uns einen Umweg zum Campingplatz fuhr, damit wir unser umfangreiches Gepäck nicht so weit tragen mussten. Wir waren so glücklich darüber, dass wir uns herzlich beim Busfahrer und den freundlich lächelnden Fahrgästen bedankten.

Nur einmal wurden wir von einer alten Frau zurechtgewiesen: »Donde el Casa?« Das hatten wir provoziert, weil wir jungverliebt in der Öffentlichkeit herumknutschten.

Hier auf dem Campingplatz hatten wir nichts Schlechtes getan. Daher konnten wir den unfreundlichen Empfang in keiner Weise verstehen und fragten uns, ob die Kroaten negativ gegen Touristen eingestellt waren.

Wir waren gezwungen, vor dem Rezeptionsgebäude, wo es keinerlei Sitzmöglichkeiten gab, auf die zuständige Mitarbeiterin zu warten.

Endlich kam sie und uns wurden zwei Mobilheime gezeigt. Ich überließ Mathilda die Auswahl. Sie entschied sich für das erste Domizil, das am Wegrand lag. Erst beim Einräumen entdeckte Mathilda die Ameisen. Sie krabbelten durch sämtliche Küchenschränke. Johannes verfolgte ihren Weg und fand ein Loch in der Wand. Mit ein paar Brettern und einigen Nägeln wäre der Insektenzugang im Nu verschlossen gewesen.

Die zuständige Mitarbeiterin winkte ab. Alle Touristen würden sich beschweren, dabei wurde bereits im Prospekt darauf hingewiesen, dass die Mobilheime mehr als 20 Jahre alt waren.

Auf unseren Einwand, dass man dennoch ein solches Loch flicken könnte, zuckte sie nur mit den Schultern und drückte uns eine Flasche Ameisengift in die Hand.

»Die spinnt doch!«, ereiferte sich Mathilda. »Als ob ich Gift auf dem Boden verteile mit einem Krabbelkind, das alles ableckt.«

Wir konnten es auch nicht verstehen. Es herrschte auf diesem Camping-Platz eine Gleichgültigkeit den Urlaubern gegenüber, wie wir es bisher noch nirgends erlebt hatten.

»Ich wusste es, Campen ist voll ekelhaft!« Mathilda schüttelte sich. Wir versicherten ihr, dass wir bisher noch niemals Probleme mit Ameisen im Mobilheim, Löchern in den Wänden und unfreundlichen Mitarbeitern gehabt hatten. Aber der Trost half nicht weiter.

»Wären wir doch bis Spanien gefahren, nur 200 km weiter«, schimpfte Mathilda und sprach damit aus, was wir alle dachten.

Die Schäbigkeit der Mobilheime warf einen ersten Schatten auf unser Urlaubsglück. Wir waren schon verstimmt und räumten nur die notwendigen Taschen und Koffer in die Zimmer. Auspacken wollten wir erst am Abend. Wir hatten es eilig, ins Meer zu springen und endlich etwas Schönes zu erleben.

Den Strand konnten wir zu Fuß erreichen, wenn wir den Campingplatz einmal ganz durchquerten. Wir legten unsere Handtücher auf die Steinplatten und zogen unsere mitgebrachten Wasserschuhe an. Die vielen spitzen Steinchen machten das nötig.

Das Meerwasser war sehr erfrischend, etwa so kalt wie ein Bad im Atlantik. Ich brauchte einen Moment, bis ich mich hinein gleiten ließ, aber dann war es herrlich. An einem heißen Tag hätte ich das Wasser sehr genossen. So blieb immer die Angst um eine Blasenentzündung. Obwohl das Thermometer eine Lufttemperatur von 23° C bescheinigte, blies ein kalter Wind. Wir mussten uns nach dem Bad sofort abtrocknen und umziehen.

Mathilda hatte sich für die Kinder einen Sandstrand gewünscht und jetzt konnten wir sie auch verstehen. Im warmen Sand hätten die Kleinen in unserer Nähe mit Schaufel und Eimer gespielt. Die abschüssigen Steinplatten waren für Max ungeeignet. Er versuchte ständig, zum Wasser hinunter zu krabbeln, wo Papa und Emely einen Steinwall bauten. Dabei ging er sehr schlau vor. Anstatt mit den Knien über die Felsplatten zu schrammen, machte er eine Kunst daraus und lief im 4-Füßler-Stand, auf Händen und Füßen, den Po hoch in die Luft gestreckt.

Das sah sehr lustig aus, war aber auch gefährlich. Er konnte leicht das Gleichgewicht verlieren und die Felsen hinunterrollen.

Deshalb lief Mathilda immer gleich hinter ihm her, was nach dem dritten Mal keinen Spaß mehr machte.

Wir alle bemühten uns, ihn am Platz bei Laune zu halten. Da wir keinen Laufstall im Gepäck hatten, setzten wir Max in unseren großen Schwimmreifen, zum Spielen suchten wir ihm schöne Steine. Die Steine leckte der Kleine hingebungsvoll ab, bevor er sie in verschiedene Becher füllte, die wir ihm eilig anboten. Das funktionierte eine gewisse Zeit lang, dann krabbelte er wieder aus dem Reifen heraus. Und das gleiche Spiel begann von Neuem.

Ging Mathilda mit Max in das kalte Wasser hinein, dann gab er nur Ruhe, wenn er auf ihrem Arm war. Deshalb konnte Mathilda nicht schwimmen und so fror sie sehr schnell. Sie wählte mit Max wieder den Weg nach oben zum Platz, trocknete ihn ab und zog ihn um. Sich selbst wickelte sie in ein großes Handtuch, so kalt war es.

David und Emely bauten noch immer an ihrem Steinwall und Mathilda sorgte sich auch um die Kleine: »Ihr müsst rauskommen, sie hat schon ganz blaue Lippen!« Aber Emely hatte keine Lust dazu. Sie ließ sich nur widerwillig aus dem Wasser ziehen. Mathilda versprach ihr ein Riesen-Eis, das half, während Max zum x-ten Mal versuchte, wieder zum Wasser zu gelangen.

Das Baden war sehr stressig für die junge Familie und so packten sie nach zwei Stunden zusammen, um zum Spielplatz zu gehen. Dort gab es eine Sandkiste und ein großes Trampolin, welches Emely liebte.

Wir alle vermissten die wärmende Sonne und Mathilda ängstigte sich regelrecht, dass die Kinder sich erkälten könnten. Sie meinte, der Seewind wäre gefährlich und kranke Kinder würden uns den gesamten Urlaub vermiesen. Wir sahen das etwas lockerer. In nasser Badebekleidung war es wirklich zu kalt, aber angezogen konnten wir wandern gehen, ohne unter Hitze zu leiden. Das war eine ganz neue Erfahrung. Sonst schwitzten wir immer bei Sportaktivitäten im Sommerurlaub.

Ich achtete auf den Punktestand. Was sprach für den Urlaub, was dagegen? Dazu startete ich eine Umfrage. Mathilda schimpfte über den blöden Strand und das zu kalte Wetter. David fand das erfrischende Wasser sehr angenehm, er hatte auch nicht gefroren. Für Alex, Johannes und mich war es soweit in Ordnung, wenn sich das Wetter bessern würde, was ja immer zu hoffen war. Und Vince stimmte David in allen Punkten zu. Er fand das kühle Wetter wunderbar: »Endlich mal nicht schwitzen und tief durchatmen können.« Ich wusste bis dahin gar nicht, dass meinem Jüngsten unsere südlichen Urlaube viel zu heiß gewesen waren.

Alles in allem war es nicht der beste erste Urlaubstag. Das wollte ich so nicht stehenlassen. Schließlich waren wir hier, um Spaß zu haben. Also lud ich die ganze Familie in das platzeigene Restaurant ein, wo wir noch gemütlich zusammensaßen und einen stillen Abend genossen.

Der Blick über das Wasser war wundervoll. Die Sonne versank langsam über dem Strand und es begann, dunkler zu werden. Die bunten Laternen schwankten leicht im Wind, das Rauschen der Wellen ließ sich nur noch erahnen.

Emely und Max saßen vor dem Handy der Eltern und ließen sich mit Kinderliedern berieseln, allen voran „Das kleine Pferd ist unser Freund, unser Freund …" Von ihnen kam kein Ton mehr.

Wir waren sehr froh, dass wir beim Essen Ruhe hatten und nahmen diese Momente dankbar entgegen.

Die bestellten Cevapcici schmeckten sehr gut. David trank ein Bier dazu, während sich die anderen an Cola hielten. Ich wollte mein erstes Glas Rotwein trinken und ließ mir von dem Kellner einen guten Tropfen empfehlen. Er verbürgte sich dafür, dass der eingeschenkte Rebensaft süffig zu trinken sei, doch ich fand ihn eher zu herb. Gemeinsam stießen wir an. »Auf unseren Urlaub!«

Ungenügendes Wetter

Auch der nächste Tag wurde nicht besser. Es regnete bereits seit dem frühen Morgen und wollte gar nicht mehr aufhören. Ich saß für kurze Zeit auf meiner Terrasse unter dem gigantischen Sonnenschirm, bis mich die unangenehme Feuchtigkeit erreichte. Dann verzog ich mich in unser Mobilheim, wo Johannes dabei war, Kreuzworträtsel zu lösen.
»Ein Glück, dass wir nicht mehr im Zelt leben!«, murmelte ich vor mich hin. Mein Mann sah kaum auf. Warum sollte ich mich ärgern? Ich war von Herzen dankbar für das feste Dach unseres Mobilheims und ein wenig Bewegungsfreiheit.
Mit einem Buch machte ich es mir auf dem Sofa gemütlich, während draußen der Regen strömte. Bei diesem Wetter hätte man auch in Deutschland bleiben können. Ich las zwar gerne, aber im Sommerurlaub wollte ich draußen sitzen und das war mir gerade auch zu kalt.
Einige Zeit später klopfte es an unserer Tür. Mathilda und David besuchten uns, während Nele auf die beiden Kleinen aufpasste. »Sauwetter!«, kommentierte Mathilda. »Warum sind wir ausgerechnet hierhergefahren?« David ergänzte, dass die Kinder bereits seit fünf Uhr morgens wach waren und nur noch Blödsinn anstellten.
»Wir fahren jetzt in das Shopping-Center nach Pula!«, verkündete meine Tochter, »Kommt ihr mit?«
Eigentlich bevorzugten wir im Sommerurlaub andere Dinge, aber ich erinnerte mich an einen Zelturlaub, den wir im Regen verbrachten. Wie wir im Igluzelt saßen und bei jeder Bewegung ein Nässeschock drohte. Damals

fuhren wir in das nächste McDonald, um wenigstens im Trockenen zu frühstücken. Was sollte man sonst tun?
Also, auf in das Shopping-Center! Wir weckten die Jungs und fuhren los.
Die Fahrt zum Einkaufszentrum war interessant. Die Straße führte am Hafen vorbei, der einst der wichtigste Kriegshafen der österreichisch-ungarischen Monarchie gewesen war. Auf der Werft konnten wir einen uralten verrosteten, aber immer noch eindrucksvollen Riesen erkennen.
Die Hafenstraße war bunt zusammengewürfelt. Mitten in einer Häuserzeile stand ein römischer Pavillon in einer winzigen Grünanlage. Das Baudenkmal war nicht in Szene gesetzt und wirkte zwischen den reparaturbedürftigen Häusern ungewöhnlich und fremd. In einer anderen Straße konnten wir einen riesigen Hinkelstein erkennen, um den sich das alltägliche Leben ausbreitete.
Ich stellte einen Vergleich zu einem früheren Ausflug nach Ravenna an. In dieser wunderschönen italienischen Stadt verteilten sich die frühchristlichen und byzantinischen Baudenkmäler über die gesamte Altstadt. Dort hatte man dafür gesorgt, dass die Anordnung und Umgebung stimmten. Sogar der Straßenbelag wurde angepasst.
Hier in Pula wirkten einige Bauwerke der Antike eher wie Fremdkörper.
Das Shopping-Center war ebenfalls enttäuschend. Ich würde mal schätzen, dass es an diesem Morgen der Treffpunkt aller Touristen der Region war. Es dauerte, bis wir einen Parkplatz gefunden hatten und die wenigen Aufzüge schafften den Andrang nicht. Wir standen mit

Mathilda, David und dem Kinderwagen im Parkhaus und warteten, bis wir an der Reihe waren.
Es dauerte und jeder Aufzug war schon voll mit Leuten, die gut und gern die Treppe hätten benutzen können. Mathilda war mittlerweile so genervt, dass sie anfing, laut zu schimpfen: »Habt ihr keine Beine, könnt ihr nicht laufen?« Das war schon peinlich, wenn sie auch recht hatte. Die blonden Niederländerinnen schauten Mathilda mit großen Augen an, nach dem Motto »nix verstehen«, während andere den Aufzug still verließen. Man machte Mathilda Platz und wir wuchteten den Kinderwagen hinein.
Fortan ging das bei jedem Aufzug so. Mathilda nahm kein Blatt vor den Mund und setzte sich mit Ellenbogen durch. Sie wollte schon zwei sehr dicke ältere Frauen anpfeifen, das konnte ich aber gerade noch verhindern.
Die Stimmung war im Keller. Das Wetter blieb mies, wir wussten nichts mit uns anzufangen und das Einkaufszentrum hielt nicht, was es versprach. Es gab keine urigen kroatischen Läden, kein Kunsthandwerk, nichts Landestypisches. Wir konnten gewöhnliche Geschäfte sehen, die es in Deutschland an jeder Ecke gab. Als wir genug vom Laufen hatten, suchten wir nach einer Kaffeeinsel und etwas Gemütlichkeit. Doch auch solch ein Plätzchen ließ sich nicht finden. So betraten wir den großen Supermarkt. Dort versorgten wir uns mit Vorräten, dann hatten wir wenigstens schon mal eingekauft.
Ich fand nützliche Strandpolster, die man für mehr Komfort auf die Steinplatten legen konnte. Das war mal eine gute Idee!

Für den Abend hatten wir ein Barbecue auf der Terrasse von Mathilda und David geplant, also suchten wir nach Bratwürstchen, Steaks und Backwaren. Ich kaufte Mayonnaise, um einen Kartoffelsalat zuzubereiten. Mit etwas Glück konnten wir den Urlaubstag noch retten.
Doch aller Optimismus half nicht, als ich an der Kasse erneut unfreundlich behandelt wurde. Die Kassiererin zeigte mir den zu zahlenden Betrag von 230 Kuna, während Johannes die Waren einpackte. Ich gab ihr zwei 200-Kuna-Scheine, die ich am Vortag beim ersten Geldwechsel auf dem Campingplatz erhalten hatte.
Aus den Sprachfetzen der Kassiererin entnahm ich, dass sie mit meinen Scheinen unzufrieden war und Kleingeld von mir verlangte. Aber ich hatte keins. Auch mein Mann hatte nichts. Ich verneinte, mit freundlicher Mimik und einem entschuldigendem Schulterzucken. Sie schimpfte mit einer anderen Kassiererin über mich, während sie betont langsam und widerwillig das Wechselgeld herausgab.
Wir konnten dieses Benehmen nicht verstehen.
Ich meine, wir sind anständige Touristen, geben ein ordentliches Trinkgeld, nehmen bei jedem Picknick unseren Abfall mit, grüßen freundlich, wenn wir ein Geschäft betreten und wieder verlassen. Wir lächeln Menschen an und lassen unsere guten Absichten erkennen. Ich halte sogar meine Kinder dazu an, Respekt vor Kulturdenkmälern aufzubringen.
Was sollte das also?
Wir fuhren zurück und nahmen ein leichtes Mittagessen ein, danach packten wir für den Strand. Zum Nachmittag hin hatte der Regen aufgehört, obwohl die Temperatur die 23° C nicht überstieg.

Mathilda schimpfte wieder über das Wetter, während sie sich auf unseren neuen Strandauflagen niederließ. In ihrem schwarzen Bikini sah sie sehr gut aus. Ein wenig neidisch war ich schon. In meiner Jugend hatte ich auch eine solche Figur, aber jetzt? Einige Kilos zu viel hatten meine Bikinifigur verschandelt. Die meisten Männer nahmen einen Bauch locker, machten untereinander sogar Witze: »Hat dir deine Frau über Nacht dein Hemd enger genäht?« Ich dagegen hatte das Gefühl, meine Figur verstecken zu müssen. So viel zum Thema Selbstbewusstsein.

David baute mit Emely einen weiteren Steinwall und wir anderen gingen abwechselnd schwimmen, um danach zu frieren, holten Max zurück, der in Richtung Wasser unterwegs war, und langweilten uns.

Später saßen wir noch bei Mathilda und David auf der Terrasse. Die Steaks waren gut, die Würstchen zu fettig und der Kartoffelsalat schmeckte ungewöhnlich. Das kreideten wir dem Land aber nicht an. In einem Urlaubsland konnte man nicht erwarten, dass der Kartoffelsalat wie zuhause schmeckte.

Die Kleinen schliefen und wir beschäftigten uns mit Kartenspielen. Dabei fiel mir auf, wie still die Nacht war. Man hörte außer uns gar nichts.

Von den südlichen Campingplätzen waren wir es gewohnt, dass es bis Mitternacht Musik und Tanz gab. Das genossen wir immer sehr. Das gemütliche Sitzen in der Bar, während lustige Shows stattfanden und fetzige Rhythmen erklangen, die ins Blut gingen. Hier auf diesem Campingplatz gab es gar nichts. Noch nicht einmal landestypische Musik. Nur ein paar Einheimische saßen

still und in sich gekehrt auf ihren Stühlen, ansonsten gab es hier kein Leben.
Wow! Was war denn hier passiert?
Ich hoffte, dass es zumindest zweimal in der Woche eine Animation geben würde. Nicht immer pädagogisch wertvoll, aber wenn es uns zu bunt wurde, dann gingen wir einfach. Wir lechzten nach etwas Leben. Die einzige Alternative war das abendliche Kartenspiel, sogar Poker spielten wir wegen der Langeweile.
Wir erzählten Mathilda von unseren letzten Campingurlauben im Süden. Mit nur 200 km mehr hätte sie sommerliche Wärme, Pool und Sandstrand, Wassergymnastik und Kinderanimation erlebt.
So kannten wir es und immer mehr ärgerten wir uns über meinen Mann, der die Kilometerbegrenzung aufgestellt hatte. 200 Kilometer mehr und wir hätten Wohlbefinden und Urlaubsspaß gehabt.
Sollte dieser Urlaub weiterhin so unangenehm verlaufen, dann würden Mathilda und David nie mehr mit uns gemeinsam verreisen. Es gab Dinge, die konnte man in der Familie nicht nachholen, sie waren für immer verloren!
Es war wirklich schade, aber es sah ganz so aus, als würde dieser Urlaub anders werden, als wir uns das vorgestellt hatten.

Langeweile pur

Auch am nächsten Tag begann der Morgen mit Regen. Und wieder wollten Mathilda und David zum Shopping-Center fahren. Ich hatte so gar keine Lust dazu, aber was blieb mir übrig? Vince schüttelte den Kopf. »Auf keinen Fall!«, er wollte lieber im Mobilheim warten.
Wäre ich doch auch nicht mitgefahren!
Alles begann damit, dass Nele an diesem Morgen hereinkam und mit ihren Forderungen über uns herfiel.
»Kann ich das Auto haben? Ich will zum Shopping-Center fahren!«
Johannes fiel aus allen Wolken. Als er nicht gleich auf den Vorschlag einging, fuhr Nele fort:
»Immer darf nur Alex im Urlaub fahren, mich benachteiligt ihr jedes Mal!«
Das Argument war absurd. Wir waren im Ausland und ein Unfall mit grüner Versicherungskarte und fehlenden Sprachkenntnissen war nie lustig. Dazu kam, dass Alex viel besser fuhr als Nele. Sie nahm gerne mal einen Bordstein mit und in Urlaubsländern gab es so schmale Gassen.
Während ich aus Angst vor Konsequenzen nur stumm den Kopf schüttelte, ließ Johannes sich auf die »Ich-darf-nie-Tirade« von Nele ein und übergab ihr den Autoschlüssel. Sie durfte uns chauffieren!
Die Fahrt war so schlimm, dass ich fortan keine Lust mehr verspürte, ins Shopping-Center zu fahren. Am liebsten wäre ich sogar zwischendurch ausgestiegen.
Schaute ich beim gestrigen Besuch noch aus dem Fenster, so versuchte ich jetzt, mich mental an einen besseren Ort

zu versetzen. Nur damit ich die Kommunikation von Johannes und Nele nicht mit anhören musste.

Nele fuhr erst nach Pula hinein, während mein Mann mit den Händen fuchtelte und schrie: »Fahr nicht so dicht auf, du musst mehr Abstand halten!« Nele kreischte zurück: »Ich weiß, was ich tue. Ich habe schon ein Jahr den Führerschein. Hör auf, mich zu verunsichern!«

»Brems!«, brüllte mein Mann sofort wieder und fuchtelte mit den Händen. »Siehst du denn nicht, dass das Auto vor dir bremst?« Nele drückte vor Schreck die Bremse bis zum Anschlag durch, während wir nach vorne geschleudert wurden.

Ich saß auf dem Rücksitz und betete um Schutz. Denn Nele fuhr oft dicht auf, sie hatte diesen Weitblick noch nicht. Und ich wusste wirklich nicht, warum Johannes sie hier in dieser fremden Stadt fahren ließ.

Alex durfte im letzten Urlaub in Spanien unser Auto fahren. Und Nele plädierte immer gern auf das Gleichbehandlungsprinzip. Alex fuhr zu dieser Zeit jedoch schon so gut, dass er die sehr enge Gasse durchfahren konnte, ohne die Spiegel auch nur anzukratzen.

Nun hatte Nele auch noch die falsche Abfahrt genommen. Johannes fuchtelte erneut mit den Armen und schrie: »Du musst hier abbiegen, nicht nach rechts, geradeaus!« Als wäre das noch nicht genug, schaltete sich Alex begütigend in das Gespräch ein: »Papa, du weißt doch, dass du die Nele ablenkst. Sei jetzt einfach mal still!« Mein Mann drehte sich zu mir um und gab bissig zurück: »Die soll nach vorne schauen und nicht nach hinten. Sag ihr das!«

Als ob!

»Mensch, Papa, ich schau ja nach vorne, jetzt beruhige dich mal!«, gab Nele zurück, sah dabei aber ständig in den Rückspiegel. Und Alex versuchte, ein weiteres Mal an die väterliche Einsicht zu appellieren: »Du weißt doch ganz genau, dass du Nele ablenkst. Kannst du nicht mal still sein und ruhig sitzen, ohne zu zappeln?«

Ich sagte schon lange nichts mehr zu diesem Blödsinn. Nur ein Idiot würde sich hier einmischen. Aber ich schwor mir, bei zukünftigen Einkaufstouren nicht mehr mitzukommen. Mathilda und David mussten allein in ihr Shopping-Center fahren.

Dieser Sommerurlaub, den ich mir so gewünscht hatte, entwickelte sich zu einem Alptraum. Es gab keinen Unterschied mehr zu meinem Alltag, obwohl sonst alle im Urlaub viel entspannter und gelassener waren. Nur deswegen liebte ich meine Urlaube. Weil dann niemand im Auto herumschrie.

Normalerweise gingen wir auf einem Campingplatz morgens zum Sport. Angeboten wurden Fußball, Volleyball, Basketball oder Fahrradtouren. Ich ging stets zur Wassergymnastik, die durch Musik beschwingt wurde, und Nele und ich wagten uns sogar bei Zumba aufs Parkett. Abends ließen wir uns alle beim lustigen Programm treiben, saßen entspannt vor einem Eisbecher, während Animateure irgendeinen Blödsinn vorführten.

In dem diesjährigen Urlaub hörte ich nur die alltäglichen Diskussionen, auf die ich gut verzichten konnte.

Um diesem morgendlichen Wahnsinn zu entgehen, überzeugte ich meinen Mann vom Wandern am nächsten Morgen, Vince war ebenfalls mit von der Partie. Wir liefen den Strand entlang und hangelten uns an den feuchten Felsen weiter. Die Steine, auf die wir traten, waren schlüpfrig, daher mussten wir sehr vorsichtig gehen. Wir kletterten den Berg hinauf und benutzten an den steilsten Stellen die in der Wand befestigten dicken Taue. Das war ein Weg nach meinem Herzen, abenteuerlich und mit dem Hauch der Gefahr. Zwischendurch gab es immer wieder Ausblicke auf das ruhig vor uns liegende blaue Meer, das jedem Regenschauer trotzte.

Auf dem Bergplateau wanderten wir unter Bäumen und Sträuchern weiter, bis wir zu einem Abgrund kamen, der mit einer bis zur Wasserkante baumelnden Hängebrücke versehen war. Am tiefsten Punkt der Holzplanken bewegte sich das schwarze Meer trügerisch, als warte es nur darauf, den nächsten waghalsigen Urlauber zu verschlingen.

Mein Mann überquerte als Erster diesen Wackelweg. Vince folgte ihm. Ich brachte es nicht über mich und lief die Strecke außen herum.

Wie gut, dass es hier nicht um eine Mutprobe ging. Ich weiß noch, wie ich damals im Schwimmunterricht der Schule vom 3-Meter-Brett springen musste. Eine Lehrerin hatte mich in diese Lage gebracht. Nun stand ich auf dem Brett und wartete auf einen Feueralarm oder ein sonstiges außergewöhnliches Ereignis, das mich retten konnte. Ich stand und wartete und wusste doch, dass ich springen musste, sonst würde ich für alle Zeit als Feigling dastehen. Schließlich überwand ich meine Angst und sprang. Es war kein angenehmes Erlebnis, als die Wassermassen über mir zusammenschlugen und ich wie ein Stein nach unten fiel, bevor ich mich wieder an die Oberfläche bewegen konnte. Noch heute hasse ich tiefes Wasser.

Direkt nach uns kamen zwei österreichische Familien mit Kindern und Jugendlichen an den Abhang. Interessiert blieb ich am Rand stehen und sah zu. Würden die beiden Frauen den abenteuerlichen Weg wagen?

Auch bei dieser Gruppe ging ein einzelner Vater als Erster über die Brücke, dann folgten ihm die Söhne. Die Frauen schüttelten lachend den Kopf und liefen eifrig schwatzend den Fußweg um die Schlucht herum.

Der zweite Vater sah sich auch einen Moment die Brücke an, dann murmelte er etwas von »Gepäck in Sicherheit bringen!« und trug alle Taschen, Decken, Strandmatten, Handys und die Verpflegung auf den sicheren Wanderweg.

Ich amüsierte mich köstlich, als ich sah, dass die Frauen ebenfalls gekniffen hatten.

Als wir wieder zum Campingplatz zurückgingen, sahen wir einen Baum mit kleinen Granatäpfelchen. Ich kannte diese Früchte nur aus dem Supermarkt und vollführte deshalb fast einen Freudentanz. Ich betastete die kleinen Äpfelchen, roch an ihnen und machte Fotos. Die Natur schien hier in Kroatien noch in Ordnung zu sein und das war ein Pluspunkt für unser neues Urlaubsland.

Am Nachmittag wollten wir nicht einfach nur faul am Strand liegen. Im Meer gab es eine aufblasbare Plattform für Schwimmer, auf der man springen, tauchen und rutschen konnte. Diesen Spaß spendierte ich meinen Kindern und Mathilda und David. Mein Mann und ich, wir wollten die Kleinen betreuen.

Ich bezahlte für alle und jeder zog seine Schwimmweste an, dann bewegten sich meine Lieben im kalten Wasser von uns weg.

Als sie die Mutter nicht mehr sehen konnte, fing Emely an, heftig zu brüllen und Max versuchte alles, um sich vom Arm meines Mannes nach unten zu stürzen.

Ich redete beschwichtigend auf Emely ein, während Johannes Max umklammerte. »Die Mama kommt gleich wieder!« Aber die Kleine ließ sich nicht beruhigen, sie führte sich wie eine Furie auf und war bereit, sich ins Meer zu werfen. Ich konnte sie weder auf den Arm nehmen noch dazu bewegen, ein Stück weiterzugehen.

Selbst ein Eis konnte sie nicht locken.

Wir standen mit den Füßen direkt vor der Wassergrenze und mussten die Kinder aufhalten. Emely schrie aus vollem Hals und alle anderen Eltern warteten gespannt, wie wir reagieren würden.

Wir konnten gar nichts tun.

Die gute Idee, Mathilda, David und unseren Kindern etwas Spaßiges zu spendieren, war buchstäblich ins Wasser gefallen.

Mathilda musste zurückkommen.

Das war einfacher gedacht als getan. Ich ruderte mit den Armen und schrie aufs Meer hinaus, doch unsere Lieben rutschten, tauchten und sprangen immer weiter. Es dauerte eine Zeit lang, bis David auf uns aufmerksam wurde und Mathilda zu uns herüberschwamm. Die ganze Zeit brüllte Emely aus vollem Hals, es war furchtbar.

Mathilda sprach mit ihr und die Welt war wieder in Ordnung. Dann dachte meine Tochter, sie könnte Emely mit auf die Plattform nehmen. Dazu erhielt die Kleine eine Kinderschwimmweste von dem netten Sicherheitsbeamten. Gemeinsam zogen sie los. Doch schon nach kurzer Zeit kam Mathilda mit dem Kind zurück. Es hatte keinen Sinn. Emely stresste auch auf der Plattform herum.

Es tat mir von Herzen leid, dass wir Mathilda nicht unterstützen konnten. Wir aßen mit ihr und den Kindern ein Eis und warteten, bis die anderen wieder kamen, dann gingen wir zurück zum Mobilheim.

Nach drei Regentagen hatten wir wirklich genug von Istrien. Im Mobilheim gab es kaum Rückzugsmöglichkeiten und so saßen wir in dem beengten Wohnraum herum, lösten Kreuzworträtsel, lasen oder spielten auf dem Handy. Unaufhörlich ignorierten wir den Regen, indem wir trotzdem wandern gingen, auf dem Sportplatz kickten oder Federball spielten. Das war das reinste Überlebenstraining.

Abends langweilten wir uns gemeinsam bei Mathilda und David auf der Terrasse.

Wir setzten unsere Hoffnung auf den Samstag. Für diesen Tag hatten wir uns das Colosseum in Pula aufgespart. Denn laut Reiseführer gab es an jedem Samstag einen richtigen Gladiatoren-Kampf zu bestaunen.

Meine Jungs fieberten schon die ganze Zeit darauf, denn auf allen Plakatwänden waren Murmillo und Thraker zu sehen, zwei historische Gladiatoren mit federgeschmückten Helmen, das war wahrlich eine Reise wert. Man lasse die Schwerter schwingen!

Das Colosseum

Auf das Colosseum oder das Amphitheater, wie es auch genannt wird, hatten wir uns am meisten gefreut. Es ist das sechst größte aller erhaltenen Arenen aus der Römer-Ära und wurde einst von Kaiser Augustus errichtet. Hier wurden während der Gladiatoren-Zeit noch barbarische Spiele veranstaltet.

Meine Jungs übten bereits auf der Holzterrasse die verschiedenen Schlagtechniken mit dem Kurz- und dem Langschwert. Fachsimpelnd waren sie darauf gespannt, welche Waffen die Gladiatoren im Amphitheater benutzen würden.

Endlich war der Samstag gekommen und der Andrang vor der Kasse war dementsprechend stark.

Wir konnten es kaum fassen, dass es direkt vor dem Colosseum ausreichend Parkplätze gab, so etwas kam bei uns im Rhein-Main-Gebiet nur sehr selten vor. Welch ein Glücksfall! Leider war die Freude von kurzer Dauer. Zum Parken brauchte man Kleingeld und wir hatten keine Münzen. Ganz egal, wo wir eingekauft hatten, überall geizte man damit. Wir liefen die Straße hoch und runter und versuchten, Geld zu wechseln, aber selbst in den Cafés war man dazu nicht bereit.

»Ich schaffe es, Geld zu wechseln, wartet auf mich!«, so verabschiedete sich mein Mann und David begleitete ihn. Johannes dachte stets, dass ihm alles gelang. Ich wunderte mich manchmal, wo er sein Selbstbewusstsein hernahm. Doch mein Mann war sehr beharrlich, wenn es um Handwerker oder Telekommunikations-Unternehmen ging. Er bekam stets einen Ansprechpartner ans Telefon.

Mathilda und ich warteten mit den beiden Kleinen am Straßenrand, gute 30 Minuten lang. Dann kehrte Johannes siegesbewusst zurück. »Niemand wollte wechseln, man wies mir eindringlich den Weg zu einer Bank. Aber auch dort habe ich nur einen kleinen Schein umtauschen können!« Für das Auto von David reichte das Kleingeld nicht. Mein Schwiegersohn löste das Problem ganz einfach, indem er Emely ein Eis kaufte und die gewünschte Münze erhielt.

Nachdem das erledigt war, stellten wir uns in der Schlange vor dem Colosseum an. So wie es aussah, hatte es hier schon Ärger mit Touristen gegeben. Das entnahmen wir dem Zettel, der direkt über dem Kassenhäuschen hing. Sehr deutlich konnte man in vielen Sprachen lesen, dass nur ein internationaler Studentenausweis mit Bild zur Reduzierung des Kassenbetrages führen würde.

Das nächste Schild verärgerte uns aber richtig. »Heute kein Gladiatoren-Kampf!« stand darauf, ohne Angabe von Gründen. Und dies an dem einzigen Samstag, den wir in Kroatien verbringen würden. Das war eine Katastrophe!

Wir betraten trotzdem das Colosseum, waren aber schwer enttäuscht. Das Amphitheater war zwar recht gut erhalten und man durfte auf alle Felsblöcke klettern, aber die Gladiatorenschau fehlte uns allen. So kletterten wir jetzt lustlos durch die Gegend, vor allem meine Söhne, sie machten Fotos, waren aber recht schnell damit fertig.

Manche Touristen sprangen auf der Bühne herum und führten Faxen vor. Das war in Anbetracht der Umstände sehr armselig und brachte uns nicht zum Lachen.

Es kam, wie es kommen musste, Alex und Vince wollten gleich wieder gehen. Ich dachte an das Warten wegen dem Parkgeld und das Anstehen an der langen Schlange und war noch nicht bereit, mich gleich wieder zu verabschieden. Daher versuchte ich, etwas Spannung zu erzeugen, in dem ich meinen Jungs erzählte, dass es hier bestimmt Geheimgänge gab, schließlich kamen die Gladiatoren ja aus einem anderen Eingang, wie die Löwen. Alex und Vince waren mit der Suche ein paar Minuten lang beschäftigt.

Ich machte ein Foto vom Colosseum für meine Freundin Christiane, das hatte sie sich gewünscht, und versendete es per WhatsApp. Dazu suchte ich noch ein Paar gekreuzte, altertümliche Schwerter aus. Die Antwort kam gleich: »Mach keinen Quatsch!« und zwei Herzen. Echt lustig, als ob man hier irgendwo gefährliche Dinge unternehmen könnte. Man hatte ja gar keine Zeit bei all der nervigen Kleingeldsuche!

Ich setzte mich auf die oberste Sitzplatte und atmete tief ein. Dann ließ ich meiner Fantasie freien Lauf. Ich stellte mir die wogende Menge vor, die zur eigenen Unterhaltung schrie: »Lasst die Löwen frei!« und erschrak. Ich wusste, was kommen würde.

Als Jugendliche hatte ich einen Film gesehen, den ich nie vergessen konnte. Kleine Kinder wurden in Schaffelle gehüllt und in die Arena gebracht, wo Löwen hereinstürmten und sie zerrissen. Nie werde ich diese furchtbaren Bilder vergessen. Ich schüttelte mich und stand auf. Der Reiz des Altertums war verflogen, so toll war dieser Haufen Steine doch nicht!

Auch meine Jungs hatten genug, sie wollten gehen. Auf der Suche nach Geheimgängen hatten die beiden nur den

Ausgang gefunden. Wir folgten der Treppe hinunter in den Untergrund und durchquerten einen schmalen Tunnel, an dessen Wänden das Wasser in Strömen herablief. Im angrenzenden trockenen Teil des Kellergewölbes wurden Amphoren, Schwerter, Schmuck, Ausgrabungsfundstücke und Gladiatoren-T-Shirts zum Kauf angeboten.

Unzufrieden verließen wir das Bauwerk. Von der Anregung, die wir uns versprochen hatten, war nicht viel geblieben. Die mühsam errungene Parkzeit lief noch, so dass wir uns abstimmten, noch durch die nahe Innenstadt von Pula zu schlendern.

Wir gingen an den Baumalleen vorbei, die Kaiserin Sissi zu Ehren gepflanzt wurden. Unter den gewaltigen Baumkronen gab es verschiedene Cafés, in denen die Menschen saßen. David hätte hier gerne einen Kaffee getrunken. Aber uns anderen war das einfach zu kühl. Die kaum vorhandene Sonne schaffte es nicht, das mächtige Blätterdickicht zu durchbrechen. Somit wirkte dieser geschichtsträchtige Ort auf mich kalt und dunkel.

Alles wäre besser gewesen, wenn die Sonne richtig geschienen und wenn der Gladiatoren-Kampf im Theater planmäßig stattgefunden hätte. Dann wären jetzt zwei zufriedene Jungs an meiner Seite, was einen Stadtbummel immer aufwertet.

So, wie dieser Tag gelaufen war, auf den sie sich schon seit Wochen freuten, konnte ich gut verstehen, dass sie nun einfach durch die Stadt eilten, ohne für etwas Interesse aufzubringen. Sie wollten diesen Ausflug nur schnell hinter sich bringen.

Ich versuchte, wie so oft, die Stimmung zu retten, indem ich anmerkte, wie viele römische Ruinen es in Pula gab und mit dem Triumphbogen begann, der den Zugang zur Altstadt bildete, erhielt aber keine Reaktion.

Meine Jungs liefen vorneweg und immer geradeaus, bis es eine neue Einmündung gab, dann warteten sie ungeduldig mit verschränkten Armen, bis wir ankamen. Das dauerte seine Zeit, denn Mathilda und David ließen Emely laufen und kamen dadurch nur im Schritttempo vorwärts.

Das wiederum brachte meinen Mann in Bedrängnis, der immer gern auf alle seine Kinder achtete, vor allem im Ausland. Johannes und ich, wir liefen in der Mitte, hinter Alex und Vince und vor Mathilda, David und den Kindern und versuchten, alle im Auge zu behalten.

Das war der totale Stress. Mit meinen Jungs konnte ich in dieser Situation nicht reden. Ihnen ging es nur darum, schnell durch die dumme Stadt zu eilen. Die Eltern sollten die Kleine tragen, dann würde es schneller gehen. Das brachte wieder meinen Mann auf die Palme, der zu mir sagte: »Die Jungs sollen sich mal nicht so anstellen!« Folglich beruhigte ich meinen Mann, der sich schon aufregen wollte und erklärte ihm, dass die Jungs klug genug waren, bei jeder Querverbindung auf uns zu warten.

Man kann sich vorstellen, dass auch ich diesen Stadtbummel nicht genoss. Auf mich wirkte die Innenstadt furchtbar, langweilig und ohne jegliche Atmosphäre. Ob das daran lag, dass ich innerlich unter Stress stand oder ob es wirklich an Pula lag, das wusste ich nicht. Es wurde auch nicht besser, als Johannes in jeden Touristenshop

ging, um Andenken zu kaufen. Dazu war ich jetzt wirklich nicht bereit und meine Jungs schon gar nicht.
Ich versuchte, mich mit etwas anderem zu beschäftigen und suchte nach der istrischen Kultur, einem besonderen Baustil, einer interessanten Gartenanlage oder ungewöhnlichen Kunstgegenständen. Dann sah ich ein Schaufenster mit Bildern istrischer Künstler. Sie steckten in riesigen Rahmen und waren sehr farbenfroh, das war zwar nicht ganz mein Geschmack, aber immerhin gab es etwas.
Endlich hatten wir es geschafft, einmal durch die ganze Innenstadt zu hetzen und wieder zurück zum Auto zu gelangen. Die Jungs freuten sich, als wir wieder auf dem Campingplatz ankamen. »Worauf?«, fragte ich mich. Um wieder auf der Terrasse zusammenzusitzen und Karten zu spielen, wie an den Abenden zuvor? Warum konnte denn nicht endlich etwas passieren?
Wie gut, dass wir noch nicht wussten, was auf uns zukommen würde!

Lautstarke Störungen

Nun waren wir bereits seit einigen Tagen auf dem Campingplatz und es hatte sich ein gewisser Ablauf eingestellt.

Morgens warteten wir, bis der Regen nachließ. Mittags vergnügten wir uns so lange am Strand, bis wir blaue Lippen bekamen und abends fand das Zusammensitzen auf der Terrasse von Mathilda und David statt.

Der Campingplatz bot noch immer keine Abwechslung. Es war Tag und Nacht still, wie in einer Gruft, und das Schlimme war, wir hatten uns an diese allumfassende Ruhe bereits gewöhnt.

Bei allem Meckern fühlte ich mich entspannt und erholt. Außerdem freute ich mich auf einen besonderen Abend. Wir hatten aus der Heimat ein Krimidinner mitgebracht, das als abendliches Highlight gemeinsam gespielt werden sollte. Dazu räumten wir wieder alle Stühle an den Terrassentisch des Nachbarhauses, brachten Trinkgläser und Schälchen für den Nachtisch mit und warteten geduldig, bis die Kinder schliefen.

Nun wurden die Rollen verteilt. Jeder von uns musste den Charakter einer anderen Person annehmen. Dabei stellte sich heraus, dass ausgerechnet ich die Mörderin sein sollte. Damit hatte ich nicht gerechnet. Ich war stark im Raten, weil ich gerne ermittelte, recherchierte und nachforschte. Wie ich mich als Täterin zu geben hatte, das war mir völlig unklar.

Das Spiel war auf seinem Höhepunkt. Ich war die Freundin des Sohnes des Ermordeten. Und eigentlich gab es kein offizielles Motiv, so dass ich nicht verdächtigt wurde. Wir keiften uns zeitweise an: »Du hast gelogen. Ich habe dich auf der Kellertreppe gesehen. Was hast du dort gemacht?« oder: »Gib es zu, du hast ein Verhältnis mit meinem Mann!« Die Anschuldigungen waren oft sehr drastisch formuliert und ich dachte, hoffentlich verstand hier niemand Deutsch!

Als ich an einer prekären Stelle das Mordwerkzeug nannte, wurde ich erwischt. Mir war nicht klar gewesen, dass nur der Mörder das Corpus Delicti kennen konnte.

Das war sehr schade, denn durch meine Schuld wurde das kurzweilige Spiel vorzeitig beendet. Ich hätte verschleiern müssen, lügen, bis sich die Balken biegen und die Wahrheit verdrehen, bis zum bitteren Ende. Dann wäre das Spiel noch weitergegangen. Aber ich scheiterte bei der ersten Hürde.

Unser Krimidinner war zum Schluss gekommen und mir tat es leid, so übermäßig versagt zu haben. Es war ein nettes Spiel gewesen und auch wenn die Dialoge teilweise peinlich anmuteten, so hatten wir doch gemeinsam Spaß gehabt.

Wir saßen auf der Terrasse, es war ein ruhiger Abend und Mathilda schimpfte: »Wie konntest du dich so blöd verraten? Ich wäre eine bessere Mörderin gewesen!«

Davon war ich überzeugt.

Ich hätte mir wegen unserer Lautstärke keine Sorgen machen müssen, denn noch während ich ausgezankt wurde, stürmten Horden von Jugendlichen den direkt neben unserem Mobilheim liegenden Sportplatz.

Sie begannen, auf dem dunklen Sportplatz völlig lautlos Bälle zu kicken, bis einige Mädchen hinzukamen. Die Damen ließen sich am Spielfeldrand nieder und kreischten immer wieder französische Fangesänge über den Campingplatz. Bis weit nach Mitternacht hörten wir die durch Mark und Bein gehenden Gesänge.

Mathilda hatte die Kinder längst zum Schlafen gelegt. Und jedes Mal, wenn eine der Französinnen den durchdringenden Schlachtruf ausstieß, rannte meine Tochter wieder ins Mobilheim, um die Kleinen zu beruhigen.

Irgendwann war Mathilda so sauer, dass sie zurückschrie: »Ich schlage Euch gleich in die Fresse, wenn ihr nicht aufhört!« Sie war vor Wut kaum noch zu bändigen. David und Vince mussten sie stellenweise festhalten, sonst wäre sie auf den Sportplatz gelaufen. Sie war bereit für einen Kampf. Doch unsere Männer ließen sie nicht ziehen, die Französinnen waren klar in der Überzahl.

Abend für Abend kehrten die Jugendlichen wieder. Die Franzosen waren abgereist, danach kamen Kroaten. Nach Sonnenuntergang ging es los. Und wieder dröhnten die lauten Fangesänge zu uns herüber.

Sämtliche Mieter unserer Mobilheim-Anlage beschwerten sich bei der Rezeption, Tag für Tag.

Eines Morgens konnten wir beobachten, wie die Fußballtore abtransportiert wurden. Endlich! Danach gab es wieder nächtliche Ruhe.

Wir sind bestimmt keine Verfechter von Ruhezeiten. Im Gegenteil. Im Sommerurlaub hatten wir nichts gegen abendliche Musik einzuwenden. Aber dieses Gegröle war einfach nur erbärmlich.

Doch daran trug der Campingplatz die Hauptschuld. Bei einer unserer Wanderungen gelangten wir zu dem Jugend-Gästehaus, das sich ebenfalls auf dem Camping-

platz befand und das nicht im Prospekt erwähnt wurde. Gelangweilte Jugendliche lagen überall im Freien herum. Ich konnte das Camping-Konzept nicht verstehen. Wieso bot man einen Jugendurlaub ohne Abendveranstaltungen an? Das musste doch schiefgehen. Zumindest eine schalldichte Disko hätte da sein müssen. Und wenn das nicht vorhanden war, dann sorgte man für Shows und Musik, zu der man tanzen konnte. In unserem letzten Spanien-Urlaub waren die Jugendlichen mitten unter uns und es gab überhaupt keine Probleme. Die Animateure gaben Partylieder zum Besten, zu denen bewegungsreich getanzt wurde, unabhängig vom Alter.
Was nun? Die Hälfte unseres verdienten Urlaubs war bereits vorbei und wir hatten nur wenig Positives erlebt. Wo konnten wir uns noch ein wenig Spaß holen?

Der Marktbesuch

Wir wachten auf und sahen als erstes aus dem Fenster. Endlich mal ein Morgen ohne Regen!
Ich konnte in Ruhe auf der Terrasse frühstücken und über den kommenden Tag nachdenken, auch wenn es noch sehr kühl war.
»Hallo, zusammen!« Nele trat mit Emely an der Hand zu uns und fragte: «Was machen wir heute? Es ist schönes Wetter und wir sind bereits seit fünf Uhr wach!« Emely sah ganz vergnügt aus, während Nele dunkle Schatten unter den Augen hatte.
War wohl doch nicht so entspannend mit den Kleinen. Da hatten wir es in unserem Mobilheim besser. Seit sich die Jugendlichen auf einer anderen Wiese austobten, störte niemand unsere Nachtruhe.
»Was ist denn hier los? Woher habt ihr so viel Energie?« Alex trat auf die Terrasse, vom Lärm geweckt und streckte sich erst mal. Sein Blick wanderte zu Nele und Emely.
»Geht ihr heute nicht ins Shopping-Center?« Nele setzte sich an unseren Tisch und nahm sich ein Brötchen. So wie es aussah, hatte es bei Mathilda noch kein Frühstück gegeben. »Willst du auch was essen?«, wandte sich Nele mit vollem Mund an Emely. Diese schüttelte den Kopf und bat: »Nur einen Saft, Tanti!«
Emely kletterte auf den Schoß von Nele und nippte am Saft und auch Alex hatte Platz genommen, während Nele gleichzeitig vom Brötchen abbiss und sprach: »Die haben keine Lust mehr. Immer das Gleiche! Können wir nicht mal auf einen Markt gehen? So etwas muss es hier doch geben!«

»Oh, ja!« Ich war ganz Feuer und Flamme. Märkte liebten wir. Klamotten, Handtücher, Schuhe und dergleichen, das machte Spaß. Letztes Jahr hatte ich mir einen Rock mit Bluse gekauft. Und die italienischen Tücher, die waren einfach sagenhaft. Ständig wurde ich in Deutschland gefragt, wo man ein solches Tuch kaufen konnte.

»Ich schau mal!« Johannes holte die Info-Broschüren hervor, die wir an der Rezeption erhalten hatten. »Da steht, es gibt einen Markt in Zminj. Ich gebe den Ort mal ins Navi ein!« Wir warteten. »Puh, das sind 35 einfache Kilometer, das heißt, wir müssten 70 km fahren nur für einen Markt. Das lohnt sich nicht!«

Nele begann zu maulen. »Wir haben doch noch gar nichts gemacht, da könnten wir auch mal etwas herumfahren!«

»Auf einen Markt hätte ich auch Lust, schließlich regnet es nicht mehr. Ich könnte ein neues Handtuch gebrauchen!«, bestärkte Alex.

»Ich möchte auch mal etwas anderes sehen!«, schaltete ich mich ein.

Nele stand auf, um weitere Stimmen zu sammeln. »Komm, Emely, wir fragen Papa und Mama!«

Es dauerte nicht lange und Mathilda kam vorbei, sie hatte Max auf dem Arm. »Wie weit seid ihr? Wir können gleich losfahren!«

Mein Mann hatte keine Chance mehr, er musste in den sauren Apfel beißen. »Dann fahren wir halt!«

Wir fuhren mit zwei Autos und die Stimmung war gut. Marktbesuche kannten wir aus südlichen Ländern. Ich stellte mir vor, wie ich in einem Sommerkleid über einen reichhaltigen Markt schlenderte, mal hier einen Stoff berührte und mal dort überlegte, wie diese Frucht auf Italienisch hieß.

So lief das normalerweise. Nur hier in Kroatien konnten wir kein Kleidchen anziehen, es regnete zwar nicht mehr, doch es wehte ein sehr kalter Wind. Wir trugen Jeans, feste Schuhe und Pullis. Ich hatte sogar eine Jacke dabei und fühlte mich an einen Herbsttag in Deutschland erinnert.

Die einzige Straße nach Zminj war kaum befahren und ging quer durch das Nirgendwo. Wir waren ganz allein mit der reinen Natur, die üppig wuchernd rechts und links an unserem Autofenster vorbeiglitt. Waren wir es gewohnt, von unserem Wohnort gleich in den nächsten Ort zu fahren, so sahen wir hier entlang der Landstraße nur Wiesen, Büsche, Felder, Weinberge, Oliven- und Feigenbäume, kilometerlang. Dazwischen gab es keine Ortschaften.

Das Dörfchen Zminj wirkte wie aus dem Mittelalter entsprungen. Kleine, dunkle Steinhäuser lagen an einem sehr steilen Berg, auf dessen höchstem Punkt eine Kirche stand.

Wir suchten einen öffentlichen Parkplatz, konnten aber keinen finden. Also fuhren wir die einzige Hauptstraße entlang und sahen uns um.

Vor dem Gotteshaus stand eine riesige Eiche. Unter ihrem gewaltigen Blätterdach parkten wir, gewohnheitsmäßig nach einem Halteverbotsschild suchend.

Wir erwarteten, dass jemand mit uns meckern würde: »Das ist kein Parkplatz!«, aber nichts geschah. Die alte Frau, die mit ihrem Besen den Kirchenvorplatz von den Eichenblättern befreite, beachtete uns gar nicht.

Wir liefen den steilen Berg hinunter, da wir den Markt am Ende der Hauptstraße vermuteten. Vor den Steinhäusern saßen Leute, die rauchten. Wir benahmen uns wie immer und wurden angestarrt, als wären wir eine Kuriosität.
»Wollt Ihr ein Bild von mir?« Das war typisch Nele.
Ich musste meine Fantasie zügeln. Es war schließlich ein heller Tag und wir kamen von der Kirche, aber insgesamt fühlte ich mich hier sehr unwohl. Würde ich einen gruseligen Roman schreiben, dann hätte ich diesen Platz ausgewählt. Es fehlte nur etwas Nebel und aus den alten, dunklen Steinhäusern hätten lange Finger nach uns gegriffen.
Ich war so in Gedanken versunken, dass ich beinahe in Mathilda hineingestolpert wäre, die uns alle stoppte.
»Halt, erst werden die Kinder richtig eingepackt!« Mathilda zog Emely und Max dicke Winterjacken an und achtete darauf, dass die Mützen richtig saßen.
Auch ich schloss meine Jacke, so kalt war es hier.
Und das nannte man Sommerurlaub!
Es gab nur einen Bürgersteig und der war mit uns und dem Kinderwagen bereits voll. Die Leute, die uns entgegenkamen, starrten uns entgeistert an. Langsam wurde es wirklich unheimlich.
»Haben die noch nie Touristen gesehen?« Mathilda konnte es sich nicht anders erklären.
»Na ja, das ist ein kleines Dorf und weit ab vom Schuss. Hier kommen wahrscheinlich nur wenige Urlauber hin«, meinte David.
»Kommt, lasst uns den Markt finden!«, ermutigte ich. Schließlich sind wir nicht umsonst 35 km weit gefahren.

Als wir am Fuß des Berges ankamen, sahen wir den Markt. Er war enttäuschend! Auf einem Platz, der für 100 Marktstände ausgereicht hätte, standen nur 15 Buden, die mit allen möglichen Mitteln dem starken Wind trotzten.

In 13 von diesen Marktbuden gab es nur Obst und Gemüse.

Von den erwarteten Ständen mit Kleidern und Accessoires gab es nur zwei. Mathilda wagte einen kurzen Blick auf die lustig im Wind flatterten Fetzen und fragte: »Was ist das, Oma-Style?«

Wir liefen einmal durch und waren nach zwei Minuten bereits fertig.

»Können wir jetzt heimfahren?«, fragten meine Jungs.

Ich seufzte. Auch dieser Ausflug war nicht das, was wir erhofft hatten. Mathilda, David und meine Kinder standen in einer Ecke und warteten darauf, zum Auto zurückzugehen.

Ich murmelte etwas von »Obst kaufen« und hakte meinen Mann unter. »Komm, wir sehen uns mal an, was es hier in Kroatien im Bauerngarten so alles gibt!« Als leidenschaftliche Hobbygärtnerin war ich stets interessiert an regionalen Produkten.

Wir schlossen die Jacken bis oben hin und suchten das Gespräch mit den Bauern. Einige verstanden etwas Deutsch, andere wieder nicht, aber die Vokabel »selbstgemacht« war sehr bekannt, sie fiel in unseren Gesprächen häufig. Johannes trug die Tasche, die ich reichlich füllte mit Knoblauch, der zu einem Zopf geflochten war, Bienenwaben mit Honig und Maiskolben und Früchten.

Man sah uns an, als wäre man überrascht, dass wir auf dem Markt einkauften. Die Bauern lächelten freundlich, wenn wir uns über wohlgeratene Maiskolben freuten und die Bienenwaben bestaunten.

Nach dem Einkauf zeigte ich David die erworbenen Maiskolben, die ich zum nächsten Grillen auf der Terrasse zubereiten wollte. David war der Einzige, der sich mit mir über die Früchte des Feldes freute. Mathilda, Nele, Alex und Vince waren nur noch genervt.

Schneller, als wir gekommen waren, ging es den Berg wieder hinauf. Alle stiegen ins Auto und warteten auf Johannes, der mit seinem Navi die Richtung vorgab.

Mein Mann wollte sich jedoch die Aussicht vom Kirchenvorplatz ansehen und so begleitete ich ihn. Wir waren Ärger gewohnt und versuchten, auch aus dieser Situation das Beste zu machen. Gemeinsam schauten wir einige Momente in das Tal. Wohl wissend, dass die jungen Leute bereits ungeduldig warteten.

Es war ein kurzes Innehalten, ein Bestaunen der Schöpfung, die hier in Kroatien noch in Ordnung schien. Ein kurzer Moment der Besinnung, bevor es wieder zurück ging auf unseren langweiligen Campingplatz.

Die anderen konnten ruhig einen Moment warten, wir waren schließlich im Urlaub und nicht auf der Flucht.

Als wir wieder auf dem Campingplatz ankamen, waren wir bereit für den Strand. Wie jeden Tag trotzten wir dem kühlen Wind und sprangen in die kalten Fluten. Die gekauften Früchte teilten wir brüderlich für einen kleinen Mittags-Imbiss.

Was für ein Tag! So hatte sich niemand diesen Urlaub vorgestellt. Wir konnten es Mathilda nicht verdenken, als

sie es zum zweiten Mal aussprach: »Warum sind wir nicht nach Spanien gefahren?«
Niemals wieder würden die zu fahrenden Kilometer unseren Urlaub bestimmen, das wollte ich von diesem Tag an in unsere Urlaubsplanung mit einfließen lassen. Warum sollten nur die anderen Familienmitglieder ihre Themen ständig wiederholen?
Alex mit seinem alljährlichen: »Warum habt Ihr den Bus nicht gekauft?«, Nele mit ihrem Ausspruch: »Nie darf ich euer Auto fahren!« Und das Beste von Vince: »Ich habe diesen Urlaub nicht ausgesucht!«
Mir schwirrte der Kopf, ich war urlaubsreif vom Urlaub. Von Entspannung war wenig zu bemerken, als wir fröstelnd am Strand saßen. Und die Bequemlichkeit litt ebenfalls. Auf den Matten, die wir uns für die Steinplatten geleistet hatten, lag Emely und schlief. Johannes und ich, wir saßen wieder auf unseren Handtüchern und zitterten im Wind.
Ich verlangte doch gar nicht viel. Nur etwas Sonne und ein wenig fröhliche Musik auf unserem Campingplatz. Dann wäre dieser Urlaub schön gewesen, schließlich gab es hier viel unberührte Natur und ein herrlich klares Meer.
Um der ständigen Langeweile zu entfliehen, buchten wir für den Abend das Volleyballfeld am Strand. Ich dachte, die Kinder könnten dort im Sand spielen und wir ein paar Bälle werfen. Doch es kam anders als gedacht. Emely und Max wollten nicht am Rand sitzen und ließen sich ständig zwischen unseren Beinen nieder. Immer wieder rief Mathilda: »Vorsicht, nicht auf die Kinder!« So konnte man natürlich kein Volleyball spielen.

Ich blickte den Strand entlang nach Aktivitäten, leider gab es keine. Wir konnten wenigstens am Wasser entlanglaufen, bis zur nächsten Ortschaft. Ich fragte in die Runde, ob jemand bereit wäre, mich zu begleiten. Mir saßen immer noch die gruseligen Bilder von Zminj im Kopf.

Nachdem sich niemand meldete, fragte ich Vince mit einem Zwinkern, ob er bereit wäre für ein kleines Abenteuer. Er überlegte einen Moment, dann meinte er: »Warum nicht? Aber wir gehen los, wenn es noch kühl ist!« Ich verzichtete auf den Kommentar, dass es hier ständig kühl war und einigte mich mit ihm auf den nächsten Morgen.

Der Angriff

Ich stand vor dem Schrank. Was sollte ich anziehen? Es war zwar noch recht kühl, wie jeden Morgen, aber beim Laufen würde mir schon warm werden. Das elegante blaue Sommerkleid, das ich jedes Jahr einpackte und nie anzog, sollte heute mal ausgeführt werden. Denn schließlich wollten wir bei unserem Spaziergang Halt machen und ein Eis essen.
Dieses blaue Kleid stand mir sehr gut, das war mir bewusst. Nach Meinung von Mathilda war es sogar das einzige schöne Kleid, das ich überhaupt besaß. Es war zu elegant, um es im Alltag zu tragen, obwohl es bügelfrei war und ich es einfach überwerfen konnte. Für unseren Strandspaziergang sollte es gehen und vielleicht würde Mathilda mal zu mir sagen: »Du siehst gut aus, Mama!«
Das modische Bekleidungsstück lag oben sehr eng an, wie bei einer Corsage. Ab der Hüfte fiel es so weit, dass man es für ein Tanzkleid halten konnte. Bei jedem Schritt wippte der Rock hin und her. Ich probierte es gleich und tänzelte einige Schritte.
Da ich mich beim Laufen nicht mit einer Handtasche belasten wollte, steckte ich einen 200-Kuna-Schein in meinen Büstenhalter. Das waren umgerechnet 30 Euro, die sollten für den Strandbar-Besuch ausreichen. Mein Handy ließ ich im Mobilheim zurück. Vince erwartete mich schon: »Und, bist du fertig?«
Wir liefen einige Kilometer am Wasser entlang und überprüften den Strand, immer in der Hoffnung auf einen schöneren Strandabschnitt. Vielleicht gab es doch ein Stück ohne Steine? Doch wohin wir auch sahen, es gab

große Steine oder kleine Kiesel, reinen Sand fanden wir nicht.

Wir liefen weit und mit jedem Schritt fühlte ich mich entspannter. Meine Fußsohlen rollten alle Stressmomente meines Lebens ab.

Eine Zeit lang liefen wir schweigend nebeneinander her und ließen unsere Gedanken schweifen. Wir genossen die Nähe des anderen ohne Worte, darin ist mir Vince sehr ähnlich. Schließlich wechselten wir einen Blick, es war Zeit für etwas Abwechslung. Ich begann mit einem Ratespiel. Wir versuchten, die Familien am Strand anhand ihres Verhaltens als Deutsche, Franzosen oder Holländer einzuordnen.

Die Deutschen waren am leichtesten auszumachen, sie redeten immer unwahrscheinlich laut. An jedem neuen Strandabschnitt konnten wir das Gleiche beobachten. »Julian, komm endlich aus dem Wasser heraus!« Die Holländer gönnten ihren Kindern das kalte Nass. Und kroatische Familien waren gar nicht erkennbar. Nur die Männer saßen vor einem Bier in der Strandbar, als gäbe es nichts anderes auf der Welt.

Dazwischen sprangen Kinder herum, die allesamt in Badekleidung waren und die man weder in das eine noch in das andere Volk hätte einordnen können.

Wir waren schon kilometerweit gelaufen, trotzdem sahen wir nur Steinstrände und dazwischen vereinzelte Grünflächen, die mit Baumnadeln übersät waren. Wenn wir immer noch gehofft hatten, einen Sandstrand zu finden, dann wussten wir es jetzt besser.

Ab und zu sah man eine kleine Strandbar oder ein eingezäuntes Volleyballfeld, auf dem gut gebaute Menschen ihr Können zeigten, und einmal sahen wir sogar eine mobile Massage-Station, bei der man die Vorhänge zuziehen konnte. Duschen und Toiletten waren dagegen nicht vorhanden.

Nach ungefähr einer Stunde waren wir schon, soweit es möglich war, über den ganzen Strand flaniert. Nun kamen private Besitztümer, die den weiteren Weg versperrten. Wir wussten nicht, wo wir gelandet waren, möglicherweise war es noch Pula, vielleicht aber schon der Nachbarort.

Mit Sicherheit waren wir an einem Ort, den wir bisher noch nicht betreten hatten. Da wir daran dachten, bald zurückzulaufen, wählten wir die nächste Strandbar für die Rast aus.

Die meisten Tische waren leer, daher konnten wir uns entscheiden, ob wir lieber im Schatten der Bar sitzen wollten oder direkt am Wasser in der hellen Sonne. Wegen Vince wählte ich einen Tisch, der zwar in der Nähe des Wassers stand, aber etwas im Halbschatten lag. Mir hätte der Platz direkt in der Sonne besser gefallen.

Während die Bedienung langsam und gelangweilt unsere Bestellung aufnahm, erzählte Vince, dass ihm dieser Urlaub zu langweilig war und die Sportveranstaltungen fehlten. Damit sprach er mir direkt aus dem Herzen. Keine Wassergymnastik und kein Zumba, das war wirklich schade! Unser Tages-Rhythmus war eintönig. Morgens wandern oder ins Einkaufszentrum fahren, nachmittags in der Kälte am Strand liegen und sich langweilen. Abends gemeinsam auf der Terrasse von Mathilda und David sitzen und nichts zu tun.

Da unser Urlaubsbudget begrenzt war, überlegten wir gemeinsam, was wir machen könnten. Es gab viele Wassersport-Angebote, wie Jet Ski fahren, Schnuppertauchen oder Fahrten mit dem Bananaboat. Man konnte Spaß haben, aber alles kostete eine Menge Geld.

Eine Sache, so erklärte ich Vince gerade, könnte er sich aus den Angeboten auswählen. Dafür hatte ich gespart.

Während wir uns noch unterhielten, stand unerwartet ein Mann vor mir. Ich beachtete ihn nicht, schließlich war ich in männlicher Bekleidung. Und dass Vince mein Sohn war, konnte niemand wissen. Doch der Unbekannte kam immer näher. Er war groß, schlank, braungebrannt, dunkelhaarig und trug die obligatorische Sonnenbrille. Ich schüttelte den Kopf. Es gehörte sich einfach nicht, einer unbekannten Frau so auf die Pelle zu rücken.

Das war viel zu aufdringlich und ich wollte gerade einige Worte auf Englisch sagen, als seine Hand meinen Unterarm umfasste und er Anstalten machte, mich vom Stuhl hochzuziehen. Das war ja allerhand! Ich sah mich um, ob die anderen Besucher der Strandbar mein Problem bemerkt hatten, aber niemand achtete auf uns.

Vince war sogleich aufgesprungen, um mir beizustehen, als zwei weitere Männer meinem Sohn in den Weg traten. Es wurde kein Wort gesprochen, aber die Körpersprache war drohend und es war klar, dass es schlimm werden würde.

Ich konnte nicht eingreifen und auch nicht mehr darauf achten, wie sich Vince mit seinen zwei Angreifern behauptete, denn mein Arm befand sich im Schraubstock und der fremde Mann versuchte weiterhin, mich vom Stuhl hochzuziehen.

Ich stemmte meine Füße in den Boden, so fest ich konnte, um das Feld zu behaupten. Von dieser Gegenwehr beeindruckt, ging der Fremde hinter meinen Stuhl und fasste meine Oberarme, um mich zu bezwingen. Das war sein Fehler.

Es gab Zeiten im Leben, da überlegte man, warum man nicht fleißiger gewesen war. Ein solcher Moment war das jetzt. Ich wollte schon immer mal einen Kurs zur Selbstverteidigung besuchen, aber entweder scheiterte es an der Zeit oder am Geld. Nie war der richtige Zeitpunkt dafür gekommen. Das war echt dumm, denn jetzt hätte ich diese Fertigkeiten gebrauchen können.

Der Fremde hatte mich schon halb gegen meinen Willen hochgezogen. Hektisch flogen meine Gedanken ein gutes Jahr zurück. Damals zeigte Vince mir nach jedem Besuch seines Krav-Maga-Kurses die Verteidigungskniffe für Notfälle. Dabei stand er ebenfalls hinter mir. Wir hatten die Verteidigung mehrere Male mit viel Gelächter durchprobiert, aber ob ich jetzt noch alles zusammenbekam, das war fraglich.

Vince hatte mir eingeschärft, diese Übungen müssten täglich wiederholt werden, damit ich sie im Ernstfall auch ausführen konnte. Wenn ich mich richtig erinnerte, dann hatte ich sie damals tatsächlich häufiger geübt.

Also, wie war das noch mal? Volle Konzentration!

Ich blendete alles um mich herum aus, darin hatte ich ja Übung und dachte nach: Wie hatte ich mich damals befreit? Ich wurde von hinten umklammert. Jetzt wusste ich es wieder. »Nacken anspannen« war der erste Befehl, ich tat es. Dann sollte meine rechte Hand so fest wie möglich in die Weichteile des Angreifers schlagen. So weit so gut, aber die Hand war blockiert. Der Angreifer hielt noch immer meine Oberarme. Ich befreite mich mit einem Ruck und schlug mit aller Kraft nach hinten zu. Der Mann sackte zusammen. Was für ein toller Schlag und ein Super-Ergebnis! Ein Glücksgefühl überkam mich. Ich hatte es eben doch noch drauf!

»Solange er noch hinter dir kniet, Ellbogen ans Kinn!« Ich konnte die Stimme von Vince fast akustisch hören. »Ellbogen ans Kinn!« Ich schlug zu und hüpfte auf der Stelle. Das tat weh! Warum sagte man den Frauen denn nicht, dass der eigene Ellbogen so empfindlich war? Die Nummer sollte ich das nächste Mal lieber auslassen!

»Tritt ans Knie«, war die nächste Anweisung gewesen und danach, so hatte Vince damals gesagt: »Umdrehen und wegrennen«. Weil jeder Angreifer, der das überstanden hatte, nun eine fürchterliche Wut im Bauch haben würde.

Ich drehte mich um und sah den Fremden an. Er krümmte sich noch auf dem Boden. An sein Knie konnte ich nicht gelangen. Außerdem hätte ich dann einen wehrlosen Mann treten müssen, das ließ sich mit meinem Gewissen auch nicht vereinbaren. Also tat ich das Nächstliegende. Ich überging diesen Schritt und rannte zu meinem Sohn.

Da ich ihn einige Augenblicke aus den Augen verloren hatte, war ich froh, dass es ihm gut ging. Er stand aufrecht und hatte bereits einen der Angreifer mit einem gewaltigen Fußtritt auf den Boden befördert. Der dritte Mann versuchte, ihn mit Boxhieben auseinander zu nehmen, aber mein Sohn hatte durch den jahrelangen Kampfsport eine erstklassige Deckung entwickelt. Er hielt die Arme vor sein Gesicht und blockte einige Schläge nur ab, bevor er einmal kaum wahrnehmbar zurückschlug.

Es war ein Keuchen und Stöhnen und schließlich sah es so aus, als ob die Angreifer genug hätten. Der dritte Mann, der auch schon schwankte, ergriff die Hand des anderen, der auf dem Boden lag, und zog ihn hoch. Zusammen eilten sie davon. Mein Angreifer rannte gebückt hinterher.

Sieg auf der ganzen Linie! Victory! Wir klatschten uns ab! Als ich mich etwas beruhigt hatte, fragte ich Vince, wie es ihm ging. Er winkte ab. Ich lachte. Das war mein Sohn. Meine Sorge an seiner Gesundheit verscheuchte er mit einer Handbewegung. »Nein, sie haben mir nicht weh getan, es waren Anfänger und Dilettanten, die nicht mal mit meiner Mutter zurechtkommen! Sie haben zwar auf meine Deckung eingeschlagen, aber meine Armmuskeln waren die ganze Zeit angespannt, da haben sie rein gar nichts erreicht!«

Ich war im Adrenalin-Rausch. Ich erzählte ihm voller Freude, wie ich mich an seine Selbstverteidigungs-Kniffe erinnert hatte. Er strich mir über den Kopf und sagte: »Gut gemacht, Mama, aber du weißt, du musst noch viel mehr üben!«

Ich war so stolz auf Vince. Welche Mutter hatte schon solch einen Sohn?

Was wir beide bisher nicht bemerkt hatten, fiel uns jetzt erst auf. Einige Zuschauer hatten sich eingefunden, die uns bestaunten, als wären wir seltene exotische Tiere. Sie standen da und gafften uns nur an. Einige Touristen mit

Kamera, Sonnenhut und kurzen Hosen und einige Einheimische, die interessiert zu uns herübersahen.

Die Bedienung, die zuvor gelangweilt unsere Bestellung aufgenommen hatte, war die Einzige, die wirkliche Emotionen zeigte. Sie kam auf uns zugelaufen und ließ einen Wortschwall auf Kroatisch folgen, versetzt mit einigen englischen Wörtern. Viel konnten wir davon nicht verstehen. Aber sie wollte wohl wissen, wie es uns ging. Das nahm ich mal an, da ich im anderen Fall genau das gefragt hätte.

Ich nickte: »We are allright!« Die Kroatin war nunmehr sehr hilfsbereit und führte uns an einen Tisch, der nah an der Bar stand. Dann servierte sie uns gekühlte Getränke. Als ich bezahlen wollte, winkte sie ab. Ich bedankte mich gekonnt: „Hvalva!", und sie lächelte uns an.

Als wir die Gläser mit der sehr leckeren Zitronenlimonade geleert hatten, bat ich sie, die »Policija« zu rufen.

Dann warteten wir. Die Minuten vergingen und meine Muskeln fingen an zu zittern. Auch bei Vince zitterte die Hand. Ich nahm an, dass unsere Körper begannen, das Adrenalin abzubauen. Mich fröstelte, obwohl es die Sonne heute besser mit uns meinte.

Ich sah mich um. Die Touristen waren laut diskutierend weitergegangen und die Einheimischen starrten wieder gelangweilt in ihr Glas. Sie würden uns auch bei einem weiteren Angriff nicht helfen und die vermeintlichen Entführer waren nun gewarnt. Ganz so leicht würden wir es ihnen nicht machen!

...

Ein wunderbarer Sieg, das fühlt sich so gut an. Ab heute will ich nur noch hocherhobenen Hauptes durch mein Leben gehen.
Niemals mehr werde ich unsicher sein, das ist ein für alle Mal vorbei.
Wir waren stark, Vince und ich, als wir um unser Leben kämpften. Wir haben gewonnen! Victory!
Was sollte mich jetzt noch beeindrucken?
Die Fragen nach meinem wahren Ich?
Ich zweifelte nicht mehr an mir und nicht mehr daran, ob ich überhaupt eine Schriftstellerin war.
Natürlich war ich das. Ob mit oder ohne Publikum, ich träumte Geschichten und hauchte täglich meinen Protagonisten Leben ein. Ich verband literarische Bilder und versuchte, das Beste aus meinem Werk herauszuholen.
Schluss mit aller Unsicherheit!
Ich war, wer ich sein wollte, ungeachtet dessen, was meine Umwelt mir vorschrieb. Ich war ich und damit ganz zufrieden!

Das Verhör

Diensteifrig kam ein Polizist angelaufen. Er war mittelgroß, ein wenig untersetzt, braungebrannt und hatte einen gepflegten Schnurrbart. Die dunkelblaue Hose und ein hellblaues Hemd mit Abzeichen wiesen auf seinen Rang hin. Seine Uniform machte einen ordentlichen Eindruck, die Schirmmütze trug er unter dem Arm.

Er begrüßte die Kellnerin mit »Gospoda«, was mich auf den Gedanken brachte, dass die Frau die Besitzerin dieser Strandbar sein musste. Nach einem ersten abschätzenden Blick in unsere Richtung beachtete er uns nicht mehr.

Minutenlang hörte er nur zu, was die Gospoda zu sagen hatte, während Vince und ich ihn interessiert beobachteten. Dann vernahm der Beamte die anwesenden Zeugen, die still und in sich gekehrt an der Bar saßen und in ihr Bier starrten.

Niemand kümmerte sich um uns. Vince fand das Geschehen recht interessant. Er beugte sich zu mir und flüsterte: »Jetzt sagt er bestimmt: Habt Ihr den Body von dem jungen Mann gesehen?« Ich verkniff mir das Kichern, um nicht unangenehm aufzufallen.

Doch der Beamte hatte mich beobachtet. Er sah mich nun direkt an und schätzte mich ab. Dann wanderte sein Blick zu meinem Sohn. Er schien jedes Detail aufzunehmen. Die sorglose Urlauberin mit den geröteten Wangen und den jugendlichen Kämpfer, der entspannt am Tisch saß und den weiteren Verlauf abwartete.

Dann kam der Polizist auf uns zu und stellte sich vor: »Dobar dan, ja sam policajac!«

Für einen Moment war es still. Zögernd antwortete ich ihm: »Guten Tag, wir sind Touristen!« und Vince wiederholte meine Worte auf Englisch.

Das war ja ein schönes Kuddelmuddel. In der italienischen und der spanischen Sprache konnte ich mein Essen selbst bestellen, auf dem Markt einkaufen und nach dem Bus fragen. Diese kroatische Landessprache war mir aber so ungewohnt vorgekommen, als ich kurz vor dem Urlaub in den Reiseführer schaute. Und so hatte ich außer bitte und danke, Entschuldigung und policija nichts gelernt.

Völlig unbeeindruckt von meinen ausschweifenden Gedanken kam der nächste Satz mit Nachdruck: »Please pass!«

»No pass there ... « Ich zuckte mit den Schultern. »It's on the campsite in a ... Vince, was heißt Tresor?«

»Safe, Mama!«

»Natürlich, das weiß ich doch ... in a safe!«

Ich gebe zu, das war nicht professionell, aber ich war aufgeregt, da ich noch nie mit einem Polizisten gesprochen hatte.

Dazu kam, dass ich leider manchmal die Eigenschaft hatte, mich dümmer darzustellen, als ich eigentlich war, vor allem, wenn ich spontan handelte oder mich in Aufregung befand. Das war auch hier der Fall. Ich nahm die zwei 200-Kuna-Scheine, die ich für das Eiscafé eingesteckt hatte, aus meinem Ausschnitt heraus, lächelte entschuldigend und meinte: »Only this!«

Der Polizist riss die Augen auf, schüttelte resignierend den Kopf und setzte sich zu uns an den Tisch. Seine Schirmmütze legte er auf den unbesetzten vierten Stuhl.

Dann zog der Gesetzeshüter einen Block und einen Bleistift aus seiner Hemdtasche und fing an, uns auf Englisch zu befragen
»Wie heißen Sie? Wo wohnen Sie? Warum sind Sie in Pula? Was ist geschehen?«
Ich versuchte, auf alle Fragen zu antworten, aber das Gespräch war mühsam. Der Polizist sprach zwar ein anständiges Englisch, aber mir fehlten die wichtigsten Vokabeln. Bei meinem Business-Englisch-Kurs waren Wörter wie »Überfall«, »versuchte Entführung« oder »gewaltsam« einfach nicht vorgekommen. In diesen Fällen half mir Vince aus. Durch seine Videospiele war er sehr gut sprachlich vorbereitet.
Ich hatte gerade erklärt, wie ich den einen Angreifer unschädlich gemacht hatte und wie Vince mit den beiden anderen Angreifern fertig wurde, als der Polizist seinen Block hinlegte und uns misstrauisch ansah.
Er erklärte, dass die Gospoda das Gleiche gesagt hatte. Und wie gut es wäre, dass ich den young gentleman an meiner Seite hatte. Das Wort gentleman zog er in die Länge. Ob ich eine very important person sei und ob das mein persönlicher Bodyguard wäre? Er schaute meinen Sohn sehr bedenklich an. Ich folgte seinem Blick.
Als Mutter war mir nie aufgefallen, dass mein Sohn auf andere Menschen bedrohlich wirken könnte. Ich sah zwar auch den muskulösen Oberkörper, aber ich kannte ihn auch als besonnen und geduldig.
Hey, das war mein Junge, der stundenlang puzzeln konnte und der sich sogar dazu herabließ, seiner Mutter das Bogenschießen beizubringen: »Komm, Mama, das schaffst du doch!«

Also erklärte ich dem Polizisten, dass der junge Herr mein freundlicher und hilfsbereiter Sohn war, der bisher noch niemals die erlernte Kampfkunst anwenden musste. Da dies aber heute nur zur Verteidigung notwendig gewesen war, dabei betonte ich die Wörter »never« und »only«.

Der Beamte wirkte nicht überzeugt, aber Vince saß weiterhin ganz entspannt und mit sich selbst zufrieden am Tisch und half mir fleißig mit englischen Vokabeln aus. Mein Sohn machte sich wahrscheinlich weniger Sorgen als ich. Für ihn war seine deutsche Staatsbürgerschaft der Garant für Sicherheit.

Ich saß hier in diesem Strand-Café und verstand die Welt nicht mehr. Warum verhörte man uns, als wären wir die Täter? Hallo, wir waren doch schließlich die Opfer! Außerdem saßen wir hier mitten auf der Präsentierfläche. Was hinderte diese Typen daran, es noch mal zu versuchen? Die Pistole des Polizisten? Ich versuchte, dezent unter den Tisch zu schauen, konnte aber keine Waffe erkennen. Und wieder wurde ich von dem Beamten angesehen, als ob ich gefährlich wäre. Ich! Das musste man sich mal vorstellen!

Ich spürte die Abneigung des Gesetzeshüters fast körperlich. Was wollte er eigentlich? Mein Sohn und ich, wir waren noch niemals eine Gefahr für irgendjemanden gewesen. Ich war schon so lange Mutter, dass ich die gute Erziehung bereits verinnerlicht hatte. Ein anständiges Verhalten musste man vorleben, daher bemühte ich mich jedenfalls.

Es war an der Zeit, den Polizisten von diesen Gedanken abzubringen und das Gespräch umzulenken.

»We are victims. Why did this happened?«
Der Polizist sah so aus, als ob er gerne an einem anderen Ort gewesen wäre.
Er wollte die Angelegenheit damit beenden, dass sowas halt mal passieren konnte, aber ich schüttelte den Kopf, das machte keinen Sinn, wenn man uns genau ansah. So reich sahen wir nicht aus und in meinem Ausschnitt hätte auch keiner 400 Kuna erwartet.
Ich trug zwar das gute Sommerkleid, aber dazu hatte ich die alten Schuhe angezogen, die bequem waren und mit denen ich lange laufen konnte, ohne Blasen zu bekommen. Vince trug eine kurze Hose von Puma und ein Film-T-Shirt von »Game of Thrones«, seiner Lieblingsserie. Unsere Sonnenbrillen waren zwar beide von guter Qualität, aber nicht übermäßig teuer. Handys hatten wir nur das von Vince dabei und das war in einer Reißverschluss-Tasche versteckt.
Der Polizist checkte uns ebenfalls ab und hatte wahrscheinlich den gleichen Eindruck gewonnen: Mittelverdiener, können sich einen günstigen Urlaub leisten, aber mehr war nicht zu holen! So in etwa schätzte ich seinen Gesichtsausdruck ein. Sehr lange blieb sein Blick an Vince T-Shirt hängen. Der »Game-of-Thrones«-Aufdruck schien ihn zu beschäftigen. Als er einen Moment aufstand, einige Schritte ging und in sein Smartphone sprach, raunte Vince mir zu: »Mama, hast du gesehen, wie der mein T-Shirt angesehen hat? Der denkt jetzt bestimmt an Dubrovnik, wo die Fans ausflippen.«
»Was meinst du?«, raunte ich ihm zu.
»Du weißt doch, dass Dubrovnik die Kulisse für »Game of Thrones« bildete. Dort wurden mehrere Akte gedreht,

unter anderem die Szene, in der Königin Cersei den Bußgang durch die Stadt antreten musste, und zwar völlig nackt! Im Internet habe ich Fans aus aller Welt gesehen, die diesen Abschnitt in der Altstadt von Dubrovnik nachstellen und ohne jegliche Bekleidung durch die Stadt laufen!«

Vince suchte mir die Filmstelle heraus und reichte mir sein Smartphone. Ich sah eine mittelalterliche Kulisse, düster, unheilbringend, mit tief herabhängenden dunklen Wolken. Dann trat eine schöne Frau in den Vordergrund und begann, sich auszuziehen, ehe sie völlig nackt durch die Stadt lief. Wow!

Wenn ich mir vorstellte, mit meiner Figur das nachzumachen, na, vielen Dank!

»Das ist ja furchtbar!«, entfuhr es mir.

Vince grinste. »Ich finde es lustig! Aber die Anwohner wohl nicht, sie trauen sich kaum noch aus ihren Häusern heraus.«

Die armen Menschen. Ich hätte auch keine Lust, nach draußen zu gehen mit meinen Kindern und Enkeln, wenn sich in der Stadt Nackte herumtreiben würden.

Jetzt konnte ich verstehen, warum man sich hier in Istrien am Film-T-Shirt meines Sohnes störte, gleichwohl Dubrovnik noch gute 200 km weit entfernt war. Der Ärger schien selbst hier angekommen zu sein.

Schade, dass ich davon keine Ahnung hatte, sonst hätte ich doch niemals das Geld aus meinem Ausschnitt gezogen. Der erste Eindruck war hoffnungslos zerstört.

Am liebsten hätte ich dem Polizisten entgegen geschleudert, dass ich niemals nackt durch eine Stadt laufen würde, niemals! Ich ging ja nicht mal in die Sauna, weil man dort die Speckpölsterchen nicht verstecken konnte.

Aber es war besser, dieses Thema beim Polizisten nicht anzuschneiden.

Doch mein Gerechtigkeitssinn wollte das nicht hinnehmen. Konnte man alle Urlauber mit den Ausgeflippten in einen Topf werfen? Ich kannte viele Familien, die wie wir einfach nur etwas ausspannen wollten. Die nie und ich betone niemals auf die Idee kommen würden, nackt durch eine altertümliche kroatische Stadt zu laufen.

Unsere Familie war bisher in jedem Land, das wir besucht hatten, gern gesehen. Wir hatten keine Strände verdreckt, denn wir nahmen unseren Müll grundsätzlich immer mit, auch hatten wir keine Buschbrände gelegt, denn wir rauchten nicht. Wir tranken noch nicht mal aus dem Eimer!

Wir benahmen uns tadellos, grüßten beim Bäcker und im Einkaufsladen. Nach dem Essen gaben wir ein reichliches Trinkgeld und wir beschwerten uns niemals.

Man konnte doch nicht alle Urlauber in einen Topf werfen!

Der Polizist kam zurück, war aber noch mit seinen Gedanken beschäftigt. Sein Blick schien leer, als er die Hände rang und betonte, dass er keine Erklärung habe. Man würde die Touristen in dieser friedlichen Gegend in Ruhe lassen. Es wurden keine Autos aufgebrochen, kaum etwas gestohlen und auch sonst herrschte mit den vielen Nationen, die sich in Pula erholten, eine friedliche Stimmung. Er könnte sich nicht erklären, warum wir angegriffen wurden. Vielleicht eine Verwechslung?

Dass die Stimmung friedlich war, das konnte ich auch bestätigen. Auf unserem Campingplatz lebten Niederländer, Engländer, Franzosen, Deutsche, Kroaten, Slowenen, Dänen und Schweden friedlich zusammen. Wir wussten das, weil wir uns beim Spazierengehen gerne die Autokennzeichen ansahen.

Ich hatte mich bisher in diesem Land auch nicht bedroht gefühlt. Außer im Einkaufszentrum von Pula bei schlechtem Wetter. Dort konnte einem schon angst und bange werden, wenn man mit vielen anderen Familien vor den einzigen Aufzügen wartete und Mathilda schimpfte: »Habt ihr keine Beine, könnt ihr nicht laufen?«

Ansonsten, mit wem sollte man mich verwechselt haben? Ich war nicht unbedingt die schönste Frau auf der Welt, aber mit Sicherheit war ich einzigartig.

Probleme im Ausland

Während wir noch unschlüssig und nachdenklich am Tisch der Strandbar saßen, kam die Besitzerin zögernd näher und sprach den Polizisten auf Kroatisch an. Die Unterhaltung ging einige Minuten zwischen beiden hin und her und ich verstand wieder nichts. Dann stand der Polizist auf, wählte eine Nummer und sprach in sein Handy.

Für uns war das der reinste Stummfilm. Wir konnten nichts verstehen und versuchten anhand der Mimik und der Gestik zu ermitteln, um was es ging.

Als der Staatsbeamte wieder zu uns blickte, erklärte er, dass er uns zum Campingplatz zurückbringen wollte, um die Pässe zu überprüfen. Das Protokoll wollte er in Englisch abtippen und uns zur Unterschrift vorlegen. Er wandte sich zum Gehen.

Dieser Ausgang des Abenteuers gefiel mir nicht.

Es war noch gar nichts geklärt. Wer waren diese Kriminellen, die mich entführen wollten und was gedachte man, zu meinem Schutz zu unternehmen? Ich konnte doch nicht ängstlich durch die Gegend laufen, immer auf einen weiteren Überfall gefasst.

Was sollte ich tun, wenn diese Typen wiederkamen und ich allein unterwegs war? Wer konnte mich dann beschützen?

Und aus welchem Grund sprach niemand mit uns? Die Polizeidienststelle musste doch etwas Ähnliches bereits erlebt haben?

War es der Polizei klar, was für mich auf dem Spiel stand?

Ich hatte beim ersten Mal Glück gehabt, die Kerle waren überrascht von meiner Gegenwehr und von meinem Sohn, ein zweites Mal würde das sicher nicht so einfach gelingen. Sie würden sich besser vorbereiten und verstärkt wieder anrücken. Und ich wusste nicht, wie ich diese Situation verhindern konnte.

Ich wehrte mich dagegen, zum Abschuss freigegeben zu sein. Doch wie konnte ich mich behaupten in einem Land, dessen Sprache ich nicht mal beherrschte?

Im Versuch, endlich klarzusehen, arbeitete ich mittlerweile mit Handbewegungen. Ich zeigte der Gospoda, die noch abwartend an unserem Tisch stand, das Zeichen für »Geld« und deutete auf Vince und mich. Die Frau schüttelte den Kopf. Dann sprach sie sehr schnell auf den Polizisten ein, der erfolglos versuchte, ihren Redestrom zu unterbrechen.

Als sie am Ende ihres Vortrags angelangt war, sprach der Beamte uns wieder an. Wir sollten eine Liste erstellen mit all den Orten, die wir bisher besichtigt hatten. Er würde uns jetzt zum Campingplatz fahren und morgen wiederkommen.

Er sah nicht so aus, als ob er uns irgendetwas mitteilen wollte, was uns der Lösung dieses Rätsels näherbrachte, aber ich ließ nicht locker. Ich erklärte ihm, dass ich hier nicht aufstehen würde, bis er mir geantwortet hatte. Notfalls müsste er mich mit Gewalt zum Campingplatz bringen. Ich war jetzt so richtig in Fahrt und erklärte, dass wir unbescholtene deutsche Bürger wären und über internationale Rechte verfügten.

Der Polizist sah mich an, als hätte er langsam genug von uns, dann meinte er resignierend: »Maria meint, eine

Ähnlichkeit zu einer bedeutenden Person Istriens bemerkt zu haben. Die sich auch mal trotz ihrer vornehmen Abstammung einfach unters Volk mischt, aber immer in Begleitung ihrer Leibwächter«.
Er verzog das Gesicht. »Vermutlich haben die Angreifer sie mit unserer Fürstin Theresia verwechselt und ihren Sohn als Leibwächter eingeschätzt, sonst hätten sie nicht so viele Leute mitgebracht.«
Nun sprach er mehr zu sich selbst: »Wenn das wirklich eine Entführung sein sollte, dann ist alles schiefgelaufen. Ihre heftige Gegenwehr und der ungleiche Kampf mit ihrem Sohn. Normalerweise nimmt man einen SUV und wählt ein ruhiges Eckchen ohne Zeugen, kein gut besuchtes Strand-Café.« Es dauerte, bis ich diese englischen Vokabeln für mich übersetzt hatte.
Eins war klar. Diesmal war es gut gegangen. Doch die Frage blieb: Würden diese Männer wiederkommen?
Ich wandte mich mit an den Polizisten. Er antwortete ausweichend: »Wenn sie einen Auftrag hatten.«
Ja, aber von wem und warum?
Das war der größte Mist, in den ich jemals hineingeraten war. Und ich dachte, ich hätte mit meiner großen Familie schon alles erlebt. So konnte man sich täuschen. Mit Kriminellen hatte ich mich noch nie anlegen müssen. Und das sogar in einem fremden Land. Das war unglaublich!
Ich sah mich um, ob mir erneut Gefahr drohte, aber alles blieb ruhig.
Es wurde Zeit, zu gehen.
Der Polizist wies uns die Richtung und wir liefen einträchtig nebeneinander her zu seinem Wagen, so als wäre die Welt völlig in Ordnung.

Vince machte vom Polizeiauto ein Foto. »Das glaubt uns sonst niemand!«

Auf dem Weg zum Campingplatz erkundigte ich mich nach den Vorkehrungen für meine Sicherheit. Aber der Polizist winkte ab. You are not in danger. Ich war nicht gefährdet! Wirklich nicht?

Ich konnte es nicht fassen.

Der Beamte meinte, dass man von mir ja nichts wollte. Die Entführer würden bald feststellen, dass ich nicht die Fürstin war.

Und dann würden sie mich wieder zurückbringen? Eine Zeugin, die sie identifizieren konnte? Wie blöd war das denn? Ich hatte schließlich genug Krimis gesehen und wusste, was mit ungebetenen Zeugen geschah.

Hatte ich denn kein Recht auf polizeilichen Schutz? War ich als Touristin in diesem Land denn gar nichts wert? Dafür, dass ich die Wirtschaft ankurbelte, konnte ich doch etwas Sicherheit erwarten? Oder wurde ich als unbequemer Tourist behandelt, weil in Dubrovnik Scharen von Urlaubern ausflippten? Sollte hier ein Exempel statuiert werden?

Der Polizist winkte ab, als ich noch etwas sagen wollte, zuerst wollte er einen Blick in unsere Pässe werfen.

Wir trafen auf dem Campingplatz ein und ich holte die Pässe aus dem Safe. Nachdem der Ordnungshüter die Daten notiert hatte, schloss ich sie wieder ein.

Dann trat der Beamte einige Schritte zur Seite und telefonierte. Wir setzten uns währenddessen auf die Steinstufen der Rezeption und sahen ihm zu, wie er hin und her lief und laut in sein Smartphone sprach.

Als er zurückkam, erklärte er Vince und mir, was er arrangiert hatte.
«Wait here! Dann erklärte er uns, dass in wenigen Minuten ein Journalist vorbeikommen würde. Der sollte ein Foto von mir machen und eine Pressemitteilung für die morgige Ausgabe schreiben. Etwa so: „Bitte lasst die deutsche Touristin, die unserer geschätzten Fürstin ähnlichsieht, in Ruhe!" Und dann meinte er noch, dass sich so das Problem erledigt hätte. Er stieg in sein Auto und fuhr davon.
»Toll! Das war alles?
Vince wurde sarkastisch. »Solange alle Verbrecher die Zeitung lesen!«
Nachdem der Fotograf gekommen, uns neugierig gemustert und schließlich ein Foto von mir gemacht hatte, gingen Vince und ich völlig unbehelligt zum Mobilheim zurück. Wir zogen uns in Windeseile um und liefen zum Strand.
„Das hat aber lange gedauert! Wo seid ihr denn versandet?", rief mir mein Mann zu und David erklärte, dass Johannes schon vorgehabt hatte, die Polizei anzurufen.
»Das wäre lustig geworden, denn die Polizei hat uns gerade zum Campingplatz gebracht!«, ließ Vince die Bombe platzen. Danach wurde es sehr lebhaft. »Habt ihr die Bank ausgeraubt?«, fragte Alex. »Seid ihr aus der Strandbar abgehauen, ohne zu zahlen?«, wollte Nele wissen.
Nur Johannes glaubte uns nicht. »Hat euch wirklich die Polizei zurückgebracht?« Es dauerte einen Moment, bis Ruhe eingekehrt war und ich erzählen konnte.

Aber meine Geschichte wirkte auf die anderen so utopisch, dass sie mir nicht glauben wollten. Vince musste erst alles bestätigen und seine aufgeschlagenen Fingerknöchel zeigen.
Alex fragte dann nach den Schlägen und Tritten und Vince machte sie uns vor. David rief dazwischen: »Spann mal deine Oberarme an!«
Mein Sohn stand aufrecht und präsentierte sich. »Krass!«, murmelte David respektvoll.
Dann war ich gefragt. Ich zeigte die erste Ebene der Krav-Maga-Verteidigung und gab das Gespräch mit dem Polizisten wieder. Mein Mann war gar nicht zufrieden. Er regte sich über den Beamten auf und über die Pauschal-Aussage, dass mir jetzt nichts mehr passieren konnte.
Mathilda war von unseren Darbietungen überhaupt nicht fasziniert. Sie konnte es nicht fassen. »Wem sollst du ähnlichsehen, einer kroatischen Fürstin? Du?« Ihr Tonfall war einfach ätzend. *Ja, denk Dir, mein Kind! Deine nicht mehr ganz so junge, nicht mehr superschlanke, völlig ungeschminkte und schmucklose Mutter soll einer echten Fürstin ähnlichsehen!*
Das war für meine wunderschöne Tochter mit ihren 48 gut verteilten Kilos in dem neckischen Bikini kaum verständlich.
»Was hattest Du denn an?«, wollte Mathilda wissen.
»Du weißt schon, das blaue Kleid!«
„Hm!", machte meine Tochter. »Das Kleid steht dir! Es macht schön schlank. Aber wer würde dich für eine Fürstin halten? «Gute Frage, aber die Antwort blieb aus!
So langsam beruhigten sich alle wieder. Man widmete sich den beiden Kleinen. Max, der gerade versuchte, ei-

nige Steine anzulecken und Emely, die umgezogen werden musste.

Alex und Vince hatten sich etwas abseits von uns hingesetzt und fachsimpelten über die verschiedenen Boxtechniken. Ich ging schwimmen, um allein zu sein, nachzudenken und weitere Schritte zu planen.

Ich schwamm bis zum Ende der Absperrung und sah zum Horizont. Hier konnte ich friedlich im Wasser planschen, während die Gefahr irgendwo dort draußen auf mich lauerte.

Es war keine Angst, die ich spürte. Nein, sondern eher eine Ungewissheit, die mir nicht gefiel. Ich kämpfte gegen Schatten. Das war das Stichwort und mir fiel mein Traum wieder ein. Ich rannte und rannte, verfolgt von Schatten, die ich nur erahnen konnte.

Nun war die Situation klarer. Mein Gott hatte mich vorher gewarnt und das hieß, dass er die Situation kannte und über sie wachte. Angst musste ich somit keine haben. Aber freiwillig würde ich mit diesen Kriminellen niemals mitgehen. Ich versuchte, mich im kalten Wasser etwas zu entspannen.

Neben mir plätscherte es. Ich war in Gedanken sehr weit weg gewesen und musste mich wieder fokussieren. Es war Johannes. Er schwamm auf mich zu und begann gleich ein Gespräch: »Was da alles hätte passieren können. Ein Glück, dass du unseren Jüngsten mitgenommen hattest. Hat der Polizist gesagt, wann er wieder vorbeikommt? Mit dem möchte ich mal gerne reden. So ein Campingplatz bietet doch gar keinen Schutz. Und überhaupt, warum wollte man dich entführen? Schließlich ist bei uns nichts zu holen!«

Mein Mann machte sich Sorgen um mich, das musste ich ihm zugutehalten, aber leider konnte ich bei seinen zahlreichen Fragen nicht nachdenken. Ich musste abwarten, bis ich mal wieder allein war.
David und Mathilda waren mit den Kleinen schon zurück zum Mobilheim gegangen und Alex und Vince hatten noch auf uns gewartet. Wir gingen gemeinsam zurück. Der Abend verlief ganz ruhig und ich war froh, dass dieser Tag endete. Mein Mann und meine Jungs saßen noch auf der Terrasse und spielten, während ich total ermattet ins Bett sank. Ich bat Johannes noch, das Mobilheim gut zu verschließen und schlief fest ein.

Flucht nach Medulin

Am nächsten Morgen kam der Polizist vorbei, während wir beim Frühstück auf der Terrasse saßen. Endlich war es wärmer geworden und die morgendliche Sonne tat mir gut. Ich hielt mich wie üblich an meiner Kaffeetasse fest, während Johannes zwei Brötchen aß. Die Jungs schliefen noch. Ich brachte dem Polizisten einen Kaffee, während mein Mann ihn auf Englisch ausfragte. Er wollte wissen, was man zu meinem Schutz zu tun gedachte und nervte damit den Staatsdiener.
Der Beamte hatte eine kroatische Zeitung mitgebracht, die er uns jetzt vorlegte. Mein Foto war gut zu sehen und was der Bericht enthielt, das wusste ich schon. Aber Johannes wollte noch einmal jedes Wort hören. Der Polizist übersetzte meinem Mann die Pressemitteilung und gab uns den guten Rat, mal für einen ganzen Tag zu verschwinden, bis alle Gangster die Zeitung gelesen hatten.
Ich erkannte, dass er uns damit einen Vorteil verschaffen wollte. Einfach mal von der Bildfläche verschwinden, dass schien ein gutes Mittel zu sein, um die Kriminellen zu irritieren.
Der Polizist war sich sicher, so erklärte er uns, dass es keine Angriffe mehr geben würde. Warum auch? Schließlich wollten die Angreifer mich nicht entführen. Was sollten sie mit einer deutschen Geisel?
Mein Mann sah immer ärgerlicher aus und nuschelte etwas von »Botschaft anrufen«. Der Beamte verabschiedete sich recht schnell.
Wir überlegten, wohin wir verschwinden könnten. Ich versuchte die Gunst der Stunde zu nutzen und schlug

den Nationalpark Plitvicer Seen vor, der Ort, an dem „Der Schatz im Silbersee" gedreht wurde. Das war sehr weit entfernt und ich hatte die Hoffnung bereits aufgegeben, jemals dort hinzufahren.

Johannes schüttelte auch gleich den Kopf.»300 einfache Kilometer, bist du verrückt? Da wären wir einen ganzen Tag nur im Auto unterwegs«. Ich murmelte nur: »Besser als im Einkaufszentrum!« Aber mein Mann verstand den Scherz nicht, er gab lieber Anweisungen: »Mach mal einen vernünftigen Vorschlag!«

Ich wurde langsam ärgerlich.

Es war sehr gut für meinen Mann, dass in diesem Moment Mathilda die Terrasse hochsprang. Sie sah kurz zum Himmel und fragte: »Was macht ihr denn heute?«

»Wir suchen ein nahes Ausflugsziel!«, antwortete mein Mann. »Kein Shopping-Center!«, ergänzte ich.

Nele kam mit Max auf dem Arm und Emely an der Hand. »Ich weiß was!«, sagte sie zu Mathilda. »Es gibt hier einen Sandstrand.«

»Was, wo?«, rief ich. Sand in Kroatien?

»Ich habe bei der Information das hier mitgenommen.« Nele gab Johannes einen Flyer.

»Medulin«, überlegte er. »Ich gebe das mal in dem Navi ein.« Wir warteten.

»Nur 8 km«, rief mein Mann. »Da fahren wir hin. Packt alles ein!«

Rasch waren Decken, Handtücher, Schwimmsachen, Sonnencreme und ähnliches zusammengepackt. Dann fuhren wir los.

Am Hafen von Medulin fanden wir gleich einen Parkplatz, so brauchten wir unser Gepäck nicht weit zu tragen. Jeder packte mit an. Wir waren eine bunte Truppe, die sich für den Strand bereitgemacht hatte. Mathilda trug ein kurzes Sommerkleid, David die Badeshorts und ein T-Shirt darüber und wir sahen aus wie immer. Sehr lustig war Emely anzusehen, die einen großen Sonnenhut und eine rot-weiß-gepunktete Kindersonnenbrille trug. Max ließ sich gemütlich im Buggy herum schieben, ihn kümmerte die Aufregung nicht.

Es war ein schöner Strand. Es gab eine Promenade mit Restaurants, Cafés und Bars. Und auf dem feinen Sandstrand standen lange Reihen von weißen Liegenstühlen, immer paarweise mit einem Tischchen und einem Sonnenschirm.

»Das sieht mal wirklich wie Urlaub aus!« Mathilda freute sich. »Emely, schau mal, du darfst im Sand spielen!« Die Kleine lief zum Kinderwagen, in dem Max saß, und riss an den Sandspielsachen. »Hast du auch meinen Eimer dabei, Mama?« »Ja, klar, Süße! Nicht herausreißen, gleich gebe ich ihn dir!«

Der Strand sah aus wie aus einem Urlaubsprospekt. Dicht an dicht standen die Liegestühle, dazwischen gab es kein freies Plätzchen mehr. Eifrige Kellner liefen herum und servierten auf den kleinen Tischchen kalte Getränke und Kaffeespezialitäten.

Mit dem Kinderwagen quälten wir uns durch den Sand. »Ich weiß nicht, ob wir uns hier einfach zwischen die Liegen legen dürfen, das gehört doch zu der Bar.«, sagte ich. Mathilda war da viel forscher. »Ach Quatsch, wir legen uns hier einfach hin!« Sie begann bereits, ihre Handtücher auf dem Boden direkt vor den Liegestühlen zu verteilen. Nele wollte es ihr nachmachen. Aber ich meinte zu ihr: »Wir müssen zumindest Platz lassen, damit die Kellner durchlaufen können!« Mit etwas Abstand ließen wir uns ebenfalls auf dem Boden nieder.

Emely wurde als erstes umgezogen und mit Sonnencreme dick eingerieben. Dann bekam sie Eimer, Schaufel und Sandförmchen.

»Guck mal, Mama, ich habe einen Kuchen gemacht!«

»Sehr schön, Schatz! Gib dem Max bitte auch ein paar Förmchen ab.«

»Aber der hat doch eine Schippe, Mama!«

Max schien auch nicht mehr zu brauchen, er war mit seiner Schaufel, die er immer wieder in den Sand stieß, ganz zufrieden.

»Wo ist Nele eigentlich?« Während die Jungs eine Möglichkeit zum Umkleiden suchten, war Nele verschwunden. Ich konnte sie nicht entdecken.

Plötzlich sah ich sie mit einem Kellner im Schlepptau. Sie zeigte auf zwei Liegen und sagte zu mir: »Die beiden habe ich für uns gemietet!« Wow, damit hatte ich gar nicht gerechnet. Wir lagen stets auf unserem Handtuch im Sand und hatten noch niemals so feudal im Liegestuhl gesessen. Aber es hatte etwas. Ich forderte den einen Stuhl gleich ein, während Nele den anderen in Beschlag nahm. »Ihr könnt euch auch etwas bestellen und die Toilette der Bar dürfen wir auch mitbenutzen.« Das war natürlich klasse, denn wir mussten uns noch umziehen.

Als ich wieder auf meinem Liegestuhl Platz nahm, Nele mit den Jungs schwimmen ging und Johannes den anderen Liegestuhl einnahm, sagte ich: »So müssen wir immer Urlaub machen. Da fühlt man sich gleich viel besser als da unten auf dem Boden!« Mein Mann beschäftigte sich mit der Getränkekarte. »Wollen wir etwas bestellen?«, fragte er. »Wir haben genügend Getränke mitgenommen!«, antwortete ich. Aber Johannes wollte sich trotzdem eine Cola bestellen. Schön im Glas, gekühlt und mit Zitronenviertel. Ich staunte über mich selbst. Das Sparen war mir so in Fleisch und Blut übergegangen, dass ich nicht mal im Urlaub eine Ausnahme machen wollte. Aber ich nahm mir vor, am Nachmittag einen Cappuccino zu bestellen.

Als Nele wieder aus dem Wasser zurückkam und mein Mann seinen Platz für sie aufgeben musste, fragte mich meine jüngste Tochter: »Wollen wir uns den Preis für die Liege teilen? Schließlich liegst du auch hier.« Ach, so ganz selbstlos war Neles Tat dann doch nicht gewesen. Ich bezahlte ihr meinen Anteil und musste dafür nicht einmal aufstehen.

Der Strand war super. Schöner weißer Sand und selbst im Meer konnte man lange laufen und das Wasser ging einem nur bis zu den Knien. Aber die Wärme war unangenehm. »Das ist Pipibrühe!«, raunte ich meinem Mann zu, »wie im Babybecken«. Wir gingen nur ein einziges Mal ins Wasser und ließen uns dann wieder auf den bequemen Liegestühlen nieder.

Nach den ersten zwei fröhlichen Strandstunden zogen ganz plötzlich dunkle Wolken auf und ein kalter Wind regierte das Terrain. Wir wechselten rasch die Kleidung und taxierten den Himmel bezüglich der Regenwahrscheinlichkeit. Es war schade, dass das gute Wetter schon wieder vorbei war.

Da Alex für den Abend einen Restaurant-Besuch geplant hatte, sich aber jetzt schon hungrig fühlte, schlug er vor,

hier etwas zu essen. Vielleicht würde sich das Wetter in der Zwischenzeit noch bessern.
Wir wählten ein Restaurant aus, das direkt am Strand lag und den Blick auf das Meer garantierte. So saßen wir im Trockenen, während durch die offenen Seiten der Taverne die frische Regenluft hereindrang.
Alex lud uns ein und wir durften bestellen, was wir wollten.
Wir wählten unterschiedliche Gerichte aus, die alle sehr lecker zubereitet und reichhaltig waren. Selbst David wurde satt. Sein Grillteller war so mächtig, dass er ihn nur mit äußerster Willensanstrengung bewältigen konnte.
Alex hatte sich ein Steak bestellt und betonte zwischen den Bissen immer wieder, wie zart es sei.
Die Kleinen aßen nur Pommes, während Mathilda versuchte, sie zusätzlich mit ihrem Hähnchen-Schnitzel zu füttern. Vor und nach dem Essen legte meine Tochter den Kleinen das Handy hin, so dass beide ruhig in ihrem Stühlchen saßen und den kleinen Maulwurf ansahen, während wir uns entspannten.
Wir blieben in dem Restaurant so lange sitzen, bis die Sonne wieder schien. Danach verabschiedeten wir uns von dem Restaurantbesitzer, der sich über das große Trinkgeld und das Lob von Alex sehr freute, der mehrmals erklärte: »In Deutschland habe ich noch nie so ein gutes Steak gegessen!«
Dann gingen wir zu unserem Platz zurück. Alle Gegenstände, die wir mitgebracht hatten, waren noch vorhanden. Mein Mann und ich, wir ließen uns satt und zufrieden auf den bereits getrockneten Liegestühlen nieder.

Nele saß bei den Kindern auf dem Boden. Mathilda hatte sich lang ausgestreckt und David schlief bereits. Alex und Vince waren im Wasser. Es war sehr friedlich.

Beim Kellner bestellten wir noch zwei Cappuccinos, die recht günstig waren. Das war ein herrliches Leben und endlich begann mir der Urlaub zu gefallen. »So müssen wir immer Urlaub machen!«, sagte ich zu Johannes. »Nie wieder wie ein Wurm auf dem Boden liegen!«

Zwei Stunden lang hielten wir dieses wunderbare faule Leben aus, dann kamen die Jungs. »Mir ist langweilig!«, begann Alex. »Was sollen wir denn noch machen?«, wollte Vince wissen. Die beiden hatten wieder Sehnsucht nach dem Campingplatz.

Ich bat sie noch um ein paar Minuten Geduld, ich wollte noch nicht aufstehen.

David und Mathilda wollten auch noch nicht zurückfahren, sie waren am Ziel ihrer Wünsche angekommen. Wir boten ihnen für die restliche Zeit die von Nele gemieteten Liegestühle an, die sie fröhlich in Besitz nahmen.

David konnte es kaum fassen. »Ihr Adrenalin-Junkies, könnt ihr nicht einfach das Nichtstun genießen?«

Das konnten meine Kinder noch nie. Sie brauchten stets Aktivitäten, Ausflüge und Sportprogramme. Stundenlang am Strand liegen, das war nicht ihr Ding, zwar mal eine schöne Abwechslung, aber dann auch wieder langweilig.

Wir stiegen ins Auto und entschieden, noch eine Eisdiele zu suchen. Mehrmals fuhren wir um die Kirche herum, bis wir merkten, dass es in dem kleinen Ort nichts dergleichen gab. Alle Angebote von Medulin waren nur am Strand zu finden.

Auf der Rückfahrt zum Campingplatz bemerkten wir ein Schild, auf dem »Adrenalin-Park Medulin« stand. Das passte doch zu uns. Alex war gleich Feuer und Flamme und Vince meinte: »Lasst uns mal hingehen!«.
Ich hatte an diesem Tag kaum Geld ausgegeben, also stimmte ich zu. Johannes bog in den steinigen Feldweg ein.
Der „Adrenalin-Park" lag in einem Eichenwald. Die größte Herausforderung war die Baustellen-Toilette, die bestialisch stank, weswegen ich mich sehr beeilte.
Darüber hinaus gab es eine sehr hohe Schaukel, die aber gerade nicht funktionsfähig war. Ansonsten konnte man in 35 Metern Höhe auf den Seilen herum klettern. Alex und Vince erklommen die hohen Stämme, um sich selbst herauszufordern. »Wow, ist das wacklig!«, wagte Vince zu bemerken, während Alex hinzufügte: »Ich hoffe, das haben deutsche Ingenieure gebaut!«
Johannes und ich, wir standen grinsend unter den Jungs, sahen ihnen zu und wählten nur die Kinderbahn aus. Wir kletterten, bis wir keine Lust mehr hatten und ruhten uns anschließend auf einem Baumstamm aus.
Wie hätte ich diesen Park als Jugendliche geliebt. Nichts war mir damals zu hoch, zu schnell oder zu gefährlich gewesen. Ich konnte klettern, ohne über etwaige Gefahren auch nur nachzudenken. Und heute? Ich kam bereits auf der Kinderstrecke an meine Grenzen, obwohl ich normalerweise gute Herausforderungen schätzte.
Es war kein schönes Eingeständnis. Aber eines wurde mir an diesem Tag klar. Ich war heutzutage zu feige, um wirklich etwas zu wagen. Obwohl das nicht schwer war. Ich konnte auf dem Boden laufen, warum also nicht in 35

Metern Höhe? Und noch dazu angeseilt? Es gab doch keinen Grund für mich, Angst zu haben und ich fragte mich, was nur aus mir geworden war.

Künftig, so schwor ich mir selbst, würde ich mehr riskieren, meine Grenzen ausweiten und damit eine neue Selbstsicherheit gewinnen.

Vorbei waren die Zeiten als einfache Mutter, nun war ich zur Kämpferin geworden. Eine Frau der Tat, die in dieser gefährlichen Welt besser bestehen konnte. Ich musste es mir nur lange genug einreden, denn mein Mut war noch klein und unscheinbar.

Mir fehlte die Übung mit gefährlichen Momenten, dennoch war ich bereit, nicht länger auszuweichen oder wegzulaufen, sondern vielmehr anzugreifen. Mit List, Selbstbewusstsein und einem neuen Wertgefühl. Alles andere konnte ich lernen, aber das Überraschungsmoment war ausschlaggebend für die weitere Schlacht.

Als wir schließlich am Campingplatz ankamen, fühlten wir uns glücklich und entspannt, weil es der erste richtig gute Urlaubstag gewesen war.

Die Lage spitzt sich zu

Wir saßen noch lange gemeinsam mit Mathilda und David vor ihrem Mobilheim. Die Kleinen schliefen und wir spielten *Schwimmen*. So langsam nervten mich die Kartenspiele. Noch dazu wurde ich ausgebuht, da ich ein Ass nach dem anderen präsentierte. Mathilda rief: »Du schummelst! Gib es zu, du hast irgendwo Asse gebunkert!« und Alex schüttelte den Kopf. »Niemand hat ständig Asse auf der Hand!« Egal, wie ich mein Glück verteidigte, meine Kinder glaubten mir nicht. Das musste mir passieren, dem weithin ehrlichsten Menschen überhaupt. Aber selbst ich wunderte mich, dass ich ein Ass nach dem anderen bekam. Sonst hatte ich bei solchen Spielen nie Glück. Und ehrlich gesagt brauchte ich auch kein Spielerglück. Ich war eher besorgt, dass sich das Glück in meinem Leben irgendwie verlagert hatte. Ich glaubte an so etwas nicht, aber falls es das doch geben sollte, lief ich in die falsche Richtung.

Hing das mit meiner Entscheidung zusammen, die ich gerade erst getroffen hatte oder machte ich mir einfach zu viele Gedanken? Es gab Tage, da sah ich mich als Kämpferin für die Gerechtigkeit und dann wieder hatte ich Bedenken, dass meine Seele bei meinem Vornehmen Schaden nehmen könnte. Und das wäre das Ende gewesen. Niemals wollte ich meine Seele opfern, keinem Spielgott und auch sonst niemandem. Das musste klar sein. Ich würde keinen Menschen töten und auch sonst nichts tun, was laut der Bibel Sünde war.

Ich atmete tief ein. Die Luft war frisch und es war ruhig, viel zu still. Nach dem Spiel waren wir genauso gelangweilt wie vorher. Wir taten alles, um der Langeweile zu entfliehen, aber es reichte nicht aus. Es gab keinen Fernseher in den Mobilheimen, die Bar auf dem Campingplatz sah überhaupt nicht ansprechend aus. Man hörte keinen Laut davon, nicht mal ein klein wenig Musik. Ich dachte darüber nach, an den nächsten Abenden durch Pula zu flanieren. Dort sollte es doch ein wenig Nachtleben geben.

Ich war zwar auch müde, aber irgendwie fehlte mir noch die richtige Bettschwere. Alex und Vince saßen noch bei Mathilda und David, also beschlossen Johannes und ich, noch einmal über den stillen Campingplatz zu schlendern.

Wir kamen am Jugendgästehaus vorbei und sahen dort die gelangweilten Jugendlichen, die sich nicht mehr auf dem Sportplatz versammeln durften. Genauso gelangweilt wie wir standen sie in kleinen Grüppchen zusammen.

Dann gingen wir am steil abfallenden Strand entlang, wo wir kaum etwas erkennen konnten. Das Rauschen der Wellen war sehr leise, das Meer schien nur noch ein dunkler Fleck zu sein.

Ein paar bunte Lämpchen beleuchteten die einsame Strandbar, die noch geöffnet hatte. Aber Hunger verspürten wir keinen.

Ein Stück weiter kamen wir am Restaurant vorbei. Es saßen noch ein paar Urlauber auf der Terrasse, die sich gedämpft unterhielten.

Es war eine durch und durch geräuschlose Nacht. So werde ich Istrien stets als schweigsamsten Landstrich aller Urlaubsländer in Erinnerung behalten.

In Spanien und Italien fand ich es persönlich viel schöner. Abends traf man Menschen auf der Strandpromenade, man hörte Lachen und Musik. Es war die Fröhlichkeit und Lebendigkeit eines Urlaubsortes, die mich anzog und die zu einem schönen Urlaub dazugehörte.

»Guten Abend!«, rief uns der nette Kellner des Restaurants zu. Er winkte uns zu sich heran und fragte, ob wir noch einen Drink nehmen wollten. Bei unserem ersten Abendessen hatte er mir einen Wein empfohlen. Dieser Rebensaft war mir zu trocken gewesen. Er kam mit einer neuen Flasche, ein lieblicher Tropfen, wie er betonte. Ich lachte, warum nicht? Johannes wollte nur eine Spezi trinken und so setzten wir uns auf die Terrasse. Ich sah zum Meer hinüber und versuchte, die Dunkelheit zu durchdringen, während mein Mann den Jungs über WhatsApp eine Nachricht zukommen ließ: »Wir trinken noch etwas im Restaurant, es wird ein wenig später!«

Der Wein war dann doch nicht so lieblich, wie ich es gehofft hatte. Eher etwas zu herb. Ich wusste, dass liebliche Rotweine mehr das No-Go waren, aber mir schmeckten die herben Weine einfach nicht.

Auf jeden Fall half mir der Rebensaft, müde zu werden. Meine Beine waren schon schwer, als wir endlich im Mobilheim ankamen und ich mich ins Bett fallen lassen konnte. Es war so weich. Ich kuschelte mich in die Decken ein, ermahnte meinen Mann, die Tür gut zu verschließen und war bereits im Land der Träume versunken.

Ein seltsamer Traum ...

Ich spüre den kalten Boden unter mir. Warum liege ich nicht in meinem Bett? Ich rieche Moder und ich weiß, dass ich gegen

Schimmel allergisch bin. Mein Hals kann anschwellen, das Atmen wird mir schwer fallen ...
Dennoch bin ich ganz ruhig, ohne Panik, völlig untypisch für mich. In meinem Kopf ist nur Leere und Gleichgültigkeit.
Nur mein Rücken ist so kalt, ich möchte in mein Bett zurück. Ich versuche, mich aufzurichten, komme aber nur ein kleines Stück nach oben. Wo ist meine Jacke? Wo sind meine Schuhe?
Ein Lichtschein kommt näher, trotzdem will das Dunkel nicht weichen. Ich sehe nur Umrisse und rufe: »Macht doch mal das Licht an!« Es kommt aber nur ein leises Flüstern aus meinem Hals heraus.
Da kommen Schatten auf mich zu. Sie laufen im Nebel. Sind das Menschen oder Geister? Nicht mal Geister werden mich heute in Angst versetzen, ich bin ganz mit mir im Reinen. Entspannt und unbesiegbar!
Ich werde hochgehoben und auf einen Stuhl gesetzt. Ich halte mich fest, mein Körper schwingt hin und her. Mir ist kalt. Hätte ich doch eine Jacke mitgenommen!
Warum gibt es hier keinen Spaß? Ist auch dieser Ort so ungesellig? Ich summe: »Das kleine Pferd ist unser Freund, unser Freund ...« Dabei schlage ich den Takt leicht mit dem Fuß. Oder ich versuche es. Mein Bein kann ich kaum fühlen.
Jemand spricht zu mir. Ich verstehe nichts. Ist das schon wieder diese schwierige Sprache? Könnt ihr kein Englisch?
»No comprende, soy Alemanne!« Lasst mich endlich in Ruhe. Ich will schlafen.
Mein Stuhl wackelt oder ich wackle. Ich zittere. »Ich will ins Bett!«, versuche ich es noch einmal.
Jemand fragt, ob ich aus Deutschland bin. »Ja klar, Mann!« Ich wohne im Rhein-Main-Gebiet und habe in Frankfurt gearbeitet, einer Stadt, in der immer etwas los ist. Ich erzähle ihm von

dem Job am Main-Ufer, direkt am Äppelwoi-Turm. »Sieht aus wie ein Äppelwoi-Glas, richtig schön, aber die Arbeit, die war so langweilig, Tag für Tag nur Empfangsdienst und keinen Moment durfte man das Telefon klingeln lassen. Wir sollten es sogar mit aufs Klo nehmen!«, empörte ich mich. »Nie passierte etwas, kein Überfall, rein gar nichts. Mein Leben besteht nur aus Langeweile. Scheiß-Leben!«

»Kennt Ihr meine Familie? Meine Söhne, die sind toll. Oder Nele, die kann nerven, aber sie hat ein großes Herz. Sie behauptet, meine Zähne wären so gelb wie Sterne. Habt ihr auch Kinder? Das nächste Mal kaufe ich mir Hasen, die erzählen mir nicht, dass ich wie der Comic-Werner aussehe. Vielleicht auch ein Pony. Ich wollte schon immer ein Pony haben, aber mein Vater sagte, das wäre zu teuer. Warum, fragte ich ihn. Es frisst doch nur Gras. Was geben wir unserem Pferd? Das kleine Pferd ist unser Freund, unser Freund ...«

Ein Mann tritt einen Eimer durch den Raum. Wo ist der denn hergekommen? Er schreit ein paar Worte, die ich nicht verstehen kann.

Ich habe keine Lust mehr und rufe in die Dunkelheit: »Ihr könnt mich alle mal, ich gehe jetzt schlafen. Seid leise und spielt mit jemand anders, Kinder. Heute mag Mutti nicht mehr! Gute Nacht!«

Erwachen am Strand

Ich erwachte im Morgengrauen und wusste nicht, wo ich war. Über mir erblickte ich den grauen Himmel, es musste noch sehr früh am Morgen sein, unter mir fühlte ich Gras, Baumrinde und irgendwelche Hülsen. Ich lag nicht in meinem Bett.

Nicht ganz sicher, ob ich immer noch schlief, erhob ich mich langsam zum Sitzen. Ich saß unter einem Baum und war in eine schwere Wolldecke gewickelt. Mein Kopf schmerzte und das Denken fiel mir schwer. Ich drehte mich vorsichtig, es war noch nicht vollständig hell und ich saß hier ganz allein. Es war kühl trotz der Decke und ich sah mich ängstlich um. Gab es dort in den Büschen vielleicht irgendwelche Vergewaltiger?

Ich war noch nie zu solch einer frühen Stunde allein im Feld gesessen.

Warum war ich hier ganz allein und wo war mein Mann, der mich sonst nicht aus den Augen ließ? Nie durfte ich im Dunkeln allein herumlaufen. »Es gibt zu viele Verrückte auf der Welt!«, das war sein Standardspruch.

Doch jetzt war er nicht da und ich saß auf dem Grasboden mitten im Nirgendwo. Das war nicht gut.

Ich war auch nicht im Schlaf gewandelt. Johannes wurde bei dem kleinsten Geräusch wach und hätte mich aufgehalten. An manchen Tagen versuchte ich alles, um das Bett zu verlassen, ohne dass mein Mann erwachte. Doch kaum öffnete ich betont leise die Tür, fragte er mich, wohin ich wollte. Ging ich dann ins Wohnzimmer und nahm meinen Laptop auf den Schoß, weil ich die Story, die mir gerade durch den Kopf ging, unbedingt zu Papier bringen musste, dann stand Johannes einige Sekunden später vor mir und verlangte von mir, wieder zurückzukommen.

Ich konnte mir nicht erklären, warum er mich in diesem fremden Land allein gelassen hatte. Das sah ihm so gar nicht ähnlich.

Es wurde Zeit, aufzustehen. Ich ging ein paar Schritte und trat auf kleine Ästchen und Zapfen mit meinen bloßen Füßen. Wo waren meine Schuhe?

Ich lief ganz vorsichtig durch das kleine Waldstück auf die asphaltierte Straße und sah mich um. Wenn mich hier niemand überfiel, dann konnte ich dem befestigten Feldweg bis zum Campingplatz folgen.

Es war dann auch nicht weit bis zur Schranke, die noch geschlossen war. Der Sicherheitsmitarbeiter, der mir die Schranke öffnete, riss die Augen auf, als ich barfuß und in eine Wolldecke gewickelt vor ihm stand. Ich hob die Hand und rief ihm einen Gruß zu, während ich schnell weiterging. Bloß keine Fragen, ich konnte keine einzige beantworten.

Dann stand ich vor unserem Mobilheim. Ich bewegte die Türklinke und sie ließ sich herunterdrücken. Die Tür war nicht verschlossen. Ich ging in die Küche und stellte Kaffeewasser auf. Dann sah ich in den Kühlschrank. Das tat ich mit viel Lärm, mein Mann hätte mich hören müssen, aber nichts rührte sich. Ich ging ins Schlafzimmer und sah ihn immer noch tief und fest schlafen. Dann sah ich nach meinen Jungs, die ebenfalls noch schliefen.

Mein Kopf war immer noch zu schwer zum Denken. Ich ging ins Bad und schaute mich im Spiegel an. Kleine Zweige hingen in meiner Frisur. Ich wusch mein Gesicht und meine Hände und kämmte das Haar, bis es normal aussah.

Mittlerweile flötete der Wasserkessel. Ich schenkte mir einen Kaffee ein und schmierte mir ein Brot. Danach zog ich mir Strümpfe und Schuhe an und wickelte mich in eine neue Wolldecke. Ich setzte mich auf die Terrasse. Das Corpus Delicti legte ich beiseite.

Es gab nur eine einzige Erklärung.

Ich war entführt worden, lag wirklich in einem kalten dunklen Raum und erwachte ganz allein am Strand. Es war kein Traum gewesen. Sonst wäre mein Mann jetzt wach und würde über meine sprudelnde Fantasie spotten.

Mich überkam ein Zittern. Ich war in den Händen der Entführer gewesen und hatte überlebt.

Warum ich? Wir wollten nur unseren Jahresurlaub genießen. Nicht mehr und nicht weniger. 10 Tage von 365, da sollte ein wenig Spaß dabei sein. Aber nein! Angst und Sorge kamen wie eine dunkle Wolke angekrochen.

Das durfte ich nicht zulassen. Angst löste keine Probleme. Ich war bereit, gegen die Umstände zu kämpfen, wenn ich meinen Kaffee ausgetrunken hatte. Selbst, wenn es sinnlos war, würde ich es wagen, denn Aufgeben, das lag mir nicht. Niemals würde ich mich von Angst und Gewalt bestimmen lassen, niemals!

Ich schnappte mir mein Handy und schrieb eine WhatsApp-Nachricht an meine Freundin Christiane. »Hier geschehen schlimme Dinge, was soll ich tun?« und ein trauriges Icon.

Es dauerte nicht lange, bis mein Smartphone hupte. »Ich habe gelernt, dass Mut nicht die Abwesenheit von Furcht ist, sondern der Triumph darüber.« Dieses Zitat von Nelson Mandela kannte ich. Im nächsten Satz schrieb sie: »Schatzi, du bist die stärkste Frau, die ich kenne. Du schaffst das!« Zwei Herzchen.

Ja, ich war stark, aber nicht, weil ich wirklich stark war, das konnte ich nicht jeden Tag leisten, sondern durch meinen Glauben an einen starken Gott. Da durfte ich so unscheinbar und schwach sein, wie ich es tatsächlich war. Ein ganz kleiner Glaube genügte schon. Mehr musste ich nicht einbringen.

Ich flüsterte: »Herr, du musst mir helfen, ich brauche einen Tipp, ich weiß nicht weiter!«

Beteuerungen

Als mein Mann erst zwei Stunden später aufwachte, konnte er es nicht fassen, dass er so lange geschlafen hatte. Er klagte über Kopfschmerzen und das hatte ich von ihm wirklich noch nie gehört.
Ich war diejenige, die mehrmals im Jahr unter starken Kopfschmerzattacken litt, er noch nie. Er saß auf der Terrasse und sah sterbenselend aus.
Ich machte ihm ein Wurstbrot und einen Tee und setzte mich zu ihm.
Wir saßen schweigend am Tisch, ein jeder mit seinen eigenen Gedanken beschäftigt. Ich hielt mich an meiner Kaffeetasse fest und war noch nicht bereit, mein nächtliches Erlebnis zu erzählen.
In mir machte sich Fassungslosigkeit breit. Und ich hatte den Eindruck, als würde das Sprechen über die Angelegenheit diese realer machen. Das war natürlich völliger Unsinn. Ich wusste, dass mein Erlebnis real war und dass ich es nicht geträumt hatte. Schließlich war ich am Strand aufgewacht, weit weg von unserem Mobilheim, und mein Mann war an diesem Morgen kaum aus dem Bett zu bekommen. Der Security-Mann hatte mich gesehen und die Wolldecke war ebenfalls ein Indiz. Jede andere Überlegung wäre völlig irrational.
Mittlerweile hatte ich noch eine WhatsApp-Nachricht geschrieben. »Ich werde kämpfen« und eine Pistole dazu. Woraufhin Christiane geantwortet hatte: „Mach keinen Quatsch!" Ein Icon mit erhobenem Finger.
Ich musste lächeln. Auf meine beste Freundin konnte man sich verlassen. Bodenständig und warmherzig erin-

nerte sie mich an das Gute im Leben. Das tat mir in dieser Situation richtig wohl.
Ich stand auf, um den Tisch abzuräumen, als der kroatische Polizist näherkam. Er grüßte und ich bat ihn, Platz zu nehmen. Dann stellte ich ihm einen Kaffee hin.
Der Gesetzeshüter wollte nur mal nachsehen, wie es mir ging. Und ich war froh, dass er gekommen war. Schließlich war er Polizist. Und auch wenn er mich bisher nicht ernst genommen hatte, dann fühlte ich mich doch sicherer, wenn er uns besuchte.
Ich begann gleich, mein nächtliches Erlebnis zu erzählen. Ohne Wenn und Aber. Wohl sortiert erklärte ich alle Abläufe. Trotzdem winkte der kroatische Polizist ab. »Das war doch sicher nur ein böser Traum!« Ich träumte viel, das stimmte, aber nicht in der letzten Nacht.
»Können Sie mir dann erklären, warum ich ganz allein am Strand aufgewacht bin, ohne Jacke, Schuhe und Strümpfe? Und warum mein Mann nichts von meiner Abwesenheit bemerkt hat? Seit 30 Jahren wird er sofort wach, wenn ich mich nur bewege.«
Der Beamte murmelte „Hm" und schrieb alles auf. Dann fragte er uns, wo wir unseren Drink am letzten Abend eingenommen hatten. »Ich werde mich mit dem Kellner und dem Security-Beamten vor dem Tor unterhalten.« Ich zwängte ihm noch die Wolldecke auf. Er nahm sie zwar, aber er machte kein begeistertes Gesicht, verließ unsere Terrasse und sprach eifrig in sein Handy.
Johannes konnte sich gar nicht mehr beruhigen. »Man hat dich entführt. Es ist ein Wunder, dass du noch lebst!«
Kurz darauf kam der Polizist zurück und versuchte, mich zu trösten. »Sie haben nichts zu befürchten, denn die

Entführer haben ihnen nichts getan. Nun wissen sie, dass sie Deutsche sind. Man hat Sie sogar zum Strand zurückgebracht. Das zeigt doch, dass diese Männer nicht an ihrem Tod interessiert sind. Genießen sie Ihren Urlaub, es wird sicher nichts mehr passieren!«

Wenn man das so sehen wollte, dann hatte der Ordnungshüter Recht. Mein Leben hatten sie nicht angetastet. Aber dennoch war ein Verbrechen verübt worden. Ich wurde mitten in der Nacht betäubt, aus dem Bett geholt, in irgendeinem Kellerloch befragt und musste allein am Strand aufwachen. Dort hätte man mir ebenfalls etwas antun können. Dagegen musste es doch Gesetze geben!

Es war mir außerdem nicht klar, wie ich diesen Urlaub noch genießen sollte. Meine Beine fühlten sich schwach an, mein Gehirn war seit dem Aufwachen voller Nebel und meine Emotionen fuhren Achterbahn.

Eine Sache erkannte ich ganz klar. Stark zu sein war leicht, wenn man in Sicherheit war. Fing aber alles an zu wackeln, dann war es gar nicht leicht, stark zu bleiben.

Ich kleidete meine Gedanken in Worte: »Sind Sie schon mal auf einem eiskalten Boden in einem dunklen Keller aufgewacht, während Sie eigentlich in ihrem weichen Bett liegen sollten?«

Der Polizist sah ratlos aus. Mein Mann setzte ihm noch weiter zu. Von wegen, seine Frau wäre sicher. »Lapidare Äußerungen« nannte Johannes das. Er fragte nach Schutzmaßnahmen und schlug Personenschutz vor, bis es dem Polizisten reichte und er sich verabschiedete.

Wir beleuchteten noch alle Details, aber das brachte uns auch nicht weiter. Dennoch waren wir uns einig, Mat-

hilda, David und Nele nichts von dieser Sache zu erzählen. Damit wenigstens sie ihren Jahresurlaub noch genießen konnten.
Den ganzen Tag lang verspürten wir eine Ermattung. Wir waren körperlich und psychisch völlig erledigt und entfernten uns nicht vom Mobilheim. In diesem Urlaub würde ich außer meiner Familie niemandem mehr trauen.

Treffen mit der Fürstin

Am nächsten Morgen bat mich eine Angestellte des Campingplatzes zur Verwaltung. Ich zog mir meine Schuhe an, und wollte los, als mein Mann mich stoppte.
»Warte!«
Ich glaubte meinen Augen nicht zu trauen. Er, der überzeugte Pazifist, der unseren Jungs sogar Spielzeugpistolen verbot, steckte sich eines von den Küchenmessern ein. „Nur zur Sicherheit!", erklärte er auf meinen fragenden Blick hin.
Ich schüttelte nur den Kopf.
Direkt vor der Rezeption stand eine schwarze BMW-Limousine, ein elegantes und schnittiges Modell. So stellte ich mir meinen Firmenwagen vor. Aber nicht in Schwarz, lieber in dunkelgrün.
Wir wollten gerade um das Fahrzeug herumlaufen, als sich die Fahrertür öffnete und ein stattlicher Herr in Uniform erschien. Er sah mich kurz an, verbeugte sich leicht und brachte mir eine Einladung in englischer Sprache.
»Her princess Theresia invites you!«
Das konnte ich sehr gut verstehen, es war einfaches Englisch.
Ich dachte nicht daran, einzusteigen, aber ich musste schmunzeln, das war doch der Hit. Samantha Mary Lynn, die Autorin ohne Fangemeinde, unbedeutende Sekretärin, oft kritisierte Mutter und Hausfrau erhielt eine Einladung von einer echten *princess*.
Das war doch der Traum aller Träume. Einmal selbst Prinzessin sein, auf einem Schloss wohnen und kostbaren Schmuck tragen. *Her princess invites you!* Ich musste spä-

ter Vince fragen, ob es im Englischen kein Wort für Fürstin gab.
Während ich noch in Gedanken war und meine Garderobe im Geiste durchging, antwortete mein Mann resolut: »Meine Frau geht nirgendwohin!«
Die Campingplatz-Angestellten waren neugierig ins Freie getreten und hatten zugehört. Nun begannen sie zu übersetzen. Vom Deutschen ins Englische und andersherum. Und alle gemeinsam sprachen sie Kroatisch.
Man musste sich das mal vorstellen, alle redeten gleichzeitig in verschiedenen Sprachen. Ich hatte die Botschaft sofort verstanden. Ich war eingeladen und wurde mit einem supertollen BMW abgeholt. Warum mein Mann jetzt ein Problem damit hatte, konnte ich im Moment gar nicht nachvollziehen. Ich war viel zu neugierig auf das coole Auto, das Schloss und die Adelsfrau.
»Unsere Fürstin Theresia ehrt sie mit dieser Einladung, sie dürfen nicht ablehnen!«, meinte der Rezeptionist zu meinem Mann.
Mein Verstand raste. Eigentlich konnte mir bei der Fürstin nichts passieren. Denn Fakt war, dass sie entführt werden sollte. Also konnte sie kaum zu den Entführern gehören. Das Terrain war also sicher.
Und möglicherweise könnte es mir helfen, wenn wir beide uns mal austauschen würden.
Ich wollte dennoch jedes Risiko vermeiden, so vorsichtig war ich inzwischen geworden. Also bat ich den Rezeptionisten, unseren kroatischen Polizisten anzurufen und mir dann den Hörer zu reichen, damit wenigstens eine offizielle Stelle informiert war, wo wir uns befanden.

Als er sich meldete, teilte ich ihm mit, dass wir von Fürstin Theresia eingeladen waren und dorthin fahren würden. Er hielt das für eine gute Idee und meinte, das wäre sicher.

Na ja, wir alle wussten, dass wir seiner Ansicht von meiner Sicherheit nicht trauen konnten. Aber trotzdem beruhigte es mich, dass die Polizei wusste, wo wir waren. Das würde im Ernstfall zumindest unangenehme Fragen nach sich ziehen, so hoffte ich jedenfalls.

Ich erbat für uns eine halbe Stunde, denn wir mussten uns umziehen. In den kurzen, abgeschnittenen Jeans konnten wir wohl kaum den Wohnsitz einer Fürstin betreten. Und ich wollte meine beiden Jungs mitnehmen, für sie wäre ein herrschaftlicher Wohnsitz mit Sicherheit interessant.

Alex und Vince waren mittlerweile erwacht und sogleich Feuer und Flamme. Schon allein mit dem BMW zu fahren, war ein Erlebnis. Und dann noch der Besuch auf einem Schloss. So richtig mit Dienstboten, Geistern und ähnlichem? Ich hatte keine Ahnung, was uns erwartete, aber ich ließ mich gern von der Vorfreude anstecken. Ein wenig Freude hatten wir doch alle verdient!

Mathilda, David und Nele wollte ich aus der ganzen Sache heraushalten. Johannes schrieb ihnen schnell eine Nachricht, dass wir erst am Abend zurückkommen würden.

Der Chauffeur hielt mir die Tür auf, als ich einstieg. Dann fuhr er uns etwa 20 Kilometer ins Landesinnere hinein, zunächst auf einer einsamen Landstraße, dann ging es steil bergauf. Bald schon konnten wir ein märchenhaftes Schloss erkennen. Es war ein rechteckiger Bau mit vielen Fenstern, einem hohen Portal und in der Mitte lugte vorwitzig ein kleiner Turm hervor. Das ganze Gebäude wirkte im Sonnenlicht leicht rosa, während die Dachschindeln orange-bräunlich waren. Eigentlich passten diese Farben gar nicht zusammen, aber es sah an dem langgestreckten Bau freundlich und harmonisch aus. Wir fuhren durch eine Allee zum Portal. Dort standen zu beiden Seiten des Gebäudes gewaltige blühende Rosenstöcke und in der Ferne konnte ich einen angelegten Garten erkennen.

Bereits auf dem Weg durch Slowenien hatten wir verschiedene Burgen und Schlösser erspäht. Manche sahen sehr protzig aus mit gewaltigen Wällen und Anlagen. Dieses Schloss wirkte eher romantisch und verspielt. Ganz so, als würde Cinderella hier gleich lachend durch den Garten spazieren.

Alex hatte während der Fahrt schon sein Smartphone zu Rate gezogen und las aus Wikipedia vor: »Viele dieser Schlösser in Slowenien und Kroatien stammen noch aus der Zeit der österreichisch-ungarischen Doppelmonarchie und sie beherbergen die Familien der Adligen seit Jahrhunderten.... das ist nicht interessant... Ach, hier .... Sehr oft werden die Kosten für die ständigen Renovierungen nur dann aufgebracht, wenn das Schloss gegen ein hohes Eintrittsgeld für Besucher freigegeben wird. Mensch Mama, da haben wir ja Glück, dass wir völlig umsonst das Schloss besichtigen können!«.

»Ich glaube nicht, dass Besucher hier erwünscht sind!«, widersprach ihm Vince.

Das Schloss war abgesperrt wie eine Festung. Ein hoher, massiver Zaun umfasste den ganzen Besitz, soweit wir sehen konnten. Das einzige große Tor am Beginn der Allee öffnete sich von selbst, als wir davorstanden.

Ich war froh, dass ich einen hübschen Rock und ein sauberes Top trug, während mein Mann mit einer hellen Bundfaltenhose und einem kurzärmligen Hemd recht ordentlich angezogen war. Die Jungs hatten das angezogen, was sie immer trugen: schwarze T-Shirts, kurze Sporthosen von Puma und Turnschuhe von Nike. Zu etwas anderem konnte ich sie zu keiner Zeit bewegen.

Wir alle waren sehr neugierig und die Jungs versuchten bereits, die Epoche des Baus zu bestimmen. Als wir in die Eingangshalle geführt wurden, waren sie aber enttäuscht. Sie hatten Waffen und alte Ritterrüstungen erwartet, den Kopf eines Bären über dem Kamin oder ausgestopfte Adler, stattdessen war alles teuer und edel eingerichtet mit weißen Wänden und goldenen Leuchtern. Für ihren Geschmack zu langweilig, ohne jeden Hauch vergangener, blutrünstiger Zeiten.

Von einem Bediensteten wurden wir in den Salon geführt. Auch hier war alles exklusiv, vom Wandteppich bis zum Kristallleuchter. Im offenen Kamin flackerte ein warmes Feuer. Die Flammen wurden in den goldenen Leuchtern gespiegelt. Dazwischen dominierten weiße Blumenvasen.

Aus einem Sessel erhob sich eine Frau, die uns als Fürstin Theresia vorgestellt wurde. Sie kam auf uns zu und ich war verunsichert, wie ich mich verhalten sollte. Sollte ich knicksen? Mit der Aristokratie hatte ich bisher noch nichts zu tun gehabt. Die Fürstin nahm mir die Entscheidung ab. Sie kam auf mich zu, als wären wir alte Freunde und sagte in gebrochenem Deutsch: »Guten Tag, ich freue mich, dass wir uns kennenlernen!« Das brach das Eis. Ich gab ihr lächelnd die Hand und deutete einen leichten Knicks an: »Fürstin!« Mein Mann verbeugte sich, die Jungs gaben ihr nur die Hand.

Dann sagte niemand etwas. Die Fürstin und ich, wir betrachteten uns und verglichen uns miteinander.

Wir waren ungefähr gleich groß und hatten auch eine ähnliche Figur. Also, nur hinter der Hand und wenn ich ganz ehrlich war, dann fehlten der Fürstin die 6 kg Bauchfett, mit denen ich mich immer herumquälte.

Beide hatten wir die Haare glatt, etwas länger als schulterlang, in einem warmen Braun mit kupferfarbenen Strähnchen.

Ihre Augen waren groß und braun, wie meine, ihre Nase war aber zierlicher. Vom Gesicht her würde ich sie gute fünf Jahre jünger schätzen, obwohl ich auch nicht wie 50 aussah. Falten hatten wir beide überhaupt keine.

Im Großen und Ganzen sahen wir uns schon ähnlich. Ich meinte, dass sie zum gleichen Resultat kam, denn sie lächelte mich an. Wir hätten Schwestern sein können, sie die reiche Schöne und ich die arme Deutsche.

In ihrer Nähe fühlte ich mich viel plumper als sonst. Ich sollte eigentlich ein gutes Selbstbewusstsein haben, aber ich musste zugeben, dass es in unserer Aufmachung große Unterschiede gab. Die Fürstin trug ein bordeauxfarbenes Modellkleid, das sich perfekt an ihren Körper anschmiegte. Mein Outfit sah dagegen überhaupt nicht edel aus.

Dazu trug die Fürstin alten Familienschmuck mit großen, roten Steinen. Ich tippte auf Rubine.

Ich dagegen trug überhaupt keinen Schmuck, nicht mal einen Ehering. Schmuck störte mich am Finger, am Hals und am Armgelenk. Wenn ich aufgeregt war, spielte ich ständig damit herum. Dann gab es noch das Problem, dass ich Schmuckstücke gerne auszog und ablegte, sie aber später nicht mehr finden konnte. Also blieb ich ohne Schmuck.

Ich hätte mir zwar gewünscht, dass Johannes mir zum Geburtstag mal eine Diamantkette oder ein Diamant-Armband schenken würde. Einfach nur als Aufmerksamkeit, ein kleines Dankeschön für meine jahrelange Aufopferung. Aber so etwas kam ihm nicht in den Sinn.

Wenn man genauer hinsah, dann gab es doch einen Unterschied zwischen uns. Trotz Modellkleid und Familienschmuck hatte ich der Fürstin etwas voraus. Nämlich meine frische Ausstrahlung. Mein Mann sagte immer, dass ich von innen heraus leuchtete. Und das konnte ich bei Fürstin Theresia nicht erkennen.

Sollte die Fürstin jedoch mal inkognito unterwegs sein, mit einfachen Kleidern und ohne Schmuck, dann hätte man uns verwechseln können.

Fürstin Theresia lud uns auf Englisch ein. »Bitte, seien Sie meine Gäste!« Sie deutete mit der Hand auf die Terrasse, während ein livrierter Diener die Tür öffnete.

Wir folgten ihr über die Terrasse hinweg zu einem Sitzplatz im Garten, der einen tiefen Blick ins Tal gewährte. Es war ein sehr schöner Aufenthaltsort, überdacht mit einem gigantischen Sonnenschirm. Doch hier oben war es kühl. Ich rieb mir die Arme und ließ meinen Blick schweifen.

Der Garten war gepflegt, man sah das Werk eines guten Gärtners, es wuchsen einige Bäume und Rosensträucher darin, darüber hinaus Pflanz- und Staudenbeete. Man fühlte sich wie in einem verwunschenen Park, der sein Kleinod mit hohen Mauern beschützte. Es gab keinen Lärm, es herrschte auch hier Ruhe. Dieses Schloss kam mir wie ein gigantischer goldener Käfig vor!
Der Blütenduft dominierte die Gerüche und zwischen den Blumen flogen emsige Hummeln hin und her.
Ein Diener kam und brachte gekühlte Getränke, die wir sehr gerne zu uns nahmen, Kaffee und Kuchenstückchen. Dann bat die Fürstin, mit dem Gespräch zu warten, bis der bestellte Dolmetscher da sei. Sie selbst konnte zwar etwas Englisch, den deutschen Satz hatte sie extra für uns gelernt, aber was sie zu besprechen wünschte, würde in unseren beiden Muttersprachen sehr viel verständlicher sein.
Ich hatte bereits meine zweite Tasse Kaffee getrunken und zwei Stücke Kuchen gegessen, mehr ging auf keinen Fall. Meine Jungs rutschten auf ihrem Stuhl schon unruhig hin und her, sie hatten sich mehr erhofft als einen nachmittäglichen Kaffeeklatsch. Mein Mann fühlte sich in seinem Stuhl so wohl, dass ihm schon mehrmals die Augen zufielen.
Da trat endlich der Dolmetscher durch die Tür. Er war ein Mann in den 40ern, der sich verbeugte und kurz vorstellte. Er hatte mehrere Jahre in Deutschland gearbeitet und war daher befähigt, unser Gespräch zu übersetzen.
Nachdem er aufgefordert wurde, sich zu uns zu setzen, erteilte die Fürstin meinen Jungs die Erlaubnis, das ganze Schloss zu erkunden. Vom Keller bis zum Dachgeschoss.

Damit sollten sie eine Zeitlang beschäftigt sein. Die Jungs sollten nur aufpassen, dass sie sich nicht verliefen. Angeblich gab es einige Irrwege und auch Geheimgänge. Das sollte ein Spaß werden, ich sah schon ihre Gesichter aufleuchten. Im leisen Gespräch versunken gingen Alex und Vince davon.

Uns erklärte die Fürstin über den Dolmetscher, dass einige Räume des Schlosses schon lange nicht mehr genutzt wurden, sie wären voller Staub und Spinnweben, aber das würde meine Jungs sicher nicht stören.

Ich fragte, ob sie auch öffentliche Besichtigungen anbieten würde, aber das, so teilte sie mir mit, wäre aus Gründen der Sicherheit nicht möglich.

Näheres Kennenlernen

Für einige Minuten stockte das Gespräch. Die Fürstin hing ihren Gedanken nach und auch ich entspannte mich.

Ich hätte stundenlang in diesem schönen Garten sitzen können, besonders an wärmeren Tagen. Im Nacken fühlte ich den kühlen Wind, vor mir lag der Blick ins Tal, umgeben von lebendiger Vegetation. Ich fühlte mich bereits geadelt. Und ich genoss das leichte Leben. Wir wurden bedient, erhielten kleine Kuchen auf feinem Porzellan serviert, der deliziöse Kaffee kam aus einer zarten Porzellankanne. Meine Jungs durften das Schloss erobern. So sollte der Urlaub immer schmecken.

Die Fürstin sprach mich direkt an. Sie sei verblüfft über unsere Ähnlichkeit und wollte mehr über meine Mutter erfahren. Ob sie dereinst nach Kroatien gereist war? Ihr Vater wäre kein Kind von Traurigkeit gewesen und ich könnte eine wiedergefundene Halbschwester sein.

Ich lachte. Meine Eltern hatten noch nicht mal ein Auto besessen. Meine Mutter war sogar zeitlebens nur Hausfrau gewesen. Kein eigenes Einkommen, keine Urlaube. Ich war mir sicher, dass sie Deutschland niemals verlassen hatte.

Sie kannte die südliche Sonne gar nicht. Das Meer, das die Füße überspülte und diese grenzenlose Freiheit, wenn man bis zum Horizont blickte. Nein, ich konnte unmöglich ihre Halbschwester sein, wenn ich es auch gerne gewesen wäre.

Tief in meinem Herzen staunte ich jedes Mal darüber, dass ich die südliche Sonne so liebte. Und es konnte mir gar nicht heiß genug werden. Das passte doch gar nicht zu einer Nordhessin!

War ich in Spanien oder in Italien unterwegs, dann dachte ich mir viele Geschichten zu diesem Thema aus. Ich wurde bei der Geburt vertauscht und gehörte zu einer reichen Familie, die lange nach mir gesucht hatte. Dort in Alicante hatten sie mich anhand der Familienähnlichkeit erkannt. Das wäre doch toll! Aber selbst ich wusste, dass solche Träume nur Schäume waren.

Nachdem wir die Familienverhältnisse geklärt hatten, fragte die Fürstin nach meinen Erlebnissen. Sie hatte die Pressemitteilung gelesen und war neugierig auf mich geworden.

Ich erzählte, was mir passiert war, ohne etwas auszulassen oder zu beschönigen. In blumigen Worten schilderte ich den Ausflug nach Medulin, den herrlichen Strand und das gute Essen. Dann erzählte ich vom kümmerlichen Markt in Zminj, dem schlimmen Wetter und den neugierigen Menschen. Das dauerte seine Zeit, denn der Dolmetscher musste erst alles ins Kroatische übersetzen und dann wieder ins Deutsche wechseln.

»Ich kenne Zminj«, nahm Theresia den Faden wieder auf. »Es ist wahrlich kein südlicher Flohmarkt. Doch die Bauern der Region bieten sehr gute Produkte an. Früher war ich oft auf dem Markt und habe frisches Gemüse eingekauft. Die Bauern dort haben mich sehr gut bedient.«

Jetzt war mir klar, wann meine Probleme begannen, nämlich nach unserem Besuch in Zminj. Dort hatte man mich wahrscheinlich als Fürstin wahrgenommen.

»Waren Sie schon in der Markthalle in Pula einkaufen?«, wollte die Fürstin wissen. Ich schüttelte den Kopf. Sie fuhr fort: »Sie ist viel sehenswerter als der Markt in Zminj. Dort finden Sie auch regionale Produkte, aber ebenfalls Kleider, Schuhe und Accessoires.«

Wären wir gleich in die Markthalle gegangen, dann hätten wir uns die Fahrt nach Zminj sparen können und damit hätten meine Probleme wohl gar nicht erst begonnen. Ich schüttelte den Kopf. Diese eine Entscheidung hatte mein Leben auf den Kopf gestellt.

Den Teil mit der versuchten Entführung kannte Fürstin Theresia schon aus dem Zeitungsartikel. Nun, da sie meinen Sohn kennengelernt hatte, verstand sie auch, warum die Entführer ihn für einen Bodyguard gehalten hatten. »Er ist sehr muskulös, obwohl er noch jung ist!«

Als ich von der tatsächlich geschehenen Entführung erzählte, erschrak die Fürstin, denn davon hatte sie noch nichts gehört.

Sie freute sich, dass mir nichts passiert war. »Das hätte auch ganz anders ausgehen können!« Das war mir bewusst und ich dankte meinem Gott, dass ich noch lebte.

Der Dolmetscher fragte mich, ob ich Hinweise auf die Entführer hatte. Aber ich schüttelte den Kopf, meine Erinnerung war zu schwammig, kaum greifbar.

Ich erzählte ihm, dass ich in dem trüben Licht nichts sehen konnte und dass ich auch nichts gespürt hatte, außer dem unter mir befindlichen kalten Steinboden.

In Erinnerung war mir nur geblieben, dass mich jemand auf Deutsch befragt hatte, aber die Stimme klang völlig verzerrt.

Meine ganzen Reaktionen waren verzögert gewesen. Ich fühlte mich wie in einem Dauernebel, der auch den restlichen Tag noch anhielt. Und ich war froh, dass ich auf die Drogen, die sie mir vermutlich verabreicht hatten, nicht allergisch reagiert hatte.

Da mir wieder einfiel, dass jemand mit mir Deutsch gesprochen hatte, wollte ich vom Dolmetscher wissen, wie viele Übersetzer in der Region lebten. Er meinte, zehn bis zwölf könnten es schon sein. Viele Kroaten hatten in Deutschland gearbeitet und dabei die deutsche Sprache erlernt. Aber beruflich waren nur wenige als Dolmetscher tätig. Das lag daran, dass man noch verschiedene Prüfungen ableisten musste.

Ich trank meinen letzten Schluck Kaffee, obwohl er bereits kalt geworden war. Dabei senkte ich meine Augen, um meine Gedanken zu verbergen. Es war nicht belegbar, aber ich hatte das unbestimmte Gefühl, dass ich diese Sprachmelodie schon einmal gehört hatte.

Vielleicht vermutete ich nach den letzten Vorkommnissen jetzt in allem und jedem eine Gefahr. Vielleicht interpretierte ich aber auch zu viel in unser Gespräch hinein.

Ich wusste es nicht, dennoch war es zu meiner Natur geworden, auf Eindrücke und Gefühle zu achten. Besonders seit ich gelesen hatte, dass die spontanen Reaktionen unserer Intuition auf sachlichen, jahrelang vom Gehirn gesammelten Informationen beruhten.

Warum sollte ich meinem Unterbewusstsein also nicht trauen? Nach diesem Artikel waren spontan getroffene Entscheidungen fast genauso gut, wie jene, über die man lange nachgedacht hatte. Diese Aussage war doch weltbewegend. Da konnte man nur rufen: »Frauen und Männer aller Nationen, hört wieder auf euer Bauchgefühl!«

Natürlich hatte ich keinerlei Beweise und ich würde mich hüten, das meinen Jungs oder meinem Mann zu erzählen, man würde mich nur auslachen. Aber ich persönlich war gewarnt und sehr vorsichtig, was ich weiter mit der Fürstin besprechen würde.

Zwei Stunden später waren meine Jungs immer noch nicht aufgetaucht und ich wollte sie auf dem Handy anrufen, aber die Fürstin beruhigte mich. Das Schloss war sehr groß und es gab viel zu sehen. Die riesige Ahnengalerie, den Ballsaal, das Musikzimmer und vor allem die Spielzimmer für die Kinder. Und außerdem würde es im Keller verschiedene Verliese geben, eine gut ausgestattete Waffenkammer und einen gesicherten Raum mit alten Akten und Besitzurkunden.

Schließlich waren die Schlossherren in grauer Vorzeit auch als Richter eingesetzt gewesen. Zur damaligen Zeit, so erzählte die Fürstin, wurden die Gefangenen in den eigenen Kellerräumen eingesperrt und die Gerichtsakten wurden über Jahrhunderte verwahrt.

Mich gruselte, wenn ich an die Kerker dachte. Und ich hätte sehr gerne zwischendurch mal mit meinen Jungs gesprochen, aber ich hielt mich zurück. Für mich haben alte Gemäuer immer den Gruselfaktor. Man wusste nie, was man dort vorfand.

Wie so oft, musste ich mich auch hier wieder zurückhalten. Vince würde lachen: »Mama, du mit deiner Paranoia!« Er kannte keine Angst und ich konnte mir gut vorstellen, wie er mit Alex durch die Verliese schlenderte und wie sie sich gegenseitig einsperrten und erschreckten.

Die Fürstin fragte mich, ob ich ein paar Schritte mit ihr durch den Garten spazieren wollte. Nur wir beide, ohne die Männer!

Sie zeigte mir ihre Blumenbeete, die gewaltigen Feigenbäume, ihre Rosenstauden und den Granatapfelbaum, der am Ende des Weges stand. An jedem Ast hingen niedliche kleine rote Granatäpfelchen. Ich betastete eine Frucht vorsichtig mit meiner Hand und lächelte. »Very nice!« Die Fürstin freute sich über mein Interesse.
Dann meinte sie, es wäre immer noch kaum zu glauben, aber wir würden uns schon ähnlichsehen. Ich lachte nur.
»Ja, von weitem!«
Daraufhin ging sie vor und bat mich mit einer Kopfbewegung, ihr zu folgen. Wir gingen durch das Schloss zu einem luxuriös ausgestatteten Raum.
Es war ein sehr großes Ankleidezimmer, mit ausgestellten Hüten, Tüchern und Sonnenbrillen. Mitten im Raum stand ein gigantischer Spiegel. Die Fürstin legte mir eine Stola von einem Ständer um meine Schultern und schmückte meinen Hals mit ihrem Collier, dann berichtigte sie meine Haltung und schob mich vor den Spiegel.
Ich sah mein Spiegelbild an und konnte es nicht fassen. Die Haltung und der kostbare Schmuck hatten aus einer einfachen Frau eine Fürstin gemacht. Nun fand ich die Verwechslung nicht mehr seltsam.
Es lag also doch an Kleidern, Schmuck und dem Auftreten, wenn manche Frauen kostbarer wirkten als andere. Und mein Outfit konnte dabei gut mithalten. Jetzt wirkte es richtig elegant. Ich hätte sehr gerne ein Foto gemacht, für meine Tochter Mathilda. Dann hätte sie möglicherweise nicht mehr an mir herumgenörgelt. Ich hatte aber kein Handy dabei.
Dafür schenkte ich der Fürstin einen hoheitlichen Blick und wir lachten beide.

Sie war schon eine tolle Frau, die Fürstin Theresia, ganz anders, als ich mir eine Aristokratin vorgestellt hatte. Ich dachte immer, Adlige wären kalt und humorlos, aber diese Frau war nett und lustig.

Ich gab ihr den Schmuck zurück. Auch wenn ich damit kostbarer aussah als sonst, so wollte ich ihn nicht. Ich hatte bemerkt, dass mich das Gewicht der Steine nach unten zog. Man musste schon sehr stark die Brust heben, um das Gewicht auszugleichen. Und ich lief lieber ohne Bürden durch die Gegend.

Als wir wieder zurück ins Freie gingen, raunte ich ihr auf Englisch zu, dass ich dem Dolmetscher nicht über den Weg traute. Sie sollte nichts Bedenkliches vor ihm äußern!

Sie nickte.

Ich vertraute der Fürstin, dass sie klug genug war, ihre weiteren Worte abzuwägen.

Wir gingen wieder nach draußen zum Sitzplatz über den Felsen und nahmen noch einmal kalte Getränke zu uns, bevor wir unser Gespräch weiterführten.

»Früher«, erklärte der Dolmetscher gerade, »konnte sich die Fürstin ohne Probleme in Pula bewegen, auch nachts, aber heute ist das nicht mehr möglich. Es gab schon mehrere Angriffe auf ihr Leben. Daher lebt Fürstin Theresia hinter diesen dicken Mauern.«

Fürstin Theresia sah ins Tal hinab. Ich folgte ihrem Blick. Wie würde ich die Freiheit vermissen, wenn ich hier eingesperrt wäre! Und wie würde mir das Meer fehlen, selbst mit der kühlen Temperatur.

Ich war ein Kind der 70er-Jahre und die persönliche Freiheit eines Menschen achtete ich als sehr wichtig. Darüber

hinaus erkannte ich einen Käfig, wenn ich ihn sah. Auch ich versuchte gerade, aus einem auszubrechen. Nämlich den Gittern, es jedem recht zu machen.
Der wahrhaftigen Liebe hatte ich gerne meine Freiheit geopfert, der Bequemlichkeit Willen wollte ich es nicht tun.
Und so sollten wir beide unsere Freiheit zurückerlangen, die Fürstin genauso wie ich, Stück für Stück und Schritt für Schritt!

Probleme im Schloss

Ich gewann immer mehr den Eindruck, dass mir die Fürstin etwas anderes erzählen wollte, aber wegen meiner Warnung wagte sie das nicht mehr. Sie machte Small talk, um Zeit zu gewinnen.

Nach einer kurzen Pause des Schweigens lobte sie meine Familie. Sie fragte, ob ich noch mehr Kinder hätte, und ich erzählte von Nele und Mathilda, von David, Max und Emely.

Ausufernd stellte ich sämtliche Kinderstreiche dar, ich berichtete von Schulproblemen, Geldsorgen und von den vergangenen Super-Urlauben in Spanien und Italien.

Des Weiteren plauderte ich über unseren tollen Campingurlaub an der französischen Atlantik-Küste, wo wir zwar kein Wort verstanden, wo wir uns aber trotzdem wohl gefühlt hatten. Frankreich war freundlich zu Touristen, auch wenn ihr Nationalstolz viel zu übertrieben war.

Dieser Urlaub war klasse gewesen. Für genug Adrenalin gab es die gigantischen Wellen. Und für die langweiligen Abende stand der Luna-Park zur Verfügung. Ich erklärte, wie ich mein Kleingeld in Automaten warf, in denen sich eine Schere befand, mit der man einen Faden durchtrennen konnte, an dem ein Wertpaket hing. Es sah so einfach aus und funktionierte doch nicht. Solch einen Quatsch machte ich natürlich nur im Urlaub, das betonte ich.

Es war eine entspannte Atmosphäre, wenn es auch immer dauerte, bis der Dolmetscher alles übersetzt hatte und sich endlich ein Lächeln auf Fürstin Theresias Gesicht zeigte.

Hatte sie einen Mann? Kinder waren wohl keine vorhanden. Ich fragte danach.

»Nein, ich habe keinen Mann!« Dieser eine Satz klang sehr traurig.

Schade. Es wäre doch toll gewesen, wenn mich ein gutaussehender Mann im Schloss begrüßt hätte. »Madame, es freut mich, Sie kennenzulernen!«

Auch ich träumte ab und zu von edlen Rittern, schönen Burgfräulein und kribbelnder Romantik.

Einmal in meinem Leben habe ich einen Handkuss bekommen, das war das Erlebnis und noch meinen Urenkeln werde ich davon erzählen. Es ereignete sich in einer italienischen Trattoria, wo wir als Familie gemeinsam dinierten. Nachdem wir die gute Pizza bezahlt hatten, kam der Besitzer und verabschiedete mich mit einem Handkuss. Der ältere Italiener war noch voller Leben, nannte mich »Signora!« und sah mir dabei tief in die Augen.

Es war ein Zeichen von Respekt, nachdem die Getränke versehentlich nicht auf unserem Bon ausgewiesen waren und man uns deshalb nach dem Bezahlen noch einen Kassenzettel vorlegte, unsicher und mit Ärger rechnend. Ich hatte beide Rechnungen schnell im Kopf überschlagen und genickt. Mein Mann bezahlte anstandslos unsere verzehrten Getränke. Darauf kam der Besitzer zu uns und küsste erst mir und dann Nele die Hand.

Das bewies doch, dass wir anständige Touristen waren.

Ich schaute auf. Hatte man meine gedankenverlorene Träumerei mitbekommen? Vielleicht meine roten Wangen begutachtet? Doch ich musste mir keine Sorgen machen. Auch die Fürstin war in Gedanken versunken gewesen. Selbstvergessen spielte sie an ihrem Collier herum.

In diesem Moment kamen Alex und Vince zurück.

Die Jungs ließen sich laut atmend auf ihre Plätze fallen und verlangten etwas Kühles zu trinken.

Die ruhige Atmosphäre war zerstört.

Alex und Vince erzählten abwechselnd, was sie alles gesehen hatten, ohne Rücksicht auf irgendwelche Benimmregeln. Die Ahnengalerie fanden sie toll, so verkündeten beide. »All diese alten Köpfe, die auf uns herab starrten!«

Aber die Verliese waren noch besser und in einem Abstellraum hatten sie Ritterrüstungen und Schwerter gefunden. Und selbstverständlich hatten sie ein Scheinduell ausgetragen. Vince stand auf und zeigte uns den doppelten Schwertstoß.

Ich hoffte, es würde die Fürstin nicht stören, dass die Jungs so lebhaft waren, aber sie schmunzelte nur und sagte:

»Es freut mich, dass ihnen mein Schloss gefällt. Es ist schon lange im Besitz unserer Familie, aber es wird immer schwieriger zu unterhalten. Der Putz bröckelt, das Dach wird langsam undicht und die Heizkosten übersteigen alle anderen Ausgaben. Ich hätte es schon längst verkauft, aber die Erinnerung an meinen geliebten Großvater hindert mich immer wieder daran. Er wollte, dass alle künftigen Generationen der Familie hier leben!«

Zu meinen Söhnen sagte sie: »Wollt ihr die alten Gerichtsakten sehen? Sie sind vor Hunderten von Jahren angefertigt worden und zerfallen, wenn man sie nicht sorgsam hütet. Daher werden sie in Stahlschränke eingeschlossen. Wenn es euch interessiert, schließe ich den gesicherten Raum auf.«

Alex und Vince sahen sich an. Alte Gerichtsakten, verstaubt und vergessen? In einer Sprache, die man nicht lesen konnte? Sehr enthusiastisch wirkte Alex nicht, als er schulterzuckend antwortete: »Warum nicht?«

Meine Jungs sahen mich an, mit diesem besonderen Blick, der fragte: »Wollen wir nicht langsam gehen?« Sie hatten alles gesehen. Es wurde auch wirklich Zeit. Die Luft wurde merklich kühler, obwohl sich die Sonne den ganzen Nachmittag noch nicht durchsetzen konnte und ich fröstelte.

Die Gräfin sagte einige Sätze zu dem Dolmetscher. Er verbeugte sich vor Fürstin Theresia, verabschiedete sich von uns und ging davon.

Dann wandte sich die Fürstin zu mir. »Bitte seien Sie zum Abendessen meine Gäste!«, lud sie uns auf Englisch ein. Das war ein einfacher Satz und ich konnte ihn gut verstehen.

Wir sagten gerne zu. Der Wagen sollte uns um 20 Uhr vom Campingplatz abholen. Zeit genug, um noch einmal baden zu gehen und sich hübsch zu machen.

Es war ein schöner Tag gewesen, aber ich freute mich auf die Rückfahrt zum Campingplatz. Ich hatte eine solche Sehnsucht, mal wieder ins kühle Wasser zu springen. Unfassbar, dass ich mich auf die kalte Brühe, die ich noch vor Tagen verachtet hatte, freuen konnte. Nun kam es mir vor, als wäre das kalte Meer ein Lebenswasser. So war der Mensch. Das, was man jeden Tag hatte, betrachtete man nicht als wertvoll, bis es einem genommen wurde. Dann entbehrte man es sehr schnell.

Zurück ins normale Leben

»Oh, Mama, die Ahnengalerie hättest du sehen müssen!«, meinte Vince im Auto zu mir. »Lauter Adelige.« Alex stimmte ihm zu. »Aber noch besser war der Kerker!«
»Huh, wo die seelenlosen Untoten herumliefen!«, unkte Vince und fuchtelte mit seinen Händen herum.
Ich schüttelte mich. »Ich bin froh, dass ich in diesem alten Kasten nicht schlafen muss. Wisst ihr noch, wie wir einmal in einer Burgjugendherberge übernachtet haben? Kein Auge habe ich zubekommen.«
»Erzähl keinen Quatsch, du hast geschlafen!«, meinte mein Mann. »Vielleicht, aber voller Angst!«, redete ich mich heraus.
Vince schnaubte. »Ich weiß wirklich nicht, warum du so viel Angst hast, Mama. Sagst du nicht immer, dass du an einen großen Gott glaubst? Wie kann dir so ein Schloss Angst machen?«
Das kam von den vielen Gruselfilmen, die ich mir als 12-jährige angesehen hatte. Seitdem ließ mich der Gedanke nicht los, dass in alten Gemäuern Vampire lauerten, die nachts aus ihren Särgen stiegen. Am Tag hatte ich nichts zu befürchten.
Vince lachte, als ich ihn auf die Untoten hinwies.
»Ah, Untote, meinst du Aliens? Die würde ich gerne mal sehen!« Ich schüttelte mich erneut.
»Diese Diskussion ist völlig unnötig, denn nach dem Abendessen werden wir die Fürstin nie wiedersehen. In ein paar Tagen fahren wir nach Hause!« Alex brachte es auf den Punkt.

»Lasst uns lieber noch mal baden gehen!« Ich nickte. »Gute Idee. Ich möchte auch noch mal schwimmen und nach den Anderen müssen wir auch mal schauen.«
»Vergesst nicht die Zeit!«, mahnte mein Mann.
Ich winkte ab. »Das schaffen wir schon!«
Alex pflichtete mir bei. »Mathilda wird sowieso gleich gehen, um die Kinder fürs Bett fertigzumachen. Dann können wir noch mal kurz mit ihnen reden.«
Wir waren angekommen. Der Wagen hielt direkt vor dem Campingplatz. Wir stiegen aus und winkten dem Fahrer zu. Dann liefen wir zum Mobilheim, um uns umzuziehen.
Am Strand fanden wir Mathilda, David, Nele und die Kleinen. »Oma!«, schrie Emely. Sie lief mir entgegen und ich fing sie auf. »Ich habe mit Papa einen Steinhaufen gebaut und Max hat Steine angeleckt.« Also, hier war alles beim Alten.
»Wo treibt ihr euch denn den ganzen Tag herum?«, wollte Mathilda wissen. Und David meinte: »Wir haben euch vermisst!«.
»Ihr glaubt nicht«, rief Alex, der sich neben Nele fallen ließ, »wo wir heute waren.« Dann erzählte er vom Schloss, dem Kerker und der Waffenkammer, den alten Bildern, der abendlichen Einladung ... »
Kein Quatsch?«, fragte David, »ihr seid in einem echten Schloss gewesen?«
»Krass!«, murmelte Mathilda. »Kann ich mitgehen? Da gibt es bestimmt etwas Gutes zum Essen.«
»Was, willst du mich mit den Kindern allein lassen?«, rief David geschockt. »Du weißt doch, dass sie nur heulen und nach Mama rufen.«

Es wurde Zeit, einzugreifen. »Tut mir leid, ihr beiden, aber ihr müsst bei den Kleinen bleiben. Nele könnten wir mitnehmen.« Mathilda schnaubte. »Immer ohne mich! Dann essen wir jetzt Nudeln und ich bringe die Kinder ins Bett. Das Los einer Mutter!«
Es klang sehr deprimiert, deshalb schüttelte Nele den Kopf. »Ich bleibe bei Mathilda. Es wäre nicht fair, sie alleinzulassen.«
Ich hob die Hände in stiller Verzweiflung. »Es tut mir leid, doch niemand konnte diese Entwicklung planen oder vorhersagen.« Ich sah die Kleine an. »Morgen machen wir wieder etwas zusammen, gell, Emely?«
Die Süße quietschte: »Ja, Oma, spielst du dann wieder Verstecken mit mir?«
Ich nickte und lief nach unten. Um etwas Abstand zu gewinnen, ließ ich mich in das kalte Wasser gleiten. Es tat mir in der Seele weh, dass ich Mathilda so derb abwimmeln musste. Wahrscheinlich hielt sie mich jetzt für eine Egoistin, die nur den eigenen Spaß im Blick hatte. Aber das war nicht der Grund, warum ich sie, David und die beiden Kleinen vom Schlossbesuch ausschließen wollte.
Ich steckte in einer gefährlichen Situation fest und mir selbst war noch nicht klar, wohin diese Sache führen würde. Ich wusste noch nicht einmal, wer die Bösen waren, auch konnte ich die Fürstin nicht einordnen. Sie war für mich bisher noch ein nicht zu kontrollierendes Teilstück des Ganzen.
Um ihrer eigenen Sicherheit willen musste ich Mathilda und ihre Familie aus der Angelegenheit heraushalten, das war das Beste. Denn ich hatte noch keine Chance, meine Schritte zu planen oder selbst zu agieren. Momen-

tan war ich noch zur Passivität verurteilt und konnte nur reagieren.

Ich wartete quasi auf den nächsten Schritt der Kriminellen, um handeln zu können. Heute Abend würde ein neues Puzzleteil dazukommen, das war mir klar. Denn bei der heutigen Kommunikation hatte die Fürstin ganz schön herumgedruckst. Es lag ihr etwas auf dem Herzen und das würde sie mir bald mitteilen.

Solange ich nicht alle Puzzleteile kannte, konnte ich auch für die Sicherheit meiner Familie nicht garantieren. Alex, Vince und Nele waren taff genug, um das mit mir durchzustehen. Aber die Kleinen durften wir nicht verunsichern oder ängstigen. Deshalb musste ich vor Mathilda mal die Egoistische spielen, das konnte ich leider nicht ändern, aber ich hatte vor, es wieder gut zu machen.

Ich schwamm so weit hinaus, bis ich an die Absperrung kam, dort lehnte ich mich an. Ich hatte es mir zur Gewohnheit gemacht, in den klaren, blauen Himmel aufzuschauen, das schenkte mir Frieden. Und der Blick in die Weite ließ mich an Wunder glauben. Alles war möglich, wenn man den Horizont sehen konnte. Heute zeigte der Himmel ein schönes Blau, mit einigen weißen Wolken, der Grauton war endgültig verschwunden.

Nun sah ich zum Strand hinüber. Die vielen Menschen, die keine Sorgen kannten, genossen ihren Urlaub und wussten nichts von Gefahren. Ein Stück weiter sah ich meine Lieben sitzen. So wie es aussah, zog Mathilda die Kleinen gerade an.

Mein Blick wanderte zum Volleyballfeld. Dieser Versuch war leider kläglich gescheitert.

Ich ließ meinen Blick weiter wandern zum Beginn des Strandwegs, der bergauf zur Hängebrücke führte. Dann stutzte ich. Auf einem großen Stein saß ein Mann, der das Objektiv seiner Kamera direkt auf mich gerichtet hatte. Oder bildete ich mir das nur ein? Ich sah mich um. Niemand schwamm neben mir. Nur ich hing hier in den Absperrungen. Vielleicht war es lediglich ein Naturfotograf, der das Meer und die Vögel einfangen wollte? Doch ich war mir nicht sicher. Zu viel war in den letzten Tagen passiert. Plötzlich war ich nicht mehr unbekannt, nein, jeder schien etwas von mir zu wollen.

Ich schwamm zum Strand zurück. Ganz langsam bewegte ich mich aus dem Wasser heraus. Ich wollte es wissen. Jemand, der sich seiner Sache sicher war, würde sitzen bleiben, das Objektiv weiterhin auf den Horizont gerichtet.

Doch der junge schlanke Mann ergriff die Flucht. Er packte seine Kamera und kletterte von dem großen Stein herab. Dann ging er zügig und zielstrebig den Pfad in Richtung Wald entlang. Das war sehr suspekt. Es sah wirklich so aus, als hätte der Mann mich verbotenerweise fotografiert und fürchtete eine Auseinandersetzung.

Ich setzte mich auf mein Handtuch. Innerlich war ich aufgewühlt. David fragte gerade: »Wie ist denn diese Bekanntschaft entstanden?« und Vince erklärte ihm, wie eines Tages der schwarze BMW in der Auffahrt stand. »Echt? Warum passiert uns so etwas nicht?«

Sei froh, dachte ich. Ich war ja auch sehr abenteuerlich und sann ständig über Krimis nach. Doch wenn man selbst die Hauptperson in einer solchen Story war, dann war das alles andere als lustig. Auch die ziemlich harm-

lose Aktion des Fotografen erinnerte mich wieder daran, dass ich in Gefahr schwebte. Hinter jedem Baum vermutete ich einen neuen Verfolger.
»Wir müssen uns umziehen!« Mein Mann vergaß nie die Zeit.
Mathilda und David packten schon zusammen. Nele wollte mit den Kindern vor dem Schlafengehen zum Trampolin gehen. Mathilda murmelte etwas von »blöde Nudeln kochen« und David wünschte uns als einziger viel Spaß.
Ich zog mein bestes Kleid an. Mein Mann trug seine Baumwollhose und ein frisches Hemd. Alex und Vince hatten kurze Hosen und »Game-of-Thrones-T-Shirts« an.
Dann kam der Wagen.

Der Tausch

Unser Chauffeur begrüßte uns wie alte Bekannte, den Jungs zwinkerte er sogar zu, während er mir die Tür aufhielt.
Auf der Fahrt dachte ich nach. Wir würden wieder die Hochsicherheitszone betreten und ich fühlte mich dort im Schloss sicher. Ging es der Fürstin ähnlich? War sie so oft angegriffen worden, dass sie sich gerne in ihren Palast zurückzog?
Auch im Schloss wurden wir herzlich begrüßt. Theresia trug ein cremefarbenes Kleid und hatte sich mit Juwelen geschmückt. Wir dagegen sahen sehr provinziell und einfach aus. Aber wir waren nun einmal gewöhnliche Menschen. Ich konnte mich zwar für ein Fest auftakeln, aber das war nicht wirklich ich, ich kam sehr gerne wieder zur Einfachheit zurück.
Nach dem üblichen Smalltalk und den peinlichen Pausen wurden wir in das Speisezimmer geführt. Es war in den Farben Weiß und Gold gehalten. Der Tisch war eingedeckt mit eleganten Weingläsern und Silberbesteck. Die in der Mitte stehenden weißen Kerzenständer waren von frischen grünen Ranken umgeben.
Die Fürstin bat uns, Platz zu nehmen. Wir setzten uns vorsichtig an den Tisch. Meine Jungs hielten sich sehr gerade. Sie sahen auf ihre Teller. Dort gab es verschiedene Besteckteile und ein fragender Blick traf uns. Mein Mann deutete mit den Händen eine Richtung an, immer von außen nach innen. Vince nickte, dann flüsterte er mit Alex.

Ein Diener brachte uns eine Vorspeisenplatte und legte uns etwas davon auf. Es gab einen Salat mit Schafskäse und eine nach Fisch schmeckende Pastete. Die Jungs hielten sich an das frische Brot mit verschiedenen Butter-Variationen.

Danach kamen Platten mit verschiedenen Fleischstücken, Rosmarin-Kartoffeln, Risotto und Gemüse-Variationen. Wir taten es der Fürstin nach. Sie nickte leicht mit dem Kopf, dann wurde ihr etwas aufgetan. Hatte sie genug, dann hob sie die Hand um einige Millimeter. Mein Mann und ich, wir probierten von jedem Gericht ein wenig. Meine Jungs schüttelten bei den zarten grünen Bohnen den Kopf, das wurde auch verstanden.

Wir aßen schweigend und genossen die Vielfalt. Das Essen hatte uns in Kroatien noch nie enttäuscht. Der Wein war sicherlich erlesen, aber für meine Begriffe etwas zu trocken. Johannes und ich, wir tranken den Rotwein in kleinen Schlucken, mehr jedoch von dem bereitgestellten Wasser. Alex und Vince blieben hartnäckig bei Cola. Schließlich kam das Dessert. Es gab Kokoswürfel, Quarkgebäck und Eis.

Nach dem Dessert ließen wir uns im Kaminzimmer nieder. Alex und Vince freuten sich über den Billardtisch und wagten ein Spiel. Johannes hatte ein altes Buch mit Bildern gefunden. Es zeigte das Schloss vor Hunderten von Jahren.

Die Fürstin lud mich ein, in einer Sitzgruppe Platz zu nehmen. Wir saßen uns gegenüber und wussten nicht so recht, was wir sagen sollten. Es verband uns nichts, außer dem Aussehen und meinen Erlebnissen, als man mich mit ihr verwechselte. Ich sah die Fürstin an. Sie wollte

mir etwas mitteilen, das konnte ich ihr an der Nasenspitze ansehen. Also nickte ich aufmunternd. Sie suchte die richtigen Worte, bevor sie in Englisch begann.
»Meine Liebe, ich habe eine große Bitte an sie. Sie sind eine ehrbare Frau und sie verstehen, wie es ist, unfrei zu leben. Bitte lassen sie uns die Rollen tauschen. Bleiben sie eine Nacht hier auf dem Schloss und lassen Sie sich von meinem Personal verwöhnen. Ich dagegen möchte in ihre Rolle schlüpfen und eine harmlose Urlauberin sein. Dann könnte ich endlich mal wieder ohne Belästigung an den Strand gehen!«
Sie sah mich an.
Ich hatte nicht jedes Wort verstanden, mein Englisch war nicht gut genug. »Rollen tauschen … im Schloss übernachten … an den Strand gehen …«, damit konnte ich mir schon genug zusammenreimen. Ich zeigte ihr, dass ich begriffen hatte. Man konnte es ihr nicht verdenken, dass sie die Situation für sich nutzen wollte. Der Fürstin fehlte die Freiheit, das konnte ich gut verstehen.
Ich dachte nach, ob das klappen könnte. In meiner Verkleidung als einfache Touristin könnte sich die Fürstin sicher bewegen, solange der Plan ein Geheimnis blieb. Wie gut, dass der Dolmetscher heute nicht anwesend war, mein Misstrauen war vielleicht begründet. Und hoffentlich wussten jetzt wirklich alle Kriminellen von meiner deutschen Existenz. So weit so gut. Nur den Fotografen konnte ich noch nicht einordnen. Er war eine noch völlig unbekannte Größe in diesem Spiel.
Im Grunde hatte ich nichts gegen diesen Plan. Außer, dass ich alte Gemäuer hasste. Egal, wie sehr ich mich

selbst zu beruhigen versuchte, ich gruselte mich furchtbar, sobald es dunkel wurde.

»Mama, das sind doch nur Filme!«, würde Vince sagen und mir dabei beruhigend über den Kopf streichen. »Ich weiß!«, würde ich antworten. Vom Verstand her war das völlig klar, aber trotzdem konnte ich diese Furcht nicht abstellen. Seit ich alle damaligen Gruselfilme angesehen hatte, konnte ich nicht mehr logisch an dieses Thema herangehen. Die Bilder in meinem Kopf waren nach wie vor stark und sie kamen stets zum Vorschein, wenn es dämmerte.

Die Nacht gehörte der Finsternis. Wie gruselig!

Es begann jetzt schon, dunkel zu werden und es wurden weitere Gäste angekündigt. Ein großer Mann in Uniform betrat den Raum. Sein Gesicht war ernst, die Kopfbedeckung hatte ein Diener entgegengenommen. Seine Streifen auf der Uniformjacke konnte ich nicht einordnen. Da er jedoch ein militärisches Auftreten hatte, musste er in leitender Position sein. Wahrscheinlich der Chef von unserem Polizisten.

Der große Beamte verbeugte sich galant vor der Fürstin und küsste ihre Hand, mir nickte er zu. Mit einer Handbewegung forderte ihn die Fürstin zum Sitzen auf. Dann kam das Mädchen, um auch ihm Espresso und Süßigkeiten zu servieren.

Die Fürstin erklärte diesem Mann, was sie beabsichtigte, das nahm ich jedenfalls an. Denn er sah mehrmals prüfend zu mir und nickte. Dann fragte er mich auf Deutsch, ob ich auf den Vorschlag der Fürstin eingehen würde.

Ich zuckte leicht mit den Schultern. »Ist Fürstin Theresia denn wirklich sicher?«

»Wenn sie mit der Fürstin ihre Kleider tauschen, denke ich schon. Mittlerweile weiß jeder Kriminelle, dass sie Deutsche sind. Man wird sie nicht mehr angreifen! Und wenn die Fürstin das Kleid trägt, das schon bekannt ist, dann sollte die Täuschung klappen. An ihrer Seite wird ein Bodyguard sein, der so jung erscheint wie ihr Sohn. Wer sollte dann daran zweifeln, dass sie die Deutsche ist?

Und selbstverständlich sichern wir im Hintergrund. Wir hoffen, damit die Angreifer zu erwischen und ein für alle Mal auszuschalten!«

Das klang alles gut, ich sah nur ein Problem. Der Fotograf, er passte noch nicht ins Bild. Ich erzählte dem Beamten von ihm. Doch er winkte ab. »Am Strand gibt es viele Fotografen, die die Schönheit des Meeres festhalten. Darauf sind wir Kroaten stolz!«

Vielleicht machte ich mir auch zu viele Gedanken, aber mein Bauchgefühl sagte mir etwas anderes. Dennoch wollte ich rein logisch vorgehen. Mit dieser Aktion konnte ich zumindest einige Probleme aus der Welt schaffen.

Ich war hier im Schloss sicher und konnte das herrschaftliche Leben genießen. Für meine Familie war es eine besondere Übernachtung, die uns so schnell nicht mehr geboten werden würde. Außerdem konnte ich in meinem nächsten Roman Aspekte dieser Lebensart verwenden. Und mit etwas Glück würden die Angreifer gefasst werden.

Es war beschämend, dass ich von Anfang an von der Polizei nicht ernst genommen wurde. So wie es aussah, war diese Angelegenheit gerade um einige Stufen wichtiger oder besser gesagt fürstlicher geworden, daher

würde der Polizeischutz für die Fürstin auch strukturierter ablaufen, da war ich mir sicher.
Ich wollte ja gerne zustimmen. Aber im Schloss übernachten?
Vince grinste schon und Alex sagte: »Wir bleiben bei dir, Mama, und passen auf dich auf!«
Damit war die Sache entschieden. Wenn ich diesen langweiligen Urlaub für meine Söhne verbessern konnte, dann würde ich es auch tun!
Ich bedankte mich für die Einladung zum Abendessen, erklärte aber, dass ich nicht allein hier übernachten könnte. Nur mit meiner Familie. Mein Mann fügte hinzu, dass ich etwas ängstlich in alten Burgen und Schlössern reagierte.
Die Fürstin nickte verständnisvoll und meinte, dass alle hierbleiben könnten. Es würde dann so aussehen, als wäre ich mit meinem Sohn allein auf dem Campingplatz unterwegs. Das würde gehen, denn beim ersten Angriff waren wir ja auch allein gewesen und kein Kroate machte sich Gedanken darüber, warum Urlauber so handelten, wie sie es taten.
Nein, auch der Beamte mit dem unbekannten Rang schüttelte den Kopf. »Touristen kann niemand verstehen!«
Ich trank meinen Espresso aus und stellte die Tasse demonstrativ zurück. Es war Zeit zu gehen. Diese Nacht verbrachte ich noch in unserem Mobilheim.

In der Markthalle

Am nächsten Morgen wachte ich früh auf. Ich saß auf meiner Holzterrasse und dachte über den neuen Tag nach. Bis heute Abend war noch viel Zeit und ich hatte einen neuen Ausflug versprochen.
Da der Markt in Zminj so bescheiden gewesen war, wollte ich dem Tipp der Fürstin nachgehen. Die Markthalle in Pula war eine historische Sehenswürdigkeit und einen Besuch wert.
Wir planten, alle gemeinsam die Markthalle von Pula zu besichtigen. Danach sollte eine Einladung zum Mittagessen erfolgen. Das war das Mindeste, was ich tun konnte, nachdem ich den restlichen Teil der Familie vernachlässigt hatte.
Doch noch hörten wir nichts von ihnen. Mein Mann und ich, wir hatten gerade gefrühstückt und unsere Söhne rührten sich auch noch nicht. Der Morgen war kühl und ich musste auf der Holzterrasse eine Jacke tragen. Das Wetter war für einen Sommer immer noch viel zu kalt, daher machte ich mir bereits Gedanken über unsere Abreise. In einem schönen Sommerurlaub wollte ich nie abreisen.
Wie gerne wäre ich noch einmal am Strand entlanggelaufen, am liebsten kilometerweit. Dann vergrub ich meine Füße im warmen Sand und ließ die Wellen meine Füße umspülen. Das war hier mit den Steinplatten kaum möglich, trotzdem wollte ich mich ein wenig bewegen. Ich fragte Johannes und er war bereit, mich zu begleiten, aber nicht so weit. Schade, dass Vince noch schlief. Er

war der Einzige, der aus meiner Familie auch gerne weit lief.

Johannes setzte sich nach einigen Metern auf eine große Steinplatte, um WhatsApp-Nachrichten an unsere Freunde zu verschicken. Ich hielt währenddessen meine Füße ins kalte Wasser und fixierte dabei den Horizont, den ich über Nacht nicht vergessen wollte.

Als ich schließlich genügend abgekühlt war, gingen wir wieder zurück. Wir weckten die Jungs und klopften an das Mobilheim von Mathilda und David.

Die beiden waren froh, uns zu sehen. Auch Nele kam erwartungsvoll auf uns zu. Die Mädels wollten alles vom Schloss erfahren. Emely fragte nach der Prinzessin. Ob sie ein schönes weißes Kleid getragen hatte? Also funktionierte ich die BMW-Limousine schnell zur Kutsche um und erzählte von der armen Stieftochter, die sich nach dem Essen in eine wunderschöne Prinzessin verwandelte. Emely hing an meinen Lippen. David setzte sich zu meinem Mann und fragte, was es zu essen gegeben hatte. Johannes zeigte seine Fotos. Vom Schloss mit dem Türmchen in der Mitte, vom Garten und dem romantischen Sitzplatz. Er reichte das Smartphone herum.

Dann war es Zeit, loszufahren. Die Markthallen sollten am besten vormittags besichtigt werden. Für das Mittagessen wollten wir uns dann ein geeignetes Restaurant suchen.

Wir konnten direkt in der Innenstadt parken, denn wir machten es inzwischen den Kroaten nach. Kleingeld gaben wir nie aus der Hand, wir sammelten es und hatten so genug für die Parkuhr.

Die Markthallen fanden wir sehr schnell. Auf dem Außengelände waren bereits Stände aufgebaut. Es gab istrische Produkte, Geschenke, Kleider, Kurzwaren und Schuhe. Sogar lebendige Fische waren im Inneren der Markthalle in einem großen Bassin untergebracht. Wir bestaunten sie, schlenderten durch die Gänge und kauften edel verpacktes Olivenöl, frisches Obst und gegrillte Hähnchen.
Die Hähnchen sahen so schmackhaft aus, dass wir uns entschlossen, sie direkt vor Ort zu essen und erst am Abend ein Restaurant aufzusuchen.
Hier in den Markthallen fühlten wir uns wohl. Die Atmosphäre war geschäftig und die Menschen lachten und redeten miteinander. Endlich konnte man etwas Gemeinschaftssinn verspüren.
Sogar Mathilda gefielen die Markthallen. Sie probierte Schuhe an und setzte Hüte auf. David behielt in dem Gedränge die beiden Kleinen im Blick.
Es war ein sehr schöner Vormittag, der schnell verging. Nun hatte uns endlich die Zwanglosigkeit erreicht, die wir an so vielen Stellen vergeblich gesucht hatten.
»Wollen wir morgen gleich wieder herkommen?«, fragte Alex. »Habt Ihr die riesigen Steaks gesehen?« Vince bestaunte die gewaltigen Fleischstücke. »Die müssten wir mal in die Pfanne hauen.«
Ich zählte mein Geld. Viel war nicht mehr übrig. Ich befürchtete starke Einsparungen für die letzten Tage, aber das war in jedem Urlaub so. Wenn wir heimfuhren, waren wir jedes Mal arm wie Kirchenmäuse.
Weil die Kinder müde wurden, gingen wir zu den Autos. Die Kleinen würden bis zum Campingplatz schlafen.

Danach wollten wir alle zum Strand, baden und anschließend im Strandrestaurant einen Burger essen.
Es wurde ein entspannter Nachmittag mit Schwimmen und Umziehen. Sogar Max ließ sich gut beschäftigen. Dadurch bekam Mathilda Zeit für sich selbst. Sie lag auf dem Bauch und las in einem Buch, David und Emely bauten an ihrem Steinwall weiter. Dann wurde es Zeit, aufzubrechen.
Der Wagen vom Schloss stand ein Stückchen weiter die Straße hoch, damit niemand uns mit ihm in Verbindung bringen konnte. Die Show hatte begonnen.

Übernachtung im Schloss

Die Fürstin stand schon in der Tür und begrüßte uns herzlich. Heute sah sie mir sehr ähnlich, denn sie hatte sich völlig von Make-up befreit und ihren Schmuck abgelegt.

Ich gab ihr die Tasche mit dem extra dafür gewaschenen blauen Kleid und den Sachen von Vince und sie verschwand. Nach einigen Minuten kam sie wieder. Sie sah aus, wie ich in meinen besten Tagen, fröhlich und beschwingt. Dann rief sie den Leibwächter und wir mussten lachen. Der muskulöse Bodyguard trug Vince verwaschenes Game-of-Thrones-T-Shirt und seine Sporthose. Alles in allem war der Tausch perfekt.

Während sich Fürstin Theresia und ihr Leibwächter auf den Weg machten, wurde uns ein Abendessen serviert. Da wir nur einen Burger gegessen hatten, konnten wir noch etwas vertragen. Wir nahmen Fleischstücke und Salat und ein abschließendes Dessert. Zuhause gab es nie so viel zu essen, deshalb griffen die Jungs reichlich zu.

Ich ließ mir zweimal Rotwein nachschenken. Nur um später schlafen zu können.

Nach einem Abendspaziergang im Garten machten wir uns auf den Weg zu unseren Zimmern. Als wir an der Ahnengalerie vorbeikamen, lachten wir über die streng dreinblickenden Menschen. Dann ließen wir uns von den Jungs noch zu einem Spielzimmer ziehen. Hier gab es viel zu bestaunen. Es war alles vorhanden, was sich ein Kinderherz nur wünschen konnte. Man konnte es nicht fassen, dass dieses Schloss nur von einer einzigen Person bewohnt wurde. Warum hatte Theresia keinen Mann

und keine Kinder? Diese Frage würde sie mir wohl nie beantworten.
Johannes öffnete die Tür zu unserem Zimmer. Mitten im Raum stand ein prächtiges Himmelbett und wir testeten gleich die Matratze. Man lag weich und das Deckbett war sehr füllig, so dass man sich richtig einkuscheln konnte. Hier sollte es sich gut schlafen lassen, aber ich schaute trotzdem zuerst unterm Bett nach und dann im Kleiderschrank. Danach klopfte ich verschiedene Stellen der Wand ab, um einen eventuellen Geheimgang zu orten. Wie immer in alten Gemäuern fühlte ich mich beobachtet.
Ich sah mich um. Es hingen hier keine Bilder, bei denen sich die Augen bewegten, das war mein Glück. Aber wo kam das mulmige Gefühl bloß her? Mein Mann ließ mich gewähren, er war an so manche Marotten von mir gewöhnt. Johannes saß bequem in einem Sessel und sah mir zu.
Nachdem ich mit den Wänden fertig war, blickte ich aus dem Fenster. Der Ausblick war schön. Die Sonne versank gerade über Büschen und Bäumen.
Danach betraten wir das Zimmer der Jungs, das direkt neben unserem lag. Hier versuchte ich gar nicht erst, die Wände abzuklopfen. Auf die Kommentare hatte ich keine Lust. Ich wusste, was die Jungs sagen würden: »Na, Mama, hast du wieder mal einen Gruselfilm angeschaut?«
Zu viert gingen wir den Flur entlang und schauten noch in die anderen Zimmer. Es gab zwei, die für Besucher bereit wirkten, der Rest wurde anscheinend nicht ge-

nutzt. Diese Räume waren staubig und die Möbel waren abgedeckt.

Da es noch zu früh zum Schlafen war, entschieden wir uns für eine Partie Billard. Es wurde ein lustiges Match und schließlich gingen wir schlafen.

Obwohl ich nicht damit gerechnet hatte, schlief ich schnell ein. Wie ein Baby lag ich friedlich in meinen Träumen und es gab keine Störung, auch kein nächtliches Kettenrasseln!

Ich fühlte mich dementsprechend erholt, als ich früh am Morgen erwachte. Dann stieg ich vorsichtig aus dem Bett, um meinen Mann nicht zu stören, der sich dennoch gleich räkelte. »Schlaf doch noch ein wenig«, maulte er.

Die Sonne war zwar bereits aufgegangen, aber die Luft war noch kühl. Ich ging ins angrenzende Bad, um mich fertigzumachen und wartete dann, bis mein Mann so weit war.

Gemeinsam horchten wir am Zimmer der Jungs, aber kein Geräusch drang durch die dicke Eichentür. Also beschlossen wir, Alex und Vince schlafen zu lassen.

Wir gingen zusammen die Treppe hinunter und wurden bereits erwartet.

Ein Dienstmädchen kam uns entgegen. Sie fragte uns mit Handzeichen, ob wir auf der kleinen Terrasse frühstücken wollten. Natürlich wollten wir. Ich hatte dafür extra eine Jacke eingepackt.

Das Geschirr war bereits aufgedeckt und es gab eine reichhaltige Auswahl an Brot, Wurst und Käse, Eierspeisen, Früchten und Quark.

Wir genossen das gemeinsame Frühstück auf dem Freisitz und fühlten uns wie Könige. Das Ambiente war sehr schön und es würde uns künftig sehr schwerfallen, ein normales Frühstück zu schätzen.

Als wir gesättigt waren, schliefen unsere Söhne immer noch. Wir liefen durch den Garten und bewunderten die Blumen und Bäume. Dann folgte mir Johannes in den Ankleideraum. Ich wollte diesen Moment für Mathilda festhalten. Dazu nahm ich einen eleganten Hut von der Stange und legte mir ein Tuch um die Schultern. Johannes machte einige Fotos und ich sah sie mir an. Na ja, es fehlte das Make-up und der Schmuck, deshalb würde mir Mathilda die Fürstin nicht abnehmen.

Am Vormittag wurden die Jungs endlich wach und die Fürstin war auch wieder eingetroffen. Sie begrüßte alle und fragte, wie es uns ergangen war. Auch bot sie noch einmal Frühstück für die Jungs an. Aber Alex und Vince lehnten ab. Sie wollten nur etwas trinken.

Die Fürstin bedankte sich noch einmal persönlich bei mir und sagte »All was okay!«, dann drückte Sie mir die Tüte mit den Kleidungsstücken in die Hand und zog sich zurück.

Das musste eine sehr aktive Nacht gewesen sein, aber Angriffe hatte es wohl keine gegeben.

Der Wagen brachte uns zum Campingplatz zurück.

Neue Herausforderungen

Wir waren kurz darauf wieder auf dem Campingplatz und packten unsere Strandsachen zusammen. Wie sehr hatte uns das kühle Meer gefehlt.

Es war doch seltsam, dass man wirklich nur das zu schätzen wusste, was man nicht haben konnte. Es war zwar schön in dem märchenhaften Garten hoch über dem Tal, aber ohne die Freiheit, hinunter zum Meer zu gehen, war das alles nichts wert. Daher hatte ich so viel mehr als die Fürstin, dachte ich bei mir selbst.

Meine Perspektive hatte sich völlig verändert. Plötzlich schätzte ich meinen Urlaub in Kroatien. Es war zwar immer noch zu kühl, das Thermometer schaffte es nicht über die 23° C., aber die Langeweile hatte sich verflogen. Der Besuch im Schloss und die Übernachtung dort hatten mich zufriedengestellt.

Mein Bedarf an Abenteuern war zumindest gedeckt. Ich wollte die restlichen Tage in Ruhe genießen und dabei oft schwimmen gehen.

»Euch geht es ja gut!«, sagte Mathilda, als sie bei uns ankam, schwerbepackt mit Handtüchern, Lebensmitteln und Spielsachen. David schob den Wagen, in dem Max saß. Emely lief an Neles Hand und rief »Oma, wo warst du denn?«

Ich schnappte mir die Kleine und wirbelte sie herum. »Wollen wir was Schönes zusammen machen?«

»Aber zuerst musst du mich einschmieren!«, befahl die kleine Dame.

Mathilda gab mir die Sonnenmilch. »Auch wenn es eigentlich nicht nötig ist bei der Kälte. Aber die zarte Kinderhaut muss man schützen!«
Ich cremte Emely ein, während Mathilda Max wickelte und ihn in eine Windel-Bade-Hose packte.
»Border Guard! Bitte stehen sie auf, Sie müssen mitkommen!«
Ich drehte mich um, sah auf und murmelte: »Was geht denn jetzt ab?«
Zwei Männer standen vor uns. Sie sahen leicht genervt auf uns herunter und wirkten nicht so, als ob es sich um einen Scherz handelte.
»Border Guard?« wisperte Vince Alex zu. »Grenzkontrolle?« Alex zuckte die Schultern. »Vielleicht so etwas wie bei uns die Bundespolizei?«
Vince nickte. »Schon möglich, aber was machen die im Inland?«
Neugierig sahen wir uns die Männer an.
Der Kleinere der beiden war etwas untersetzt, hatte einen dunklen Bart und längeres, gewelltes Haar, das sich mit seinen langen Barthaaren vermischte. Das gab ihm das Aussehen eines avantgardistischen Künstlers. Für einen Polizisten wäre das eher ein No-Go.
Direkt hinter ihm stand ein großer Mann mit dunkler Gesichtshaut, braunen kurzen Haaren und glatt rasierten Wangen. Seine Augen konnte ich wegen der Sonnenbrille nicht erkennen. Doch sein Blick war fest auf mich gerichtet.
Unter anderen Umständen hätte ich ihn als gutaussehenden geheimnisvollen Mann eingestuft, in dieser Situation wirkte er jedoch äußerst bedrohlich.

Ich fragte nach dem Ausweis und hielt ihn in die Runde.
»Habt Ihr so etwas schon einmal gesehen?« Alle verneinten. Ob der Ausweis echt war oder ein Ulk aus dem Internet, das konnte ich wirklich nicht beurteilen, selbst Alex und Vince wussten es nicht.
Der kleinere der beiden Männer forderte uns nochmal unmissverständlich auf: »Sofort! Sie kommen mit!« Er zeigte auf mich, meinen Mann, Alex und Vince.
Der Tonfall war befehlend. Da es sich um Beamte dieses Landes handelte, mussten wir folgen. Ich nahm an, dass sich meine Erlebnisse bereits herumgesprochen hatten. Die Männer kamen mir zwar barsch und sehr unfreundlich vor, aber das hatten so manche Staatsdiener an sich. Sie merkten oft gar nicht, wie einschüchternd sie auf normale Menschen wirkten.
Ich stand auf und zog mein Kleid über meinen Bikini an. Ein Glück, dass er noch trocken war. Mein Mann und meine Jungs folgten meinem Beispiel, während David den Kleineren fragte, was denn gegen uns vorläge.
»Nur eine Befragung! Dauert nicht lange«, antwortete dieser.
Zumindest der Kleinere sprach Deutsch.
Als wir angezogen waren, liefen wir alle hinter dem kleineren Mann her, quer über den ganzen Campingplatz bis zum Ausgang. Der Große war dicht hinter uns.
Wir wurden aufgefordert, in ein bereitstehendes Auto einzusteigen. Oho! Wer dachte da nicht an die mütterliche Sorge: »Pass auf, wenn du über die Straße gehst und steig bei keinem Fremden ins Auto!«?
Ich wagte es, den Kopf zu schütteln und darauf hinzuweisen, dass ich zuerst unseren Polizisten verständigen

wollte. Da diese Grenzpolizisten zu den Guten gehörten, sollte das ja kein Problem sein.

Der Große kam auf mich zu und sagte mit Nachdruck: »Rein ins Auto!« Es war eine Aufforderung, die bei Nichtbefolgen ernsthafte Konsequenzen mit sich bringen würde. Das war klar. Und er sah so aus, als könnte er recht grob werden.

Vielleicht war es falsch, aber was blieb mir übrig? Ich stieg ins Auto. Mein Mann und meine Jungs stiegen ebenfalls ein, sie würden mich niemals mit einem Fremden allein lassen.

Wir fuhren nicht weit, nur bis zu einem Nachbarort, dessen Name mir völlig unbekannt war. Da wir bisher selten an der Küstenstraße entlanggefahren waren, hätte ich bei normalen Bedingungen die Fahrt genossen. Es gab schöne Ausblicke aus dem Autofenster, wenn das azurblaue Meer zwischen den Bäumen und Büschen hindurch blitzte.

Doch meine Gedanken waren woanders. Wo ging diese Reise jetzt wieder hin? Und was erwartete uns am Ziel?

Eine anständige Polizei-Station, in der man mir mal zuhören würde?

Fragen über Fragen und keine Antworten.

Als das Auto hielt, konnte ich nirgendwo ein Schild mit der Aufschrift »Policija« oder »Border Guard« sehen. Wir standen vor einem nichts sagenden Wohnhaus, das völlig unauffällig wirkte.

Man führte uns in einen großen Raum, dort sollten wir uns an einen Tisch setzen. Eine Flasche Wasser und einige Gläser standen auf dem Tisch.

Als wir alle saßen, begann das Verhör. Man konnte es nicht anders nennen. Der Große bombardierte mich in Deutsch mit vielen Fragen, die ich in diesem Tempo gar nicht beantworten konnte.
»Warum sind sie in Kroatien?«
»Was haben sie in den letzten Tagen getan?«
»Welche Leute haben sie kennengelernt?«
»Oh,« antwortete ich: »Sie sprechen sehr gut Deutsch!«
Er runzelte die Stirn.
»Noch einmal. Warum sind sie hier? Was haben sie in den letzten Tagen gemacht? Welche Leute haben sie kennengelernt?«
Der erste Eindruck war sehr schlecht. Was sollte das alles? War ich jetzt eine Verdächtige? Ich fühlte mich völlig fehl am Platz. Normalerweise hielt ich in meiner Familie das Heft in der Hand, aber hier fühlte ich mich von Stieren überrannt.
Was sollte diese Taktik? Dachte der Große, er könnte mich damit einschüchtern? Dann wusste er nichts von mir. Damit ich richtig Angst bekam, musste man schon härter mit mir umgehen. Ich hatte ein gutes Training hinter mir, zumindest emotional war ich schon oft ausgenutzt und eingeschränkt worden. Dieses Verhör setzte dem noch die Krone auf.
Ich wartete auf den »guten Bullen«, der mir Verständnis entgegenbringen würde, aber er kam nicht.
Zum dritten Mal wiederholte der Große seine Worte. Immer drängender kamen die Fragen und der Kleinere erklärte mir, dass wir erst gehen durften, wenn ich alles zur Zufriedenheit beantwortet hatte.

Der Kleinere bewachte die Tür, in dem er sich breitbeinig davor aufbaute.

Ich hatte keine andere Wahl und begann, auch wenn es mich maßlos ärgerte, wie ich hier behandelt wurde, zu erzählen.

»Wir sind nur einfache Touristen, die die Kulturgüter dieses Landes schätzen. Und wir haben nichts getan, was uns zu Tätern machen würde. Im Gegenteil, ich bin ein Opfer!«

Als ich von den Kulturgütern sprach, sah der Große zu Vince. Auch hier missfiel das Film-T-Shirt meines Sohnes, das war klar erkennbar.

Der Große trat sehr nahe an mich heran. Er sah mir tief in die Augen und fragte: »Wo waren sie gestern? Sie waren nicht im Mobilheim!«

Ich wich in meinem Stuhl zurück, soweit es möglich war. Seine Nähe war mir unangenehm.

»Warum sind sie mit dem Wagen der Fürstin weggefahren?«

»Wie haben sie Fürstin Theresia kennengelernt? Was wird hier gespielt? Reden sie endlich!«

Ich war ja eigentlich sehr geduldig, aber nun war Schluss damit. An einem bestimmten Punkt war das Fass übergelaufen. Ich wollte nichts mehr einstecken, ich hatte genug davon, ein Opfer zu sein.

Ich war über mich selbst hinausgewachsen, trotzdem hatte ich diesen gewaltbereiten Männern nicht viel entgegenzusetzen.

Während meine Jungs sehr still dasaßen und nachdenklich zuhörten, schaltete sich an dieser Stelle mein Mann

ein. Seine Frage: »Was wirft man meiner Frau vor?« verschlechterte die Atmosphäre noch mehr.
Der Größere wurde richtig wütend, als er erwiderte: »Eine Straftat, die wir untersuchen müssen.«
Und zu mir gewandt zischte er: »Reden sie endlich! Fangen wir bei gestern an. Was haben sie seitdem getan?«
»Wir sind nur Touristen,« begann ich ausweichend.
Er winkte ab. »Daten und Fakten, und zwar sofort! Oder soll ich sie alle über Nacht hierbehalten?«
Das war eine Drohung, die saß. Um nichts in der Welt wollte ich hier übernachten oder uns alle der Gefangenschaft aussetzen.
Ich begann damit, die ganz normalen Sachen zu erzählen. Das eklige Wetter, die Langeweile, das kalte Meer, das Shopping-Center, die Ameisen. Dann erzählte ich von der versuchten Entführung und dem Kennenlernen des kroatischen Polizisten. »Er hat gesagt, dass mir nichts passieren wird!«, endete ich.
»Wie haben sie die Fürstin kennengelernt?«
Ich erzählte von der Einladung ins Schloss wegen der Zeitungs-Anzeige. Alles andere ging ihn nichts an. Unsere Verwechslungskomödie und die Bedenken über den Dolmetscher wollte ich dem Großen nicht anvertrauen. Das war privat.
Doch er schien zu spüren, dass ich ihm etwas vorenthielt. »Das war doch noch nicht alles!«, fuhr er mich an. »Muss man Ihnen jedes Detail aus der Nase ziehen?«
Es blieb mir nichts anderes übrig, ich musste ihm doch von unserer Charade erzählen und von der Nacht im Schloss. Das sollte weder der Fürstin noch mir schaden.

Es war ein einmaliges Erlebnis gewesen und bald würden wir wieder abfahren.

Die beiden Beamten wirkten zufrieden. Sie befahlen uns, sitzenzubleiben und gingen vor die Haustür, um eine Zigarette zu rauchen. Was sie miteinander besprachen, konnten wir nicht hören.

»Das sind keine Bundes-Beamten!«, meinte Alex. Er war aufgestanden und beobachtete die beiden durch das Fenster.

»Das hier ist keine Polizei-Station, sie haben uns nicht ihre Namen genannt und die Drohungen sind lächerlich, das würde ein seriöser Beamter niemals tun!«

»Andere Länder, andere Sitten!« Vince machte eine unbestimmte Handbewegung. »Dennoch ist das alles unlogisch. Warum wollen die wissen, was wir in unseren Ferien unternehmen?«

Ich war mit meinem Latein am Ende und warf die Frage in den Raum »Was machen wir jetzt?« Allgemeines Schulterzucken.

Mein Mann war völlig konsterniert »Wozu sind wir überhaupt hier?«, fragte er. Und was soll das für eine Straftat sein?«

»Bullshit, Mama macht nie etwas Verbotenes, außerdem war sie die ganze Zeit bei uns. Die wollen etwas von dir!«, behauptete Vince.

»Was können die von mir wollen?« Mir fiel wirklich nichts ein.

Vince schüttelte den Kopf »Mama! Bei einer Schweinerei geht es immer um Geld, und zwar um viel Geld!

Alex nickte von seinem Fensterplatz »oder um Macht! Denkt mal an rivalisierende Clans.«

Ich schüttelte den Kopf. »Das ist jetzt wirklich weit hergeholt. Außerdem habe ich weder Geld noch Macht!«
Vince nickte. »Deswegen nehme ich an, dass die beiden an das Vermögen der Fürstin wollen. Schließlich haben sie ständig nach ihr gefragt.«
»Aber wie soll ich ihnen das Geld der Fürstin zugänglich machen? Das ergibt doch alles keinen Sinn!«
»Mama!« Alex drehte sich zu mir um. »Du siehst dir doch ständig Krimis an. Es gibt immer einen Sinn, wir kennen ihn nur noch nicht. Du musst einfach mitspielen!«
Vince nickte. »Sag einfach ja, ich mach das, aber nicht zu schnell nachgeben, und dann hauen wir ab!«
Mein Mann hatte noch eine andere Idee: »Wir sollten zur deutschen Botschaft fahren und uns beschweren, die werden uns helfen.«
Das war eine gute Idee von Johannes. »Aber wo befindet sich die Botschaft?«, wollte ich wissen.
Vince gab die Daten in sein Handy ein. »In Zagreb, das liegt nördlich, Moment, ich öffne mal den Routenplaner, circa 260 km weit entfernt!«
Mein Mann stöhnte. »Hin und zurück 500 km und dann noch der Heimweg von 1.000 km!«
»Dann fahren wir nächstes Mal lieber gleich nach Spanien, das ist dann nämlich viel näher!«, nutzte ich die Gunst der Stunde. »In Spanien wäre uns das nie passiert.«
»Sie kommen zurück!«, teilte uns Alex mit.
Blitzschnell saß er wieder am Tisch. Wir sahen alle ganz unschuldig aus, als die Männer hereinkamen.

Ein fürstliches Opfer

Kaum waren die Männer durch die Tür getreten, folgten die nächsten Befehle. Alle sollten den Raum verlassen, nur ich durfte sitzenbleiben, das entschied der Kleinere. Meine Männer maulten, sie wollten mich nicht allein zurücklassen, aber der Große öffnete leicht sein Jackett, so dass wir sein Schulterholster sehen konnten. Die Körpersprache war eindeutig, sie hatten zu gehorchen.
Ich zwinkerte Vince zu. Das sollte bedeuten, macht euch keine Gedanken, ich bekomme das hin. Er würde dann meinen Mann beruhigen.
Als sich die Tür geschlossen hatte, ließ sich der gefährliche Große auf einen Stuhl direkt neben mir sinken und sah mir tief in die Augen. Er wollte den Druck erhöhen, das war klar.
Ganz ehrlich, das hätte noch vor einiger Zeit geklappt, als ich ängstlich war und mich noch geringschätzig behandeln ließ. Doch seit den Angriffen in diesem Land war ich ein neuer Mensch geworden. Selbstbewusst und nicht so schnell einzuschüchtern, auch wenn ich mich oft noch nach etwaigen Verfolgern umdrehte.
Ich hatte bis jetzt überlebt, das war doch schon etwas und ich war gespannt, was nun kommen würde.
Es war mir unmöglich, Angst zu empfinden, also schlug ich die Augen nieder. Der Große sollte auf keinen Fall sehen, dass er mich nicht einschüchtern konnte. Wer wusste, zu welchen Handlungen er sich dann hinreißen lassen würde.
Ich fühlte in meinem Herzen die Gegenwart Gottes, die mich schützte. Er, der über allem stand, passte auf mich auf. Ich fühlte mich eher zum Jubilieren, aber ich hielt mich selbstver-

ständlich zurück. Sollten sie denken, ich wäre schwach und ängstlich.
Nun sprach er sehr leise und bedauernd zu mir.
»Sie haben ein Problem und ich kann sie sofort verhaften. Wenn sie sich aber dafür entscheiden, für uns zu arbeiten, dann können wir ihnen helfen!«
Ich fragte nach, was denn mein Problem sei.
Der Beamte stand auf und trat zu einem Schrank in der Ecke. Daraus entnahm er eine dünne Akte, dann setzte er sich mir gegenüber und blätterte.
»So wie ich das sehe, haben sie gegen die Gesetze dieses Landes verstoßen. Man erkannte sie, als sie ein Geschäft überfielen. Mit den vorliegenden Indizien können wir sie für 48 Stunden lang in Untersuchungshaft nehmen. Bis alle Beweise geprüft sind, können schon einige weitere Wochen vergehen.
Das war ja wohl die Höhe. Ich schnaubte: »Ich habe noch nie gegen das Gesetz verstoßen. Parke nur sehr selten im Halteverbot und wurde bisher lediglich zweimal bei geringen Tempoüberschreitungen geblitzt. Was soll ich denn getan haben?«
Der Große stand auf und beugte sich über mich. »Überfall mit Waffengewalt und sie haben kein Alibi!«
»Wann soll das denn gewesen sein?«
»An dem Tag, an dem sie angeblich im Schloss waren. Leider war die Fürstin nicht da, um ihnen ein Alibi zu geben. Und die Bediensteten fahren über Nacht auch nach Hause. Das sieht übel aus!«
»Aber meine Familie kann doch für mich aussagen?«

»Ja, sicher! Aber wird man ihnen glauben, wenn die Beweise stichhaltig sind? Es ist ihre Familie. Man wird davon ausgehen, dass sie lügen!«
Selbstsicher lief er durch den Raum und sprach zu mir:
»Wollen sie es wirklich riskieren? Im schlimmsten Fall sitzen sie für einen solchen Überfall neun Jahre ab. Sollten die Beweise nicht ausreichen, dann kann man einen Prozess einige Zeit hinziehen. Möchten sie so lange in einer Zelle in Kroatien bleiben oder kennen sie jemanden, der die hohe Kaution für sie aufbringen würde?«
Ich schüttelte den Kopf. Ich kannte leider niemanden, der so viel Geld hatte, um eine Kaution zu bezahlen. Ich stammte aus einer ganz armen Familie und hatte mich bisher finanziell auch nicht viel verbessert. Wir sparten diese Urlaubswoche noch immer vom Mund ab. Doch trotz aller Armut hatte ich noch niemals betrogen oder anderen bewusst geschadet. Ich war stets mit dem wenigen zufrieden, das uns gehörte, auch wenn es manchmal schwer war.
Aber wie sollte ich das beweisen? Seit dem Beginn unserer Zeit in Istrien nahm uns niemand ab, dass wir anständige Touristen waren. Und für die Zeit im Schloss gab es nur meine Familie. Doch woher kamen die Zeugen dieses angeblichen Überfalls? Möglicherweise hatte man eine Frau gesehen, die mir ähnlichsah. So etwas sollte es schon gegeben haben.
Eine andere Möglichkeit war, dass die Fürstin eine Intrige gegen mich gesponnen hatte. Doch warum sollte sie das tun?
»Ich habe kein Motiv!«, wagte ich den Einwand. Er schüttelte den Kopf. »Sie brauchten Geld. Es ist kein Geheim-

nis, dass sie Schulden haben. Sie wollten ihren Kindern mal etwas bieten. Das kann man doch verstehen?«
Und das mir, dem ehrlichsten Menschen weit und breit. Eins war klar: Ich konnte hier im Land den Kampf gegen diese Unterstellung nicht gewinnen, wenn ich im Gefängnis saß.
Es bestand noch die Möglichkeit, dass Johannes es von Deutschland aus schaffte, mich freizubekommen. Mein Mann konnte am Telefon äußerst penetrant werden und ließ sich niemals abwimmeln. So bekamen wir Handwerker, wenn es anderen nicht gelang. Aber würde es reichen? Oder würde ich in der Zelle vermodern?
Mir wurde etwas zur Last gelegt, was ich nicht getan hatte. Doch damit war ich nicht allein, es gab zu allen Zeiten Menschen, die dennoch verhaftet und eingesperrt wurden. Die Wahrheit kam nicht immer zum Ziel. Doch für Bundesbürger gab es noch andere Wege. Laut sagte ich: »Ich werde die Deutsche Botschaft einschalten, das ist mein gutes Recht!"
Er lachte. »Was glauben sie, mit wem sie es hier zu tun haben?«
Ich hatte wirklich keine Ahnung.
»Sie kommen gar nicht bis Zagreb. Wir kontrollieren die E 65 und die E 751 und jede weitere Autobahn, die sie nehmen könnten!
Sie werden von uns rund um die Uhr observiert und haben keine Chance. An die Botschaften und an alle Grenzstationen wurde ihr Foto verschickt mit dem Hinweis auf eine Straftat. Sie stehen auf der Fahndungsliste und werden sofort verhaftet, wenn sie sich bei einer dieser Stellen melden!

Wenn sie das Land wieder verlassen wollen, müssen sie mit uns zusammenarbeiten!«
»Hm ... «
Meine Gedanken rasten und der Beamte murmelte etwas von mir Zeit geben und verließ den Raum.
Das war ein schöner Schlamassel und ich sah noch keinen Ausweg. Aber irgendwo war er, das wusste ich. Es gab immer einen Weg aus dem Problem heraus, den man aber in einer schlimmen Situation nie erkennen konnte. Man musste sich fokussieren und die Angst bewältigen. Ich hatte viele Ratgeber gelesen, vor allem psychologische, und kannte mich dementsprechend aus. Aber niemand schrieb über eine solche Drucksituation, in der ich gerade steckte.
Momentan war meine Handlungsfähigkeit begrenzt. Ich konnte nur noch Reagieren und nicht mehr Agieren.
Um mein Leben wieder selbst zu regeln, musste ich den Kopf frei bekommen. Die Bevormundungen, Gefährdungen und Drohungen mussten gleich beendet werden.
Ich stand auf, ging einige Schritte durch den Raum, goss mir etwas Wasser in ein Glas ein und trank in kleinen Schlucken. Dann öffnete ich das Fenster und atmete mehrmals tief durch.
Der Große stand draußen, rauchte und sah mir zu. Er ließ mich gewähren, denn er wusste, ohne meine Familie würde ich nicht fliehen.
Ich ließ das Fenster geöffnet, damit die frische Luft eindringen konnte und setzte mich wieder. Kurz darauf kam der Große zurück. Hinter ihm schloss sich die Tür.

Ich ging gleich zum Angriff über: »Sie können mir Straffreiheit gewähren? Mal angenommen, ich wäre schuldig.«
»Wir können sie aus dem Land hinausbringen und ihre Akte schließen. Sie werden dann nicht mehr von uns behelligt.«
Das ist alles? »Irgendwann werden alte Fälle wieder aufgerollt und dann beginnt der ganze Stress von vorne? Mal abgesehen davon, dass der Makel auf mir sitzen bleibt?«
Er nickte entschuldigend. »Wir haben doch alle unsere Leichen im Keller!«
Du vielleicht. Ich hatte bisher keine! Ich würde in Zukunft nie wieder in dieses Land reisen, aber eine unverdiente Strafakte wollte ich auch nicht haben. Ich konnte die Probleme bei einer nächsten Urlaubsreise schon erahnen. Schließlich arbeiteten viele Länder bei der Strafverfolgung zusammen.
Die ganze Situation wurde immer verzwickter. Wie sollte ich hier unbeschadet herauskommen?
»Spiel mit!«, erinnerte ich mich an die Worte von Vince. »Aber gib nicht zu schnell nach!« Es war meiner aufrichtigen Natur zwar zuwider, aber eine andere Möglichkeit sah ich hier nicht. Ich bemühte mich um ein Poker Face und fragte: »Was soll ich für sie tun und warum ich?«
Nun hatte er mich. Er schien siegessicher, als er mir den Sachverhalt erklärte.
»Weil sie der Fürstin ähneln, wie ein Ei dem anderen. Wir möchten, dass sie Fürstin Theresia noch einmal die Möglichkeit geben, das Nachtleben von Pula zu genießen.«

»Warum?« Die Frage war doch begründet. Warum sollte ich die Fürstin aus ihrem sicheren Schloss locken?
»Wir müssen sie in einer diskreten Angelegenheit befragen!«
So wie mich? Ganz allein? Und dafür könnt ihr euch nicht an die normale bürokratische Ordnung halten und sie ins Polizei-Revier bestellen?
Das war doch fragwürdig!
Ich seufzte. Dann sprach ich den Großen wieder an.
»Sie haben angedeutet, dass wir mit ihrer Hilfe das Land verlassen können! Wie soll das geschehen? Sie wissen wahrscheinlich, dass wir das Mobilheim nur bis 23.07. gemietet haben und dass unser Budget fast aufgebraucht ist.«
Der Kleinere war inzwischen wieder eingetreten, allein, ohne meine Familie. Wo hatte er meine Männer eingeschlossen?
Er erklärte mir, dass wir die Fähre nach Venedig am 23.07. nehmen würden. Ein Mitarbeiter würde auf der italienischen Seite bereitstehen, um alle Formalitäten für uns zu erledigen. Das sei die einzige Möglichkeit, Kroatien zu verlassen!
Ich war innerlich tief bewegt, weil ich mich im Zwiespalt befand. Ich hasste es, wenn ich zu etwas gezwungen wurde, was ich auf keinen Fall tun wollte. Dann fühlte ich mich wie eine Marionette, die an vielen feinen Fäden hing. Außerdem wollte ich auf keinen Fall gegen biblische Gebote verstoßen.
Möglicherweise drückte mein Gesicht meinen inneren Widerwillen aus, das nahm ich an, da die beiden Beamten zufrieden wirkten.

»Eine Fährüberfahrt nach Venedig ist sehr teuer, das können wir uns nicht leisten! Wir haben jetzt schon kaum noch Geld übrig und müssen alles gut einteilen.«, warf ich in die Unterhaltung ein.
Der Kleinere winkte ab. »Das wird alles arrangiert. Wir werden die Karten für sie und auch für die zweite Familie hinterlegen!« Er nahm sein Handy und verließ kurz den Raum.
Der Große kam wieder näher. »Wir kümmern uns um alles, sie müssen nur die Fürstin aus ihrer Festung herauslocken! Und das wird ihnen nicht schwerfallen! Denken Sie an ihre Familie. Was sie braucht, das ist wichtig. Warum wollen sie eine Frau schützen, die sie erst einige Tage kennen? Nur, weil sie ihnen ähnlichsieht? Es gibt keine Verbindung zwischen ihnen. Diese Sorte Mensch dreht sich nur um sich selbst und im anderen Fall würde sie ihnen auch nicht helfen!«
Ich musste feststellen, dass die Fürstin ein paar böse Feinde hatte und ich wusste noch nicht, wie ich selbst aus dieser Situation wieder herauskommen konnte. Aber eines war klar, ich konnte keinen Menschen ans Messer liefern.
Sicherlich hatte die Fürstin mit mir nichts gemein, außer dem Aussehen. Sie war eine Aristokratin. Aber diesen Kerlen wollte ich sie dennoch nicht überlassen.
„Ich hatte keine andere Wahl", hörte man so oft in Kriminalfilmen. Aber war das wirklich so? Vermutlich gab es noch eine andere Option, die unbequem war, unsicher oder für die man sich erniedrigen musste. Ich war sicher, dass es fast immer eine Wahl gab.
Wie sah meine Wahl bezüglich der Fürstin und meiner Familie aus? Am liebsten wäre es mir, wenn wir alle unbeschadet aus

der Situation herauskommen würden. Aber wenn nicht? Konnte ich die Sicherheit der Fürstin garantieren, wenn meine Rettung noch unklar war?
Noch sah ich keinen Weg, um dies zu verhindern, aber zuerst musste ich die beiden Grenzbeamten beschwichtigen.
Ich dachte an das, was Vince mir mal erklärt hatte. Er sah sich gerne einen psychologischen Youtube-Kanal an, der sich mit Verhörtechniken beschäftigte. Die Ermittler würden stets nachfassen, wenn man keine klaren Aussagen traf, sondern Wörter wie »ziemlich sicher« oder »wahrscheinlich schon« benutzte.
Ich musste mich also präzise ausdrücken und Sachverhalte versprechen, die ich nie zu halten gedachte. Und das alles beschwerte mein Gewissen. Lügen waren Gott ein Gräuel, aber sie mussten in dieser Situation sein. Um die Sünde zu vermeiden (die Fürstin ans Messer zu liefern), brauchte ich Zeit. Ich musste nachdenken und eigene Entscheidungen treffen, die mir die beiden Männer aber nicht zugestanden. Es war eine mächtige Diskrepanz.
Vergib mir Herr, aber ich muss jetzt lügen.
»Sie haben uns keine andere Wahl gelassen. Wir müssen am 23. abreisen, weil wir kein Geld mehr haben. Und wenn ich sie richtig verstanden habe, dann kommen wir ohne ihre Hilfe aus diesem Land auch nicht mehr heraus!«
Der Große nickte gelangweilt.
Ich knabberte an meiner Lippe. »Und wenn ich die Fürstin in die Falle locke, dann versprechen sie mir, dass wir alle gemeinsam am 23.07. dieses Land verlassen können mit der Fähre nach Venedig? Die Kosten übernehmen sie? Auch für die andere Familie?«

Der Kleinere stimmte zu. »Die Tickets sind bereits hinterlegt!«
Er drückte mir sein Handy in die Hand und eine Visitenkarte der Linie »Direct Ferries«. Dann forderte er mich auf: »Fragen sie nach!« Ich wählte die Nummer und fragte auf Englisch, ob meine Reise gebucht wäre, was man mir bestätigte. »7 Erwachsene und 2 Kinder, bereits mit Kreditkarte bezahlt!«
Gut, ich gab das Handy zurück. Vielleicht würden sie ihr Wort halten, aber so eine Buchung konnte man sicherlich auch rückgängig machen.
Ich fasste die Informationen weiter zusammen.
»Ich kann nicht zur deutschen Botschaft in Zagreb fahren, um Hilfe zu erlangen?«
Der Große schüttelte leicht den Kopf »Sie kommen keine 20 km weit, dann hetzen wir ihnen die Polizei auf den Hals!«
»Ich habe also keine andere Wahl?«
Der Große kam sehr dicht an mich heran und sah mich durchdringend an. »Sie haben keine Chance! Wir haben das Netz so dicht gespannt, dass sie ohne unsere Hilfe weder bleiben noch ausreisen können!
Ich schüttelte den Kopf. »Das gefällt mir nicht und ich werde alles tun, um dieses blöde Land zu verlassen. Ich möchte wieder nach Deutschland zurück, das können sie mir glauben!«
Beide nickten zufrieden und der Kleinere sagte: »Ich verstehe sowieso nicht, warum sie ihr Land verlassen haben! Was können wir ihnen bieten, was es in Deutschland nicht gibt?«.
Sonne, wenn sie mal scheint? Und Urlaubsstimmung?

Der Große ging zur Tür hinaus, während der Kleinere erklärte, dass ich am 21. Juli handeln musste. Das Datum war sehr wichtig. Für den Abend des 21.07. sollte ich die Fürstin in die Stadt locken. Wenn alles klappte, dann konnten wir am 23.07. wie geplant das Land verlassen.
Es blieben uns nur noch wenige Tage.
Der große Beamte kam mit Johannes, Alex und Vince zurück und meinte, wir hätten seine Zeit lange genug in Anspruch genommen. Dann geleitete er uns zum Auto und fuhr uns zum Campingplatz zurück.
Währenddessen wurde kein Wort gewechselt.

Wege aus der Krise

Nachdem wir im Wagen der Grenzbeamten geschwiegen hatten, wurde ich nun im Mobilheim mit Fragen bestürmt.

»Was wollte er von dir?«, ereiferte sich mein Mann.

Ich ließ mich stöhnend auf die Couch sinken und sah einen nach dem anderen an. »Ich soll die Fürstin in eine Falle locken, damit sie ergriffen werden kann!«

»Von den Polizeibeamten?", wollte mein Mann wissen.

»Du glaubst doch nicht, dass die wirklich von der Grenzkontrolle waren?«, Alex tippte an seinen Kopf.

Vince nickte. »Nie im Leben! Die waren auf das große Geld scharf!«

»Hm ...«, machte mein Mann. »Was wollten sie jetzt wirklich von dir?«

Ich hob die Hände und ließ sie wieder fallen. »Ich soll noch einmal mit der Fürstin die Rollen tauschen. Die Männer möchten sie dann ergreifen, angeblich, um sie zu befragen, dann erst können wir das Land verlassen!«

»Warum sollte es so schwer sein, das Land zu verlassen?« Johannes griff nach der Landkarte. »Wenn wir nicht über Slowenien zurückfahren können, dann fahren wir eben über Ungarn. Das ist zwar ein Umweg, aber machbar.«

Wir schauten uns gemeinsam die Karte an, es war ein riesiger Umweg. Nicht nur 10 Stunden im Auto, sondern eher 20 Stunden.

Ich schob die Karte weg. »Es bringt nichts! Der Große hat mir gesagt, dass uns alle Grenzstellen abweisen werden. Mehr noch, sie werden mich verhaften. Ich habe angeblich eine Straftat begangen, als wir tatsächlich im Schloss waren!«

»Das geht doch nicht!« Mein Mann wurde immer lauter. »Die können dir nicht einfach etwas anhängen, du hast uns als Zeugen!«

»Ob man die eigene Familie als Zeugen zulässt?« Ich war mir da nicht so sicher.

»Was ist mit der deutschen Botschaft?«, fragte Alex.

»Keine Chance! Dort kennt man auch mein angebliches Vergehen! Ich würde sofort verhaftet werden!«

»Was für eine Sauerei!« Mein Mann wusste sich nicht mehr zu helfen.

»Wie wäre es, wenn wir versuchen würden, die Grenze illegal zu überqueren?«, meinte Alex.

»Dafür brauchst du Schleuser und die sind teuer!«, winkte Vince ab.

"Viel Geld ist nicht mehr vorhanden!" Mein Mann leerte seinen Geldbeutel auf dem Tisch aus, wir anderen taten es ihm nach. Er hatte noch 800 Kuna, etwas mehr als 100 Euro. Ich hatte noch fünfzig Kuna, die Jungs nur noch ein paar Münzen.

»Und was ist mit Mathilda und David?«, wollte mein Mann wissen. Vielleicht haben die noch Geld? Ich schüttelte den Kopf. »Wohl kaum, die waren bei dem Regenwetter fast jeden Tag im Shopping-Center!«

Mein Mann beugte sich vor. »Würden sie die Fährüberfahrt denn auch bezahlt bekommen?«

Ich nickte.

»Wo liegt dann das Problem?«, wollte Alex wissen.

Einen Moment lang war es still, ich dachte nach. Wie sollte ich der Familie meine Gründe klarmachen?

Aber Vince antwortete schon für mich. »Das würde Mama nie machen, dafür ist sie viel zu christlich!« Keiner widersprach ihm.

Erneut gab es eine kurze Pause. Es lag eine Frage in der Luft, die Alex schließlich aussprach.

»Und was passiert, wenn du die Fürstin nicht in die Falle lockst?«

Ich hob die Hände und ließ sie wieder fallen als Zeichen dafür, dass ich gar nichts machen konnte.

»Dann können wir das Land nicht verlassen. Und irgendwann haben wir kein Geld mehr, das wird bald sein, wir können uns nicht verstecken und man wird mich ergreifen und einsperren. Dann müsst ihr versuchen, meine Unschuld zu beweisen. Ohne Geld in einem fremden Land!«

Einen Moment lang wusste niemand etwas zu sagen, bis mein Mann fragte: »Und was machen wir jetzt?«

»Vielleicht könntest du dich an den dicken Polizisten wenden!« Alex schien selbst nicht sicher zu sein, ob die Idee gut war.

Ich schüttelte den Kopf. »Damit der sich freut, dass er doch Recht hatte. Er hat mich doch schon immer wie eine Verbrecherin behandelt. Das würde ihm nur neuen Anlass geben, schlecht über alle Touristen zu denken. Nein danke! Vielleicht verhaftet er mich sofort. Und dann schmore ich im Hinterzimmer seiner Dienststelle. Der glaubt mir meine Unschuld nie!«

Alex stand auf. »Wir sollten zur Botschaft fahren, morgen ganz früh. Schließlich sind wir Deutsche Bundesbürger und haben ein Recht auf einen Anwalt und eine faire Verhandlung!«

»Gute Idee, aber der Große hat mir erzählt, dass wir observiert werden. Wenn ich ins Auto steige, hält er uns nach 20 Kilometern an!«
»Beruhige dich, Mama«, Alex hatte eine Idee. »Dann nehmen wir das Auto von David. Er und Mathilda fahren doch jeden Morgen recht früh ins Shoppingcenter. Das fällt gar nicht auf. Der Vadder und ich, wir folgen der Straße bis nach Pula hinein und dann verdrücken wir uns klammheimlich. Ich gehe gleich mal rüber und rede mit David!«
»Aber erzähl ihm nur das Notwendigste! Ich möchte ihm nicht den Urlaub verderben!«, rief ich ihm hinterher.
»Ach was!« kam es zurück, »der hält das schon aus! David wird sich auch fragen, was die Grenzkontrolleure von uns wollten!«
Ich streckte mich auf der Sitzbank aus und schloss die Augen. Es war ein langer Tag gewesen. Vince war noch in Gedanken versunken, mein Mann hantierte mit seinem Handy.
»Alles paletti!« Alex kam zurück. »David und Mathilda bleiben morgen mal zuhause. Das ständige Shopping-Center-Gehen hängt ihnen zum Hals raus. Sie werden den Vormittag im Mobilheim verbringen.« Er sah meinen Mann an. »Wir zwei fahren, ich hin und du zurück. Dann beweisen wir Mamas Unschuld!«
»Dann versucht mal euer Glück. Vince und ich werden währenddessen spazieren gehen, und zwar so, dass uns jeder gut beobachten kann. Wir gehen erst zum Bäcker, dann am Strand entlang, immer quer über den Campingplatz, dann wird niemand auf euch achten. Und jetzt gehe ich schlafen.«

Ich stand auf, es wurde Zeit.

Ich legte mich ins Bett, total erledigt und doch zu wach, um sofort einzuschlafen. Nebenan hörte ich Johannes und meine Jungs reden. Es ging immer noch um die verschiedenen Möglichkeiten zum Grenzübertritt.

Die Ideen wurden immer wilder. »Swat-Team anfordern« oder »wir könnten eine Söldner-Armee anheuern«. Tolle Ideen, aber ohne Geld nicht zu verwirklichen.

Ich atmete tief ein. Es fiel mir schwer, mich zu entspannen. Aber am Ende dieses langen Tunnels leuchtete etwas Licht. Mir kam es so vor, als wären wir auf dem letzten Stück einer langen Reise angelangt. Das Ziel lag vor uns, wir mussten es nur noch erreichen. Gemeinsam, so wie immer.

Ich war froh, dass meine Familie nicht von mir verlangt hatte, das Wohlergehen der Fürstin zu opfern. Vielmehr suchten sie nach Möglichkeiten, mich zu unterstützen. Ich war stolz auf meine Lieben!

Das zeigte mir wieder einmal, wie stark unsere Familie im Zusammenhang war, trotz aller Streitigkeiten. Ich hätte alles für meine Kinder getan und sie versuchten das auch für mich. Einer für alle und alle für Einen!« Die gute alte Musketier-Praxis!

So langsam wurde ich schläfrig. Es war schön, mit diesen angenehmen Gedanken einzuschlafen.

Ich hatte die Freiheit, alles Weitere auf Morgen zu vertagen. Übermüdet getroffene Entscheidungen waren nie gut, das war mir bewusst. Für die nächsten Schritte wollte und sollte ich hellwach sein.

Überdies brauchte ich erneut himmlische Hilfe. Einen Fingerzeig von meinem guten Gott, der mir die Richtung wies. Für den nächsten wichtigen Schritt.

Meine Hand schob sich zum Bettschränkchen, auf dem mein Handy lag. Ich schrieb noch eine Nachricht an meine Freundin Christiane: »Habe Probleme!«

Anscheinend war sie gerade online, denn sie antwortete sofort. »Ich bete für dich, du schaffst das!« und zwei Herzchen.

Ich ließ das Handy fallen, mein Mann würde das später wegräumen. Dann kuschelte ich mich tief in mein Kissen. Das war doch sehr beruhigend, dass ich das schaffen würde!

Ich fühlte mich gut. Mein Herz quoll über vor Zuversicht. Ich steckte im Schlamassel, ja! Aber mein Gott und meine beste Freundin waren beide auf meiner Seite, was sollte mir da noch passieren?

Echtheit

Mir war ganz klar, wie ich als Christ handeln sollte. Es gab nur ein Gebot, das alle anderen umfasste: „Liebe Gott von ganzem Herzen und mit all deiner Kraft und deinen Nächsten wie dich selbst".

Egal, wie sie war, diese Fürstin Theresia, sie war meine Nächste, ein Mensch, der Hilfe brauchte.

Ich war damals 17 Jahre alt, als Gott in mein Leben trat. Er fand mich so super, dass er mich ansprach, obwohl ich nicht oberfromm war, sondern lustig, spontan und ziemlich unvernünftig.

Frei und ungezwungen folgte ich seitdem seinen Geboten, ich hatte die Liebe Gottes erlebt und wollte nicht mehr sündigen. Freikämpfen musste ich mich dabei von allen frommen Vorstellungen, die landauf und landab kursierten.

»Du musst dich so oder so benehmen« oder »ein Christ muss dies oder jenes tragen.« Ganz ehrlich, die Kleidung ist nicht halb so wichtig, wie es verkündigt wird und sie interessiert Gott überhaupt nicht. Ihm ist das Herz eines Menschen wichtig und das, was er tut.

Wer mit dem neutestamentlichen Gott unterwegs ist, der muss Liebe ausstrahlen, denn Liebe ist und bleibt das Wesen Gottes! Und ich wollte ihn erkennen, wie er wirklich war, dazu las ich in der Bibel.

Es war ein längerer Prozess, der zu meiner Ich-Findung gehörte und den ich um der Wahrhaftigkeit willen unternahm. Alles, was ich im christlichen Sektor je vernommen oder erlebt hatte, prüfte ich. So gewann ich eine innere Autonomie und mein Gottesbild formierte sich seither wie folgt:

Mein Gott ist stärker als alle Umstände.
Er liebt alle Menschen unter der Sonne und
möchte, dass allen geholfen wird.
Wenn er etwas verabscheut, dann ist es das Unrecht!

Und das versuchte ich, zu verhindern.

Aufbau der List

Den ganzen Vormittag waren wir nur herumgelaufen. David, Mathilda, Nele und die Kinder hatten wir bisher noch nicht gesehen. Sie hielten sich an den Vorsatz, im Mobilheim zu bleiben.
Vince und ich, wir saßen in der Strandbar auf dem Campingplatzgelände und ließen uns einen Burger schmecken. Es war nicht viel los.
»Ob sie gut angekommen sind?«, dachte ich laut nach.
»Mach Dir keine Sorgen, Mama, Alex ist doch dabei. Und er wollte das erste Stück fahren!«
Ich lächelte. Wir beide wussten, dass meinem Mann bei langen Autofahrten oft die Augen zufielen. »Meinst du, die Botschaft kann uns helfen?«
Vince bewegte den Kopf in einer abwägenden Geste. »Schwer zu sagen, die Sache ist sehr vertrackt. Und man kann noch gar nicht beurteilen, wie sich alles weiterentwickelt. Man weiß ja noch nicht mal genau, wer die Guten und wer die Bösen sind.«
Er hatte Recht. Wir hatten zwar viel geredet, blickten aber noch gar nicht durch, was hier überhaupt gespielt wurde.
Nach unserem Imbiss gingen wir wieder spazieren. Diesmal zum Campingplatz hinaus und an der Straße entlang. Heute kamen wir an dem Baum vorbei, unter dem ich nach meiner Entführung schlafend abgeladen worden war.
»Hier bin ich aufgewacht!«, sagte ich zu Vince.
Er schüttelte den Kopf. »Da hattest du mächtig Glück, Mama. Hier hätte dich jeder mitnehmen können!«

Am Ende des Strandes drehten wir um und gingen zum Mobilheim zurück. Den Rest bis zur Ankunft von Johannes und Alex wollten wir dort warten. Für diesen Tag waren wir genug gelaufen.

Am Nachmittag kamen Johannes und Alex zurück. Sie parkten bei Mathilda und David auf dem Parkplatz und verschwanden in deren Mobilheim. Kurz darauf betraten sie unser Feriendomizil.

»Und, wie ist es gelaufen?«, fragte ich gleich.

Johannes ließ sich stöhnend auf einen Stuhl fallen, während Alex zum Kühlschrank ging.

»Ah, etwas Kaltes zu Trinken!«

»Gib mir auch ein Glas!«, bat mein Mann.

Während beide tranken, fragte ich: »Habt Ihr den Botschafter gesehen?«

Johannes nickte. »Ja, und wir haben dir seine Karte mitgebracht, für den Notfall!« Er gab sie mir. *Super, eine persönliche Visitenkarte vom Deutschen Botschafter.* »Besser als nichts!«

»Ansonsten kann er nicht viel tun, im Moment jedenfalls nicht.«, führte Alex den Satz weiter.

»Du musst dich stellen, am besten bei ihm in der Botschaft. Dann kann er dir Schutz gewähren und eine faire Verhandlung mit einem anständigen Rechtsanwalt einberufen.«

»Ihr seid so weit gefahren, nur um das zu hören?« Vince schüttelte den Kopf.

»Ich habe mir auch mehr erhofft«, gab Johannes zu. Aber der Botschafter meinte, die Anschuldigungen seien ernst.«

Alex vollendete den Satz: »Ich habe ihn gefragt, ob die beiden Beamten vom Grenzschutz korrupt sein könnten, aber da hat er abgewunken. So etwas wäre ihm nicht bekannt!«

»Auf jeden Fall haben wir jetzt einen kompetenten Ansprechpartner.« Johannes winkte mit der Visitenkarte. »Ich habe nicht lockergelassen, bis ich persönlich mit dem Botschafter sprechen konnte. Er war verständnisvoll, meinte aber, das fehlende Alibi wäre ein Problem.«

Alex fiel ungeduldig ein. »Ich habe ihm erklärt, dass wir alle gemeinsam im Schloss waren und dass wir als Zeugen fungieren können. Er meinte, das Schlaueste wäre, uns nach Deutschland zu bringen und dort die Gerichte zu bemühen.«

»Was soll denn der Mist?« Ich war aufgebracht. »Hat das denn nie ein Ende? Ich bin doch keine Kriminelle! Und außerdem komme ich nicht bis zur Botschaft. Ich werde bewacht, hallo!"

»Das wissen wir doch, Mama, reg dich nicht auf, das ist es nicht wert!« Vince strich mir über den Kopf.

»Und alles nur wegen des fehlenden Alibis für die Zeit im Schloss? Moment! Alles dreht sich um diesen Zeitraum?« In mir keimte eine Idee und die Erkenntnis kam wie ein Geistesblitz. »Wir müssen zurück zum Schuh!«, warf ich mitten ins Gespräch ein.

Allgemeines Unverständnis. Alle schauten mich mit fragenden Augen an. Johannes schüttelte sogar den Kopf. »Wohin?«

»Aschenputtel und der verlorene Schuh?«

»Ah!« Jetzt erst setzte das allgemeine Erkennen ein.

»Wir fahren zur Stelle, wo alles begann.« Ich war ganz in meinem Element.

»Du meinst in das Schloss?« Die Frage von Alex klang zweifelnd.

Doch Vince bejahte meinen Vorschlag. »Das ist nicht die schlechteste Idee! Wenn du das vorhast, was ich gerade denke, dann bin ich mal gespannt, wie es ausgeht.«

Alex fragte Vince: »Was denkst du denn?« Aber Vince winkte ab. »Das ist Mamas End-Game!«

Ich musste lachen, weil ich mit den Avengers verglichen wurde und ihrem letzten Kampf. »Zumindest haben wir jetzt einen Plan. Ich bin es leid, dass über meinen Kopf hinweg gehandelt wird. Es wird Zeit, die Situation in die eigene Hand zu nehmen.

Aber zuerst mussten wir etwas essen. „Alex, sag mal Mathilda und David Bescheid. Wir können in die Pommes-Bude am Strand gehen!»

Der letzte Ausflug

Es war noch Zeit bis zum 21. Juli und ich fand, dass ich mich mal wieder um die Familie kümmern musste.
David und Mathilda waren am Vorabend in der Burger-Strandbar von einem Ausflug ganz angetan gewesen. Johannes wies auf unser geringes Budget hin, aber Nele hatte noch etwas Geld übrig und versprach, für alle zu bezahlen.
Der Ausflug sollte zu einem Reiterhof gehen, der nicht weit vom Campingplatz entfernt war. Nele erklärte uns, dass Mathilda in diesem Urlaub ständig zurückstecken musste und wollte sie deswegen zum Reiten einladen. Wir Männer, damit meinte sie auch mich und sich selbst, könnten Paintball spielen, damit waren wir zufrieden.
Ich hatte noch nie Paintball gespielt und war gespannt. Das war mal ein Spiel, in dem ich meine Kampfbereitschaft zeigen konnte. Doch David verunsicherte mich in meiner Vorfreude, als er von einem sehr schmerzhaften Treffer erzählte.
Es war vormittags und wir lagen auf den Steinplatten am Wasser. Vince fragte, wann es denn losgehen sollte, und David meinte, am besten zur Mittagszeit, damit die Kinder noch etwas im Auto schlafen konnten. Seinen Ausspruch: »Auf Geschrei habe ich keine Lust«, konnten wir alle verstehen.
Vince teilte gleich das Team ein. »Wir drei gegen die Eltern!« Ich prustete. »Ja klar! Das müsst Ihr schon gerechter aufteilen.«

»Wie machen wir das mit den Kindern?«, wollte Johannes wissen. Das Aufpassen hatte beim letzten Mal gar nicht funktioniert.

David nickte, wahrscheinlich dachte er auch an die Schrei-Orgie, als die Eltern auf der Badeinsel waren. »Wir müssen uns abwechseln. Wenn Mathilda mit Nele reitet, dann passe ich auf die Kinder auf und im anderen Fall, wenn wir Paintball spielen, passt Mathilda auf.«

Alex spurtete los. »Also alle noch mal ins Wasser. Wer zuletzt kommt, bezahlt!« Vince überholte ihn auf dem letzten Stück, dicht gefolgt von Nele, die sich rasant in die Fluten stürzte. »Papa zahlt!«

Mein Mann saß wie immer am Platz und bewachte die Wertsachen. Mathilda mit Max auf dem Arm und ich folgten den anderen, während David mit Emely am Steinwall weiter baute.

Wir blieben nur kurz im kalten Wasser und trockneten uns schnell ab. Dann zogen wir uns im Mobilheim um und fuhren mit zwei Autos los.

Es waren nur wenige Kilometer, dann befanden wir uns mitten im Feld. Eingerahmt vom Wald lag eine Lichtung vor uns, auf der es ein riesiges Paintball-Feld sowie verschiedene Stallungen und Pferdekoppeln gab.

Die Kinder hatten geschlafen und waren entspannt. Da sie im Auto geschwitzt hatten, zog Mathilda sie um. Wir meldeten uns an und hörten, dass wir noch bis zur nächsten halben Stunde warten mussten. Man wies uns auf einen Garten hin. Er schien extra für Pausenzeiten eingerichtet zu sein. Es gab einen Sitzplatz, der von Weinreben beschattet wurde. Ein Getränkeautomat vervollständigte das Ganze und zwischen den schmalen

Bäumen hing noch eine Hängematte. Es war ein gepflegter und idyllischer Ort, an dem man es gut aushielt. Wir ließen uns hier nieder.
Auf dem Rasenplatz in Sichtweite stand ein großes Trampolin, auf dem die beiden Kleinen glücklich hüpften. David passte auf, während sich Mathilda und Nele die Pferde ansahen. Alex und Vince warteten am Paintball-Platz und beurteilten die andere Mannschaft, die vor uns dran war.
Während wir in der Gartenlaube saßen, kam eine schwarz-weiße Katze, die sich faul in eine Ecke legte. Die Atmosphäre war fröhlich und entspannt. Sogar Mathilda war gut gelaunt. Sie freute sich auf den Ritt durch den Wald. Dafür wurden Gruppen gebildet und verschiedene Warnschilder wiesen darauf hin, dass man für die Tour durch den Wald erfahren sein musste.
Ich ging zu meinen Töchtern und fragte: »Und, Nele, willst du auch reiten?«
»Ich kann reiten!«, behauptete Nele laut und ausdrucksstark. »Wann bist du denn geritten?«, wollte ich wissen.
»Bei Dunja durfte ich reiten!« Dunja war meine Freundin und sehr oft hatten wir sie nicht besucht.
»Lass sie es doch versuchen«, meinte Mathilda. »Sie wird schon nicht vom Pferd fallen!« Da war ich mir zwar nicht sicher, aber gegen den Willen der beiden konnte ich sowieso nichts ausrichten. Mathilda führte sich in diesem Urlaub auf, als wäre sie Neles Mutter und verwöhnte meine jüngste Tochter. Ich zuckte mit den Schultern, während Nele noch einmal trotzig bekräftigte: »Ich kann reiten!«

Die Pferde machten gerade Pause, aber das Paintball-Feld war bereit. Mathilda kümmerte sich um die Kleinen, während David, Alex, Vince, Nele und ich die Schutzausrüstung anzogen und unsere Strategie besprachen. David, Nele und ich sollten ein Team bilden gegen Alex und Vince. »Das ist ungefähr ausgeglichen«, meinte Vince, weil Johannes sich weigerte, mitzuspielen. Alex versuchte zwar, ihn umzustimmen, »Mensch, Papa, das ist doch nur ein Spiel!«, aber Johannes schüttelte den Kopf. »Ich helfe lieber Mathilda!«

Ich hatte noch nie Paintball gespielt und war sehr gespannt. David erzählte beim Umziehen erneut von einem Riesen-Bluterguss, der sehr geschmerzt hatte. Vince riet mir: »Bleib in Deckung, ein Treffer tut schon weh!« Schließlich waren wir alle ganz verändert. Wie kleine Soldaten sahen wir aus in unseren Uniformen. Dann drückte man uns die geladenen Waffen in die Hand.

In der Mitte des Feldes wurde eine Fahne platziert. Gewinner sollte die Gruppe sein, die es schaffte, die Flagge als erstes an sich zu bringen. Wir formierten uns und begannen, auf alles zu schießen, was uns in den Weg kam. David und Nele stürmten vor, während ich ihnen aus der Deckung heraus Feuerschutz gab. Auch Vince stürmte vor und wurde dabei von Alex gedeckt.

Ein Schuss von mir traf Vince am Nacken, während er zur Fahne spurtete. Er ließ sich ins Gras fallen und kroch weiter. Unser Team kam nicht richtig voran. Alex hatte David unter Dauerbeschuss genommen. Ich rief: »David, renn los, ich decke dich!« Er war schon sehr nahe an der Mitte und hätte nur noch ein Stückchen um die Ecke greifen müssen, um die Fahne zu ergreifen. Doch leider brachte mir David kein Vertrauen entgegen. Er blieb hinter dem Holzschutz, während Vince im Selbstmord-Modus losprintete, immer im Zickzack, und die Fahne gewann.

Alex und Vince jubelten, während David schimpfte: »Nur noch ein kleines Stück und ich hätte es geschafft!« Nele lachte. »Das hat Spaß gemacht!«

«Und, hast du etwas abbekommen?«, fragte Vince mich. Ich hatte nur einen einzigen Treffer am Oberschenkel erhalten. Vince dagegen erzählte von dem Schuss im Nacken, der etwas schmerzte. Ich entschuldigte mich. »Das war ich gewesen, als du vorgestürmt bist!«

Wir waren fröhlich und wollten gleich noch einmal spielen. Aber Mathilda rief: »Es ist Zeit für den Ritt!« Da gab es nichts zu diskutieren, David bestimmte: »Tut mir leid, Jungs, jetzt sind die Frauen dran!«

»Was bin ich?«, rief Nele im Vorbeigehen. »Du und Mama, ihr gehört zu den Jungs.«, tröstete Vince sie. Nele wusste nicht, was sie davon halten sollte, aber ich freute mich. Ein schöneres Kompliment hätte er mir nicht machen können.

»Und Papa?«, fragte ich. Vince schüttelte den Kopf. »Ist ein Mädchen!«

Wir entledigten uns der Schutzkleidung, während uns die nächste Gruppe, lauter gutgebaute Kerle, neugierig beobachtete.

Jetzt war Baby-Sitting dran. Waren die beiden Kleinen, Emely und Max, zuerst sehr zufrieden gewesen mit dem Streicheln der sanften Pferde-Nüstern, so war alles vergessen, als Mathilda auf das große Pferd stieg.

Sie winkte glücklich ihrer Tochter zu, während Emely begann, ängstlich nach ihrer Mama zu rufen. »Mama, Mama…«
Es wurde immer lauter. Herzzerreißend schrie sie, während Mathilda von hoch oben versuchte, sie zu beruhigen. »Ich bin doch nur kurz weg!« Dann ritt die Gruppe an.
Das Geschrei verfolgte Mathilda auf dem Weg. Emely wollte sich nicht beruhigen lassen, wollte weder aufs Trampolin noch die Katze streicheln noch irgendetwas anderes tun.
45 Minuten sollte der Ritt durch den Wald dauern und während der ganzen Zeit schrie Emely aus vollem Hals. Zwischendurch steigerte sie sich immer noch mal in der Lautstärke. Zuerst versuchten wir noch, das Kind zu beruhigen. Aber egal, was wir taten, sie ließ sich nicht ablenken.
David ging zum Auto, setzte Emely in ihren Kindersitz, machte das Radio an und lehnte sich zurück. Wir konnten sie noch immer schreien hören.
Ich nahm Max und setzte ihn in den Buggy. Dann fuhr ich mit ihm durch die Felder, sang einige Lieder und schließlich schlief er ein.
Als ich zurückkam, freute sich David, dass wenigstens einer schlief, während Emely noch immer kreischte. Mein Schwiegersohn schien Ärger gewöhnt zu sein, denn er saß ganz ruhig im Auto und ließ Emely schreien, »wenn sie will, bis zur Besinnungslosigkeit, mir macht das nichts aus.« Ich entfernte mich schnell, damit Max nicht aufwachte.

Nachdem Mathilda und Nele endlich vom Reiten zurückkamen, hörte auch sofort das Geschrei auf. Meine Tochter drückte die kleine Emely an sich und fragte sie: »Hast du die Mama vermisst?« Emely nickte schniefend. Man konnte es nicht fassen, aber sobald die Mama da war, war auch Emely wieder still.

Anschließend fuhren wir mit beiden Autos zurück zum Campingplatz und kauften unterwegs noch einige Packungen Eis ein. Dieser Tag sollte gefeiert werden, denn es war der zweite Urlaubs-Tag, an dem wir Spaß gehabt hatten.

Wir saßen noch lange auf der Holzterrasse und Mathilda erzählte von ihrem Pferd, das sehr schön lief. Nele hatte anscheinend Mühe gehabt, ihr Ross zu bändigen. Ständig wollte es aus der Gruppe ausbrechen. »Bist du denn schon mal geritten?« hatte die Gruppenleiterin Nele gefragt. Natürlich hatte sie dies auch bei ihr beteuert.

Wir waren entspannt und glücklich, so sollte sich Urlaub an jedem Tag anfühlen! Sogar David sah aus, als würde ihm dieser Urlaub gefallen. Er war wirklich hart im Nehmen.

Nachdem die Eisbecher verzehrt waren, sehnten wir uns nach einem kühlen Bad. Es war später Nachmittag und wir wollten uns noch einmal im Meer abkühlen.

Wir suchten uns wieder einen Platz auf den Steinplatten aus und ließen uns wie gewohnt auf unseren Handtüchern nieder.

Ich schaute mich um. Auf den Steinplatten lagerten viele Familien und im Wasser tobten die Kinder. Die Strandbar war gut gefüllt und auf dem Volleyball-Feld spielten junge Leute. Es war alles wie immer und doch hatte sich etwas verändert.

Ich war mir sicher, dass es unsere Einstellung war. Mit einem Mal war Kroatien gar nicht mehr so furchtbar. Obwohl es für einen Sommerurlaub immer noch zu kühl war und das Liegen auf den Steinplatten nervte. Nichtsdestoweniger waren die Attraktionen, die man im Land erleben konnte, von überragender Qualität. Und wir hatten heute eine Menge erlebt.

Ohne Drohungen, angedichtete Straftaten und Geldprobleme wäre das noch ein schöner Urlaub geworden.

Es war an der Zeit, mich für mein persönliches Endspiel zu stählen!

Hält der Plan, was er verspricht?

Am nächsten Morgen ging es mir gut. Wir waren früh schlafen gegangen und nun war ich wach. Es war noch ganz früh am Tag.

Ich verließ sehr leise das Bett, um meinen Mann nicht zu wecken. Aber Johannes wollte selbst im Halbschlaf wissen, wo ich hin ging. Ich murmelte etwas von »komme gleich wieder!« und schloss die Schlafzimmertür sanft hinter mir.

Ich wollte noch einen Moment mit meinen Gedanken allein sein.

Ich öffnete die Terrassentür und ließ Luft herein. Dann streckte ich meine Glieder. Der Morgen war so ruhig, wie ich es liebte. Ich setzte Wasser auf, aber nicht im Flötenkessel.

Dann machte ich mir einen Kaffee und nahm einige Kekse, die vom gestrigen Tag noch übriggeblieben waren.

Auf der Terrasse wollte ich meinen Schlacht-Plan ausfeilen.

Es war ein frischer Morgen, wahrscheinlich hatte es während der Nacht erneut geregnet. Die Luft war gut zum Durchatmen, sehr frisch, aber der Himmel schaffte es nur bis grau-blau. Die Sonne ließ sich noch zu viel Zeit. Das hatte mir in diesem Kroatien-Urlaub am meisten gefehlt. Die wärmende morgendliche Sonne auf meiner Holz-Terrasse. Dennoch wusste jeder Mensch, dass es die Sonne gab. Sie war da, ob ich sie sehen konnte oder ob sie sich hinter Wolkenbergen versteckte.

So war es auch mit der Gegenwart Gottes in meinem Leben. Auch wenn ich ihn nicht immer wahrnahm, war er da und half mir.

In der letzten Nacht hatte ich wieder einen Traum gehabt. Es ging dort weiter, wo es vor unserem Urlaub aufgehört hatte. Ich wurde verfolgt und musste fliehen, ohne anzuhalten und ohne zu pausieren. Mit der Gefahr im Nacken war ich gerannt.
Ich träumte, wie ich davonlief und wie sämtliche Kriminelle der Küstenregion hinter mir her waren.
Dann sah ich die Fürstin, die mich mit einer Hand in eine Gasse zog. Minutenlang standen wir beide heftig atmend dort und sahen, wie die Verfolger vorbeiliefen. Sie hatten unseren Richtungswechsel nicht bemerkt.
Die Atempause war nur kurz, das Bild wechselte und schon wieder waren Kriminelle hinter uns her. Die Fürstin lief in die eine Richtung, ich in die andere. Erneut konnten wir beide entkommen.
Bis ich zu einer Weggabelung kam. Dort warteten die Gesetzwidrigen schon auf mich. Als ich nicht weiter wusste und als ich keinen Ausweg mehr sah, zog mich eine Hand kraftvoll in einen Hintereingang hinein.
Ich konnte die Person nicht erkennen, sie trug einen Mantel mit Kapuze, aber an der Tür sah ich ein Schild, auf dem *Haus der Hoffnung* stand.
Dieser Traum erklärte sich selbst. Das ständige Laufen und die Angst, erwischt zu werden, das kannte ich schon. Aber nun kamen zwei neue Protagonisten dazu. Die Fürstin musste ebenso, wie ich, rennen. Sie war nicht meine Gegnerin. Und zusätzlich hatte ich noch Hilfe von einem Helfer erhalten.
Das bestätigte meinen Plan und leitete über zum nächsten Schritt!
Als dann mein Mann wach wurde und sich gleich auf den Weg zum Bäcker machte, da schwieg ich noch.

Wir frühstückten gemeinsam, jeder in seine Gedanken versunken.
Es dauerte, bis Alex und Vince auch endlich wach waren und bis sie zu uns auf die Holz-Terrasse traten. Alex fing gleich wieder mit seiner Problembewältigungs-Strategie an. In dieser Hinsicht waren sich Johannes und er sehr ähnlich. Sie konnten beide direkt aus dem Bett kommen und reden. Vince und ich, wir tickten anders. Wir brauchten eine gewisse Anlaufzeit.
Alex redete zwischen zwei Bissen: »Mit einem Ballon über die Grenze« oder das Highlight: »Ein U-Boot mieten«, während Vince murrte: »Muss das jetzt schon wieder sein?«
Es wurde Zeit, diese Diskussion zu beenden.
»Ich hatte einen Traum!«
Ein dreifaches Stöhnen war zu hören.
»Tut mir leid, aber da müsst Ihr jetzt hindurch! Dieser Traum bestätigt meinen Plan von gestern. Er ist gewagt, aber er kann gelingen!«
»Na, dann erzähl mal!«, forderte mich mein Mann auf.
Sie waren nicht begeistert. Es gab viele Unwägbarkeiten und Schwachstellen und im schlimmsten Fall konnte alles nach hinten losgehen. Außerdem müsste ich ein gewisses Vertrauen in Leute setzen, die ich nicht näher kannte. So etwas konnte schiefgehen.
Ich war völlig von meinem Entwurf überzeugt, denn ich glaubte daran, dass dieser Traum von Gott kam. Damit zeigte er mir den Ausweg. Solche Träume konnte jeder Mensch haben. Es waren die Visionen, die man nicht verstand, von denen man aber die ungefähre Ahnung hatte, dass sie wichtig für das eigene Leben waren.
Meine Familie dachte anders über Träume, trotzdem vertrauten sie mir. Mama würde es schon richten, das

hatte ich unzählige Male vorher bewiesen. So stöhnten sie zwar, aber sie würden alle mitwirken.
Ich gab die Anweisungen. Mein Mann sollte sich anziehen. Alex und Vince bat ich, zu Mathilda und David hinüberzugehen und den Tag mit ihnen gemeinsam zu verbringen. Dafür spendierte ich einen meiner letzten Kuna-Scheine, für Pommes, Getränke und Eis.
Währenddessen überlegte ich, wo wir einen unbeteiligten Übersetzer herbekommen sollten. Mein Englisch konnte den komplizierten Plan nicht ausreichend erläutern. Und jeder Fehler konnte von nun an verhängnisvoll sein.
Wer könnte mir in einem fremden Land helfen?
Als ich so darüber nachdachte, fiel mir eine Begebenheit aus einem unserer früheren Urlaube ein. Auf dem Weg nach Livorno mussten wir eine steile und kurvenreiche Talfahrt von der Bergspitze hinunter nach Genua bewältigen. Da wir die ganze Steigung zwischen zwei Lastwagen fuhren, traf ein aufgewirbelter Stein die Windschutzscheibe unseres Autos. Den großen Riss, der sich über die Mitte der Scheibe zog, stellten wir erst später fest.
Verunsichert, ob die Scheibe den Rückweg noch aushalten würde oder nicht, rief mein Mann bei unserem Automobilclub in München an. Sie versprachen Hilfe und meldeten sich nach einer Viertelstunde wieder. Dann berichtete uns der Sachbearbeiter von einer Werkstatt in der Nähe von Livorno, in der jemand Englisch sprach.
Als wir in der Werkstatt ankamen, wurden wir bereits erwartet. Es begrüßte uns eine junge Frau, die gut Englisch sprach und nach einer kurzen Überprüfung wurde uns mitgeteilt, dass die Scheibe noch bis Deutschland halten würde. Am Heimatort konnten wir alles kostengünstig abwickeln.

Wir waren mehr als zufrieden. Normalerweise wurde man in Werkstätten als Tourist ordentlich übers Ohr gehauen. Aber hier bekamen wir durch unseren Automobilclub einen sehr guten Service geboten.

Deshalb rief ich jetzt in dieser Situation ebenfalls in München an, und zwar von Davids Handy aus. Die dortigen Sachbearbeiter fanden die Frage nach dem Dolmetscher ganz normal und wollten wissen, in welchem Ort ich die Hilfe benötigte. Um sehr viel Abstand zwischen den rätselhaften Dolmetscher in Pula und uns zu bringen, gab ich die etwas entfernte nächstgrößere Stadt an, Porec.

Auch diesmal wurde uns schnell geholfen. Ich erhielt zwei Namen mit Rufnummern, von denen ich mir eine aussuchen konnte. Ich überlegte.

Den Namen des einen Übersetzers konnte ich nicht aussprechen, während der andere Dolmetscher mit Vornamen Justus hieß. Dieser Name erinnerte mich an die drei Fragezeichen und das fand ich, war ein gutes Orientierungszeichen.

Ich telefonierte mit Justus, dem Übersetzer, und bat ihn, zum Schloss der Fürstin zu kommen. Dann ließ ich die Fürstin von der Rezeption aus anrufen und bat um einen Wagen. Als Grund betonte ich, dass es sich um eine wichtige Angelegenheit handelte.

Dann warteten wir, Johannes und ich, bis der Chauffeur der Fürstin eintraf, der uns wie alte Bekannte begrüßte.

Ich bin aufgewacht und suche Wärme.
Meine Hand tastet nach ihm, doch er ist nicht im Bett.
Wo kann er sein?
Hat er auch schlecht geschlafen?
Ich ziehe mir den Morgenmantel über, die Hausschuhe an und trete in den kalten Flur.
Nirgendwo brennt Licht.
Er ist in der Küche, hat etwas Hunger, macht sich ein Brot, so versuche ich mich, zu beruhigen.
Er ist nicht gegangen, er wird dich nie verlassen.
Er ist die Liebe deines Lebens, der Mann, der immer an deiner Seite bleiben wird, voller Leidenschaft und Temperament.
Antonio, der glutvolle Italiener, der sich galant über meine Hand beugt.
»Fürstin!«
Der sich mit schönen Worten den Eingang in mein Herz erschlich. Leise und gekonnt, bis meine Mauern fielen.
Sehr bald heirateten wir und seitdem lebten wir in himmlischen Höhen. Es war eine unvorstellbar gute Zeit, voller Geigen und Flöten.
Auch im Untergeschoss kann ich ihn nicht finden.
Antonio, bist du in den Garten gegangen? Die laue Nachtluft genießen?
Doch die Eingangstür ist verschlossen.
Ich trete bis zur Kellertür vor, sie ist nur angelehnt.
Ohne das kleinste Geräusch zu machen, schleiche ich hindurch, voll düsterer Vorahnungen.
Warum? Mein Herz hämmert.
Der Lichtschein kommt aus dem gesicherten Raum. Antonio steht zwischen geöffneten Kisten und blättert Akten durch. Überall liegen kostbare Besitzurkunden herum, aber die Wich-

tigste hat er nicht gefunden. Sie bewahre ich seit kurzem in einem geheimen Tresor auf. Unantastbar!
Ich trete näher, so dass er mich sehen kann.
Mein Gesicht ist verzweifelt, mein Herz gebrochen.
Waren all seine Liebes-Beteuerungen nur eine Lüge?
»Warum?«, schmettere ich ihm entgegen. »War alles eine Lüge?«
Er lässt die Hände sinken und tritt einen Schritt auf mich zu.
»Theresia, es ist nicht das, wonach es aussieht!«
»Nein?« Warum sagen Männer das immer wieder?
Wonach sieht es denn aus?
Nach Lüge, Betrug und Verrat.
Was soll ich davon halten?
Ich renne nach oben in unser Schlafzimmer und schließe mich ein.
Die dicke Eichentür erzittert unter seinen verzweifelten Schlägen.
»Theresia, lass mich hinein. Lass es mich doch erklären!«
Nein, nie wieder werde ich dich in mein Herz und in meine Nähe lassen.
Nie wieder!
Verraten um ein paar Silberlinge!
Ich weine in mein Kissen, bis am Morgen die Bediensteten kommen und an meine Tür klopfen.
Er, mein Geliebter, ist gegangen.

Entscheidung

Die Fürstin begrüßte uns freundlich, aber auch neugierig. Ich tauschte ein paar Floskeln mit ihr auf Englisch aus und bat um Geduld, wir hätten einen Dolmetscher bestellt.

Auch heute brachte uns das Dienstmädchen Kaffee, Gebäck und kühle Getränke und ich wusste, ich würde diese bevorzugte Behandlung vermissen.

Wir saßen abermals an dem Platz im Freien, der den Blick ins grüne Tal freigab. Die Sonne stand sehr hoch am Himmel, hatte aber immer noch keine Kraft, nur einige zögerliche Strahlen fanden den Weg zu uns.

Ich genoss die friedliche Ruhe, die mir schon beim ersten Besuch aufgefallen war. Hier konnte ich innehalten, ohne mir Sorgen zu machen. Kein Unbefugter konnte sich Zugang zu diesem gesicherten Anwesen verschaffen.

Jetzt wurde der Übersetzer angekündigt.

Ich war neugierig und auch etwas aufgeregt, ob dieser Justus das halten würde, was ich mir vorstellte.

Unser Dolmetscher kam zwar in einer Anzughose, aber er trug ein blaues Poloshirt, dessen Kragen ein Stück weit offenstand. Haarbüschel waren darunter zu erkennen. Nicht ganz angemessen für einen Besuch im Schloss, dachte ich. Er sah auch nicht wie ein Büromensch aus, sondern eher wie ein Sportler, braungebrannt und muskulös. Mittelbraune längere Haare fielen ihm bis in die Augen. Leichte Fältchen umspielten sie. Sein sympathisches, sorgloses Gesicht strahlte uns an.

Er verbeugte sich leicht, zuerst vor der Fürstin und dann vor mir und stellte sich zweisprachig vor.

Seine Mutter war Deutsche und sein Vater Kroate. Er wuchs in Bonn auf, in einer Hochhaus-Siedlung.

Direkt nach dem Gymnasium absolvierte er ein Jura-Studium und er hätte es sicherlich auch zum Abschluss gebracht, wenn er nicht in der Heimat gebraucht worden wäre.

Sein Vater, der einst wieder zurück nach Kroatien zog, hatte sich ein kleines Geschäft aufgebaut, Übersetzungen und Schreibaufträge. Da er erkrankte, hatte er Justus gebeten, für ihn einzuspringen.

»Ich war jung und abenteuerlustig, so kam ich nach Kroatien und konnte nicht mehr zurück. Ist es hier nicht herrlich mit unserer kräftigen Sonne, dem erfrischenden Meer und den vielen Sportmöglichkeiten?«

Ich sah zweifelnd zum Himmel, was er bemerkte.

»In den letzten Tagen war es nicht so heiß, das stimmt schon, aber normalerweise brennt die Sonne kräftig vom wolkenlosen Himmel und dazu weht die frische Brise vom Meer her, was will man mehr?«

Als er mal eine kurze Pause machte, bat ihn die Fürstin, sich zu setzen. Sie ließ ihm Kaffee und Kuchenstückchen bringen, die er aber vorerst nicht anrührte.

Es wäre ihm eine Ehre, für die Fürstin zu arbeiten. Und er sei sehr gespannt, um was es denn ging. Nicht, dass man ihn noch überraschen könnte. Da er ehrenamtlich für einen Verein arbeitete, der in Not geratenen Menschen half, hatte er schon einiges erlebt.

Ich fand ihn überaus authentisch, ein echter Idealist. Seine Augen leuchteten, als er sagte »Es ist ein einfaches Leben, aber es macht mich glücklich!«

Ich nickte. Mit Sicherheit war das Leben hier angenehmer als in einer Hochhaus-Siedlung in Bonn.

Ich atmete auf und dachte an das Haus der Hoffnung aus meinem Traum. Dieser Justus schien der dringend benötigte Helfer zu sein.

Nachdem sich unser Dolmetscher dem vorzüglichen Kaffee und den Kuchenstücken widmete, warf ich ein, dass ich gravierende Nachrichten für die Fürstin hatte.

Ich erzählte meine Geschichte von Anfang an und ließ auch den ersten Dolmetscher nicht aus. Justus aß schweigend und hörte mir gespannt zu. Die Fürstin sah konsterniert in meine Richtung.

Auf Englisch gab ich ihr zwischendurch zu verstehen, dass sie über diese Dinge schon Bescheid wusste.

Theresia nickte.

Als Justus alle Informationen kannte, fügte ich hinzu, dass ich neue Informationen hatte.

Ich erzählte von dem Verhör der Grenzbeamten und bat Justus, dies der Fürstin zu übersetzen.

Nichts ließ ich aus, auch nicht meine angebliche Strafakte, den machtlosen deutschen Botschafter und unsere Hilflosigkeit. Wie gut tat es mal, wirklich alles loszulassen.

Die Fürstin runzelte die Stirn und ich kam zum Punkt.

Ich erzählte von den Drohungen der Beamten und dass wir das Land nicht mehr verlassen konnten, bis ich die Fürstin diesen Männern ausgeliefert hätte.

Als dieser Satz übersetzt worden war, sprachen alle durcheinander. Es war so schön, dass mein Problem zur Sprache kam.

Die Fürstin schimpfte auf Kroatisch. Der Dolmetscher versuchte sich Gehör zu verschaffen. »Das ist sehr schlimm! Was genau sollen sie tun?«
Er übersetzte diese Frage auch für die Fürstin, die wieder gespannt zuhörte.
»Den Drohungen sind wir nur ausgesetzt, weil die Beamten von mir erwarten, dass ich Fürstin Theresia in eine Falle locke!«
»Und wie genau wollen sie das bewerkstelligen?«, kam die Frage des Dolmetschers.
»Ich soll Fürstin Theresia anbieten, morgen Abend noch einmal die Rollen zu tauschen, damit man sie in Pula verhaften kann!"
Die Fürstin erstarrte, als sie das hörte.
Der Dolmetscher hatte sich schneller gefangen. »Und warum erzählen Sie uns das?«
Ich sprach mit Nachdruck.
»Sagen Sie der Fürstin, dass ich nicht bereit bin, sie in die Falle zu locken. Ich weiß zwar noch nicht, wie wir trotzdem das Land verlassen können, aber mir wurde klar, dass die Fürstin über die Pläne der Grenzbeamten Bescheid wissen sollte.«
Nachdem der Dolmetscher meine Worte übersetzt hatte, griff Fürstin Theresia über den Tisch nach meiner Hand und sagte mit warmer Stimme, dass sie mich gleich für eine ehrbare Frau gehalten hatte und wie glücklich sie war, dass ich von der Intrige erzählte.
Noch nie, so betonte sie, hatte sie davon gehört, dass eine Touristin als Retter in der Not aufgetreten war. Und nun kam ich daher, eine Fremde, die eine kroatische Einwohnerin schützen wollte. Der Fürstin fehlten die Worte.

Ich nahm den herzlichen Ausdruck ihrer Dankbarkeit gerne entgegen. Das zeigte doch nur, dass wir anständige Touristen waren. »Fürstin«, sagte ich zu ihr. »Nicht alle Deutschen trinken aus dem Eimer!«

Mein Mann prustete los. Es fehlte noch, dass er die Cola über den festlichen Tisch gespuckt hätte.

Insgesamt war die Atmosphäre gelöst. Auch wenn ich noch nicht wusste, wie wir das Land ungeschoren verlassen konnten, hatte ich doch das Gefühl, richtig gehandelt zu haben.

Geheimnisse

Nach einer kurzen Pause, in der die Fürstin nach allen Ausführungen aufgestanden und ein paar Schritte gelaufen war, setzte sie sich wieder zu uns und fragte mich:
»Wann dürfen sie abreisen, wenn sie mitspielen?« Ich entgegnete: »Am 23.!«
»Warum so spät?« sprach die Fürstin mehr zu sich selbst.
»Wenn sie mich am 21.07. verhaften wollen, warum dürfen Sie erst am 23.07. abreisen? Da wurde noch eine Hinterlist geplant!«
Die Fürstin sah den Dolmetscher fragend an. So wie es aussah, vertraute sie ihm auch. »Was würden Sie empfehlen?«
Justus fasste die Fakten zusammen.
»Momentan haben wir zwei Probleme. Sie, werte Fürstin, wollen nicht verhaftet werden von irgendwelchen Grenzbeamten, die wir nicht mal mit Namen kennen. Und sie, werte Frau Lynn, möchten mit ihrer Familie baldmöglichst das Land verlassen.«
Ich unterbrach ihn. »Ich möchte sogar noch mehr, ich möchte meinen Namen reinwaschen!«
Justus nickte. Wieder wurde übersetzt. Auch die Fürstin stimmte zu. Beiden war klar, dass hier auch meine Ehre und mein Ruf auf dem Spiel standen.
»Fassen wir zusammen«, ließ sich Justus erneut vernehmen. »Wenn sie zum Schein auf das Geschäft eingehen und wir einen Weg finden, die Fürstin zu schützen und ihre Familie über die Grenze zu bringen, dann wären sie beide in Sicherheit! Nur ihre Ehre kann ich nicht wiederherstellen.«

Als die Worte übersetzt waren, nickte die Fürstin mir zu. Ihre Stimme klang stolz und leidenschaftlich: »Wir Kroaten vergessen keine gute Tat. Ich werde den Polizeipräsidenten bitten, ihre Akte zu bereinigen.«

Einen Moment lang war es still. Jeder hing seinen Gedanken nach. Sollte es möglich sein, den Fallstricken zu entkommen?

Man merkte Justus den Juristen an, als er ausführte: »Kommen wir doch erst mal zu den Umständen. Können sie uns erklären, Fürstin, warum die Beamten ihre Ergreifung wünschen?«

Fürstin Theresia seufzte: »Das ist eine lange unschöne Geschichte!«

Sie sah nicht so aus, als ob sie uns diese erzählen wollte. Wir warteten. Es machte so keinen Sinn, für den weiteren Plan mussten wir über alles informiert sein.

Justus übernahm die prekäre Situation mit Fingerspitzengefühl. Er sah Theresia bittend an. »Fürstin! Sie verstehen, wir müssen alle Fakten kennen!«

Theresia wandte sich ab, bevor sie zögerlich begann.

»Es geht stets um mein Vermögen, vorwiegend bebauten Grundbesitz. In meinem Keller befinden sich alle Eigentums-Urkunden."

»Welche Bebauungen?«, unterbrach Justus die Erklärung.

»Mein Großvater nannte viel Land sein Eigen. Darunter sind Gutshäuser, Teile von Militäranlagen, wie das Kastel, historische Gebäude und Bauernhöfe.

»Das Kastel?«, fragte der Dolmetscher. »Das gehört doch den Venezianern!«

Die Fürstin schüttelte den Kopf. »So sagt man seit der Grenzziehung 1924. Angeblich fiel damals ganz Istrien an Italien!«

Wie aufregend, endlich kam die Geschichte ins Rollen!

Die Fürstin schmunzelte und sprach weiter: »Da das Kastel strategisch wichtig für unsere Verteidigung war, ritt mein Großvater eines Tages über die Ponte della Libertá nach Venedig. Dort wurde er im Dogenpalast empfangen. Er führte einen Kaufvertrag und ein kleines Vermögen mit sich.

Venetien war damals wirtschaftlich angeschlagen und die »Spende« meines Großvaters wurde gewürdigt. Er erzählte mir oft die Geschichte. Wie er im Dogenpalast gesessen und hart verhandelt hatte, immer unterbrochen von einigen Gläsern Amarone della Valpollicella. Gut, dass sein Pferd den Weg nach Hause kannte.« Die Fürstin lächelte versonnen. »Wenn ich ihn gefragt habe, wie viel das Kastel gekostet habe, dann zog er mich in seine Arme und sagte: »Mehr, als du in deinem ganzen Leben ausgeben kannst, moj voljeni!«

Er war ein großartiger Mann gewesen, edel, stark und mutig. Ich vermisse ihn sehr. Hätte ich ihn heute an meiner Seite, dann gäbe es keine Feinde, die ich fürchten müsste!«

Die Fürstin war verstummt. Es schien so, als wäre es ihr peinlich, so emotional geworden zu sein.

Justus übernahm wieder die Gesprächsführung: »Sie haben die Besitzurkunde des Kastels in ihrem Keller?«

Die Fürstin schüttelte den Kopf. »Nicht mehr, seit es die Anschläge auf mein Leben gab.«

»Wo lagert sie jetzt?«, das fragte mein Mann. Auch ihn fesselte die Geschichte.

»In einem geheimen Tresor!« Mehr würde sie dazu nicht sagen, das war klar.

»Diese Urkunde muss ja unwahrscheinlich wertvoll sein. Ein strategischer Verteidigungspunkt, von dem niemand weiß, wem er gehört!" Justus schien auch gerade die Banknoten zu zählen.

Die Fürstin nickte wieder.

»Warum ist es so wertvoll?«, wollte ich wissen.

Ich kannte das Kastel nicht und hatte es auch nicht im Reiseführer entdeckt.

Der Dolmetscher versuchte, es mir zu erklären. »Es liegt genau auf der Grenzlinie zwischen Venetien und Istrien, ist also strategisch und historisch wichtig, dazu denkmalgeschützt.«

»Ja, aber wahrscheinlich halb verfallen, wie vieles hier in Istrien!«, hielt ich dagegen. Was wollte jemand mit diesem alten Kasten anfangen?

Die Fürstin nickte wehmütig. »Es wurde damals gekauft, wie besehen, nichts wurde verändert. Es müssen noch Waffen dort liegen. Gewehre, Stabgranaten, Munition und ein Teil der Kriegsbeute. Deshalb war der Kaufpreis auch sehr hoch.«

Mein Großvater meinte, die Waffen umzulagern, wäre zu gefährlich. Irgendetwas könnte dabei explodieren. Ihm war die strategische Ausrichtung für sein Heimatland wichtiger. Also ließ er alles unberührt an seinem Platz. Dennoch hatte er im Dogenpalast Gerüchte gehört, dass im Kastel noch Gold verborgen sei, in einem angeblichen Geheimgang. Ein Teil der Kriegsbeute, die nie abgeholt wurde. Vielleicht war es nur eine Äußerung, um den Preis hochzutreiben. Großvater war sich nicht sicher.

Er hat das Areal abriegeln lassen und mit einem Wachschutz versehen. Er nannte das Ganze immer eine Rücklage für die Zukunft, damit sollte es mir gut gehen. Großvater dachte immerzu an mich. Aber was nutzt mir das ganze Geld, wenn mir die Freiheit fehlt, um es auszugeben?

Wir nickten, das passte nicht. »Warum sind sie eigentlich nicht verheiratet?«, fragte ich. »Liegt es daran, dass kein Mann an ihren Großvater heranreicht?« Das war doch naheliegend.

Die Fürstin nickte. »Vielleicht! Einmal dachte ich, ich hätte ihn gefunden.«

Sie verstummte.

»Was ist geschehen?«, fragte ich.

Die Fürstin wandte sich ab.

»Das ist keine schöne Geschichte!«

»Hängt es mit den Anschlägen auf ihr Leben zusammen?«, fragte Justus sanft.

Die Fürstin nickte. Sie wandte sich uns zu. »Eines Nachts wachte ich auf und fand ihn im Keller!« Die Worte wurden herausgestoßen.

»Wo die Besitzurkunden lagerten?«, wollte mein Mann wissen.

Die Fürstin nickte. »Er suchte die Niederschrift des Kastels!«

»Die sich schon im geheimen Tresor befand?«, mutmaßte ich.

Die Fürstin nickte erneut.

»Bis zum Morgen ist er gegangen. Ohne einen einzigen Kuna in der Tasche!« stieß sie hervor.

»Vielleicht wurde er unter Druck gesetzt und liebte sie trotzdem?«, mahnte mein Mann.

Die Fürstin fuhr herum. Ihre Augen glänzten, als sie hervor schmetterte: »Ihre Frau wurde auch unter Druck gesetzt und wir haben noch nicht mal eine Beziehung. Trotzdem tut sie das Richtige. Nein, man kann es nicht entschuldigen! Er hat mich hintergangen und unsere Liebe mit Füßen getreten. Jeder Mann, der liebt, würde für seine Frau sogar sein eigenes Leben opfern!«

Das sah ich auch so. Die Liebe tat alles für den Anderen.

»Gesetzlich«, fuhr die Fürstin in ruhigerem Ton fort, »ist er noch mein Erbe, wenn mir etwas zustößt. Ich muss so bald wie möglich die Scheidung einreichen, aber nach den vielen Anschlägen auf mein Leben habe ich mich nicht mehr hinausgewagt.«

Wir waren still geworden. Das war eine schlimme Geschichte. Die Fürstin war zwar eine reiche Frau, aber ihr fehlte das, was den Wert des Lebens ausmachte, nämlich Menschen, die sie liebten und die mit ihr durch dick und dünn gingen.

»Dann ist die Lage klar«, übernahm Justus erneut die Gesprächsführung.

»Sie sind beide ohne eigenes Verschulden in diese prekäre Situation geraten und somit biete ich Ihnen die Hilfe meiner Organisation an. Mit vielen Helfern werden wir sie, werte Fürstin, vor der Habgier ihrer Verfolger schützen und sie,« damit sprach er mich an »und ihre Familie werden wir in Sicherheit bringen! Auf mein Wort, der 21.07. wird in die Geschichte eingehen!«

Ich gestattete es mir, innerlich zu jubeln.

»Und danach, werte Fürstin, werde ich unverzüglich die Unterlagen für ihre Scheidung vorbereiten. Es wird Zeit, diese Tragödie endgültig zu beenden!«

Ich atmete aus. Ich hatte gar nicht bemerkt, dass ich kurz die Luft angehalten hatte.

Unser Dolmetscher reichte uns die Hand, wie in meinem Traum, als er mich in die sichere Gasse zog. Ich strahlte die Fürstin an, die auch von Justus überzeugt schien.

Sie bestätigte den Plan. »Wir arbeiten zusammen. Ich beschäftige die beiden Beamten die ganze Nacht lang bis zum Morgen.« Dabei sah sie Justus an, der zustimmend nickte und anfügte: »Rein in den Club, raus aus dem Club, rein in die Bar, raus aus der Bar ... Mit vielen Helfern wird das ein Kinderspiel!«

»Und währenddessen«, wandte sich die Fürstin an mich »sollten sie mit der ersten möglichen Fähre nach Venedig übersetzen, bevor die Beamten sie noch aufhalten könnten!«

Mein Mann, der bisher meist still am Tisch gesessen und nur zugehört hatte, ergriff das Wort: »Dann sollen wir am 22.7. die Fähre von Pula aus nehmen? Kommen wir denn überhaupt zu diesem Datum an Bord? Unsere Tickets sind doch für den 23.7. hinterlegt!«

Das war immer noch das größte Problem. Wie kamen wir, während die Fürstin die beiden Grenzbeamten beschäftigte, ungesehen aus dem Land heraus?

Justus wusste eine Antwort. »Den Fall hatten wir schon mal. Damals war es kein Problem, die mit Kreditkarte bezahlten Tickets umzubuchen. Ich werde das für sie übernehmen.

Und sobald sie in Italien landen, können sie die örtlichen Behörden aufsuchen und ihre Version der Geschichte mitteilen.
Aber jetzt buchen wir erst einmal die Karten um.
Lassen sie mich als ihr Anwalt anrufen.
Da mihi factum dabo tibi ius – Gib mir den Sachverhalt, ich werde dir das Recht geben!«
Auf unsere verständnislosen Blicke erklärte Justus: »Vor einem Advokaten haben die Menschen immer Respekt. Der Sachverhalt wird hier die Gesundheit der Beteiligten sein.«
Wir gingen ins Haus und der Dolmetscher, der ein absoluter Glücksgriff zu sein schien, griff zum Telefon. Er ließ sich die Nummer der Linie »Direct Ferries« geben und sprach zu einem Verantwortlichen mit einem Schwall kroatischer Vokabeln, während die Fürstin lächelte.
So, wie es aussah, machte der Dolmetscher seine Sache gut.
Als er schließlich auflegte, verbeugte er sich galant vor uns.
»Das war mein Beitrag im Sinne der Gerechtigkeit.
Ihre Überfahrt ist umgebucht auf den 22.7. um 6.40 Uhr.
Seien sie pünktlich!«
Ich war so froh, dass ich ihn spontan umarmte. Wie gut, dass ich diesen Justus gewählt hatte.
Sein "Do videnja" klang sehr herzlich! Er verabschiedete sich mit den Erklärungen, dass er für alle Fälle das Generalkonsulat in Mailand ins Bild setzen werde. Und dass mich ein Mitarbeiter des Konsuls, mit dem er bereits in einem anderen Fall zu tun hatte, bei der Einreise nach Italien anrufen werde. Dazu hatte er meine Handynum-

mer notiert. Wenn alles planmäßig lief, sollte ich einfach auflegen.

Für die Fürstin würde er den Abend des 21.7. planen, mit allen Möglichkeiten und allen Eventualitäten.

Das Abenteuer kam zum Abschluss. Ich hatte Fürstin Theresia die Chance geliefert, heil aus der Sache herauszukommen und dabei selbst die Möglichkeit erhalten, das Land zu verlassen.

Ein fähiger Justus hatte den Weg bereitet!

Trotzdem sorgte ich mich um die Fürstin. Was, wenn die beiden Beamten sie doch erwischen würden? Aber die edle Dame winkte ab. Sie hatte beim letzten Besuch von Pula alte Freundschaften erneuert und konnte in jeder Bar untertauchen. Mit genügend Leibwächtern und zusätzlichen Helfern sollte alles gut gehen.

Bis wir sicher das Land verlassen hatten, würden die Fürstin und alle Helfer die Grenzbeamten beschäftigen.

Wir trennten uns mit dem Versichern unserer gegenseitigen Hochachtung.

Letzter Bummel in Pula

Wir fuhren zurück zum Campingplatz und ich instruierte Mathilda und David, am nächsten Tag einzupacken und dann am 22.7. sehr früh aufzubrechen. Das war für sie kein Problem, da die beiden Kleinen meist ab 5 Uhr morgens wach waren.

Alex, Vince und Nele lagen noch am Strand, wie mir Mathilda versicherte. Sie hatten noch nicht nach uns gefragt.

Johannes und ich, wir kauften noch ein paar Kleinigkeiten im campingeigenen Supermarkt ein, als wir die beiden Grenzbeamten am Ausgang trafen.

Sie begleiteten uns ein Stück und wollten wissen, was ich erreicht hatte. Ich sagte ihnen, dass die Party am 21.07. steigen werde und dass wir schon ein paar Kleidungsstücke einpacken. Sie waren mit mir zufrieden und ließen uns gehen.

Weil mich dieser kurze Kontakt mit den Grenzbeamten verstimmt hatte, bat ich meinen Mann, mit mir gemeinsam nach Pula zu fahren. Wir hatten die Stadt nur beim kurzen Durchhetzen gesehen und kannten das Nachtleben noch nicht. Kleingeld hatten wir zusammengespart.

Wir parkten beim Colosseum und wunderten uns. Das historische Gebäude war rosa angestrahlt. Es sah überwältigend aus. Sicherheitsbeamte bewachten die Eingänge vor dem Amphitheater, von denen der eine der normale Eingang und der zweite ein spezieller VIP-Eingang war. Eine berühmte Persönlichkeit, die mir selbst völlig unbekannt war, lief durch den VIP-Eingang, gefeiert von der zuschauenden Menge.

Das wäre ein weiteres Highlight gewesen, einmal durch diesen VIP-Eingang zu laufen, der einfachen Menschen, wie mir, prinzipiell versagt blieb. Der Fürstin hätte man das Tor freigemacht.

An meinem Rang hatte sich nichts geändert, trotzdem fühlte ich mich wohler als vorher, da das Ende des Problems vor meinen Augen war.

Wir waren eben nur einfache Touristen und liefen eine Straße höher, um von oben in das Colosseum blicken zu können. Ein Plakat informierte uns darüber, dass hier in Pula die Internationalen Filmfestspiele stattfanden.

Auf einem riesigen Bildschirm wurde im Amphitheater der neueste Film gezeigt. Dabei moderierte ein deutsches Unternehmen mit magentafarbener Beleuchtung.

Auch die ganze Stadt war erleuchtet, als wir hindurch schlenderten. Am Sergierbogen war ebenfalls eine Riesen-Leinwand aufgebaut. Viele Menschen saßen auf Stühlen und sogar auf dem Boden, um sich den Film anzusehen, der dort gezeigt wurde.

Wir hatten keine Lust, uns zwischen die vielen Menschen zu setzen und liefen weiter, bis wir zu einem Café kamen. Dort ließen wir uns nieder und bestellten zwei Eisbecher. Wir saßen hier ganz ruhig und kamen uns nicht gefährdet vor. Die Stadt war voller Menschen und viele Touristen waren unterwegs, aber alles schien friedlich.

Nach dem Eisbecher fuhren wir zurück zum Campingplatz, es war zwar noch früh, aber wir hatten keine Lust, eine Bar oder einen Club zu besuchen.

Alex und Vince saßen noch bei Mathilda und David auf der Holzterrasse, während wir wieder ankamen, alle kurz begrüßten und schlafen gingen.

Als wir am nächsten Morgen aufwachten, musste ich an die Fürstin denken. Heute war der gefährliche Tag und ich betete still für sie, dass alles gut ablief.

Wir frühstückten auf der Holzterrasse und warteten, bis die Jungs erwachten. Dann packten wir bis auf das Bettzeug alles ein. Wir hatten zu nichts mehr Lust und wollten nur noch nach Hause. Die Spannung stieg und damit auch die innere Unsicherheit. Deshalb verbrachten wir diesen letzten Tag in Kroatien auch nur auf dem Campingplatz.

Ich ließ mich noch einmal im kalten Wasser erfrischen und beobachtete dabei den Strand. Jedes einzelne Stück wollte ich mir einprägen, für die kommenden kalten Winter in Deutschland.

Allmählich wurde es Zeit, wieder zurück zum Mobilheim zu gehen. Mathilda hatte die Kleinen schon zu Bett gebracht, sie werkelte noch auf der Terrasse, während David das Auto packte. »Drecksviecher!«, hörte ich meine Tochter schimpfen. »Ein Glück, dass wir endlich nach Hause fahren!«

Die Ameisen nervten Mathilda am meisten. Alex und Vince fanden den Urlaub ganz okay, wenn man mal von dem langweiligen Campingplatz absah. Und David sah die Sache auch entspannt.

Ich hätte gerne etwas mehr Sonne gehabt und etwas weniger Aufregung. Da konnte mein Mann wieder sagen »Du bist ja nie zufrieden!«, aber diesmal hatte ich wirklich allen Grund dazu.

Johannes und ich, wir gingen früh schlafen. Am nächsten Morgen mussten wir bereits um 6.40 Uhr die Fähre nehmen. Außerdem hatte ich meine Rolle mit der Fürstin getauscht, so dass mich eventuelle Beobachter im Schloss wähnten und nicht draußen sehen sollten.

Aufbruch

Am nächsten Morgen klingelte der Wecker sehr früh. Wir machten uns fertig und zogen noch schnell die Betten ab. Dann ließen wir die Schlüssel der leeren Mobilheime einfach auf dem Küchentisch liegen, die Reinigungskräfte würden sie einen Tag später finden.

Wir klopften bei Mathilda und David an das Mobilheim, stiegen in die Autos, warteten, bis die Kinder angeschnallt waren und fuhren gleich los. Der Security-Mann am Eingang ließ für uns die Schranke öffnen.

Beim Fähranleger in Pula war um diese frühe Zeit schon mächtig etwas los und ich wurde das Gefühl nicht los, dass es auf dieser Fähre keinen Platz mehr für uns geben würde. Auto für Auto wollte an Bord fahren. Ich war unruhig und würde mich wahrscheinlich erst sicher fühlen, wenn wir mitten auf dem Meer waren und niemand mehr befehlen konnte, dass das Schiff umkehren sollte.

Wir stellten uns in die Autoschlange und mussten erfahren, dass man unsere Umbuchung nicht finden konnte, da sie telefonisch erfolgt war und der Mitarbeiter, mit dem Justus gesprochen hatte, noch nicht da war. Man befahl uns, an der Seite zu warten und ich hoffte, dass besagter Mitarbeiter pünktlich ankommen würde.

Die Unruhe nahm bei uns allen zu. Was sollten wir tun, wenn wir nicht schnell abreisen konnten? Jetzt, wo der Plan geplatzt war, weil sie die Fürstin hoffentlich nicht erwischt hatten. Nochmal würden sich die beiden Grenzbeamten nicht hereinlegen lassen, dann wäre mein Schicksal besiegelt.

6.39 Uhr und noch kein Mitarbeiter in Sicht! So langsam bekam ich Angst. Aber plötzlich hupte es und ein junger Mann stieg aus einem Auto, das gleich weiterfuhr. Der vermisste Mitarbeiter, so nahm ich an, rannte zum Schiff und begrüßte alle, als wäre das ein ganz normaler Morgen. Wir bestürmten ihn mit unserem Anliegen und er lächelte und nickte. Ja, unsere Buchung war in Ordnung und beide Autos konnten die Fähre befahren.

Endlich an Bord! Wir stiegen aus, versorgten die Kinder mit Milch und Keksen und holten für die Erwachsenen Kaffee. Dazu hatten wir vom Vortag noch einige Hefeteilchen übrig, die teilten wir brüderlich. Es wurde ein karges Mahl, aber das machte nichts, denn es ging der Freiheit entgegen.

Die Fähre war auf dem Weg nach Venedig und dort hätten wir gleich Urlaub machen sollen. Welche Verschwendung von Kilometern! Mein Seitenblick streifte meinen Mann.

Als das Schiff in Venedig anlegte, mussten wir zuerst unsere Pässe präsentieren, bevor wir in die Autos steigen durften. Einer nach dem anderen gingen wir durch den Zoll. Doch als ich meinen Pass vorlegte, wurde ich nicht wie die anderen durchgewunken. Ich musste einem Mitarbeiter folgen, der mich zu einem kleinen Zollhaus brachte, dort sollte ich warten. Nicht schon wieder!

Ich wartete auf der einen Seite, während meine Familie auf der anderen Seite bei den Autos stand.

Es dauerte, bis der zuständige Mitarbeiter kam. Er sah reichlich konsterniert aus, während er mich auf Deutsch fragte: »Warum sind sie heute schon gekommen?«

Ich schüttelte den Kopf. »Ich verstehe nicht.«

Der Mann führte mich in ein kleines Büro und wies mir einen Stuhl zu. Dann zückte er seinen Ausweis und stellte sich als italienischer Zollbeamter vor.

Er war freundlich und schien korrekt. Aber so langsam hatte ich keine Lust mehr. Der Mann stand zwischen mir, meiner Familie und meiner Freiheit.

Ich überlegte mir, welche Chance ich hätte, wenn ich ihn aus dem Weg boxen würde. Mein Mann könnte schon mit laufendem Motor warten. Ich würde ins Auto springen und italienische Polizisten würden uns verfolgen. Keine gute Idee!

Und auch nicht umsetzbar. Es dauerte jedes Mal, bis die beiden Kleinen im Auto angeschnallt waren. Ich versuchte also, die Ruhe zu bewahren und dem Beamten zuzuhören. Er hatte schon mehrmals die Frage an mich gestellt, warum ich heute schon gekommen war. Ich wäre ihm erst für morgen angekündigt worden.

Ich wusste echt nicht, was ich darauf sagen sollte. War das ein Komplize der beiden kroatischen Grenzbeamten oder kam ich hier mit der Wahrheit durch? Ich hatte keine Ahnung, also blieb ich, soweit es möglich war an der Wahrheit.

Ich beschrieb, wie man mich entführt hatte und ich ständig in Gefahr schwebte und dass daher die kroatischen Kollegen beschlossen hatten, mich früher ausreisen zu lassen. Sie hatten ja schließlich die Tickets umgebucht.

Er nickte, meine Geschichte war wohl überzeugend. Aber er murmelte vor sich hin: »Warum weiß ich nichts davon?« Er zückte sein Handy und wählte eine Nummer. Aber es meldete sich nur die Mailbox!

»Abgeschaltet!«

Ich vermutete mal, dass er versuchte, die Grenzbeamten zu erreichen, die ihr Handy sicherlich ausgeschaltet hatten, um die Fürstin zu jagen. Es war ja noch ganz früh am Morgen.

Ich trat etwas forscher auf. »Gibt es Gründe, mich von meiner Familie zu trennen und hier festzuhalten?«

Der Beamte verneinte. »Es gibt keine Gründe! Mich wundert nur, dass meine Kollegen nicht ans Handy gehen!«

»Die werden noch feiern, schließlich sind gerade die Internationalen Filmfestspiele!«, warf ich in den Raum.

Der Beamte war am Nachdenken.

Ich versuchte, etwas nachzuhelfen. »Wenn es keine Gründe für meine Festnahme gibt, dann dürfen sie mich hier nicht festsetzen. Ich bin deutsche Bürgerin und kenne meine Rechte!«

In diesem Moment hörte ich die Stimme von Johannes. Er hatte sich zu uns durchgekämpft. »Lassen Sie mich durch, ich will zu meiner Frau. Wo liegt das Problem? Wir wurden ihnen angekündigt, wenn das Datum nicht stimmt, dann haben sich ihre Kollegen eben geirrt. Wir haben Kinder dabei, die Essen müssen und nach Hause wollen. Wir können hier also nicht länger warten!«

Der Beamte sah uns ratlos an und griff erneut zum Handy. Auch diesmal nur die Mailbox.

»Haben sie etwas gegen meine Frau in der Hand?«, fragte mein Mann weiter.

»Ich soll ihnen nur beim Grenzübertritt helfen!«, kam es zurück.

»Dann kommen sie ihrem Auftrag nach. Wir sind alle ermüdet und haben noch eine lange Fahrt vor uns!«

Manchmal vergesse ich, wie hilfreich Johannes in schwierigen Situationen sein kann. Er war stur wie ein Esel und hielt an seinem Ziel fest, wenn er einen von uns herauspauken musste.

»Mensch Leute, was dauert denn da so lange?« Mathilda kam sichtlich genervt auf uns zu. Auf dem Arm trug sie Max, der lauthals heulte. Emely lief neben ihr her und schrie ebenfalls: »Ich will nach Hause!«

Der Beamte kam sichtlich ins Schwitzen.

»Die Kinder können nicht mehr!«, nutzte ich die günstige Situation für mich aus. Und zu meinem Mann gewandt sagte ich: »Schatz, ruf doch mal den Deutschen Botschafter an, der so nett war, dir seine Karte zu geben.«

Johannes holte die Karte heraus und ging mit dem Handy in der Hand auf und ab. Seine laute Stimme war nicht zu überhören. »Ja, ich möchte gerne den Herrn Botschafter sprechen. Ich weiß, es ist früh, aber es ist dringend!«

Mathilda sprach auf den Beamten ein: »Die Kinder brauchen etwas zu essen, aber bitte in Bio-Qualität. Ich achte sehr auf eine gesunde Ernährung. Und Max muss mal gewickelt werden. Gibt es hier einen Babywickelraum?«

Der Beamte sah leicht verzweifelt aus, rümpfte die Nase und betätigte wieder sein Handy.

Mathilda kam mit Max und Emely näher. Ich konnte den Geruch von der vollen Windel bis zu mir riechen, außerdem heulten die Kinder immer noch aus vollem Hals.

Ich grinste. Irgendeiner sollte das Chaos filmen und dann bei Trash-TV ausstrahlen. Die ganze Situation wäre dort bestimmt der Hit des Tages.

Während ich noch dasaß und so verzweifelt war, dass ich diese Situation sogar genoss, klingelte mein Handy. Ich war ratlos, da eigentlich nur die Familie und enge Freunde diese Nummer kannten.

»Ja?«, fragte ich vorsichtig.

»Guten Tag, hier ist das Generalkonsulat von Mailand. Spreche ich mit Frau Lynn?«

»Ja!«

»Sie wurden uns mit ihrer Familie avisiert. Hat man sie in Italien durchgelassen?«

»Nein,« antwortete ich. »Ich darf nicht einreisen und sitze noch immer beim italienischen Zoll.«

Der Anrufer versprach, sich darum zu kümmern und legte auf.

Kurz darauf klingelte das Telefon in der Zollstation. Der Beamte, der noch immer sein Handy traktierte, wurde an den Apparat gerufen. Seine Worte konnten wir nicht hören, aber er nahm sichtlich Haltung an.

Dann kam er zurück, entschuldigte sich und bat uns, die Fahrzeuge zu holen. Er würde uns zur Autobahnauffahrt bringen.

»Siehst du«, meinte Mathilda, »das mit den Kindern hilft immer. Ich habe Max leicht gezwickt, damit er heult. Und Emely habe ich gesagt, der böse Mann will uns nicht nach Hause lassen. Wenn das ohne Wirkung geblieben wäre, hätte ich Max dort auf dem Stuhl gewickelt.«

Ich musste lachen. Sie hatten alle mitgeholfen, um mich freizubekommen. Ich hatte vergessen, wie stark meine Familie zusammenhielt, wenn es hart auf hart ging. Dennoch hätte es wahrscheinlich nichts genützt, wenn der gute Justus nicht das Generalkonsulat eingeschaltet hätte.

Aber warum sollte ich den netten Versuch schmälern? Wichtig war, wir hatten zusammengehalten, wie es sich für eine Familie gehörte.

Wir stiegen in die Autos und warteten, bis Mathilda so weit war. Sie wickelte Max noch schnell, bevor sie ihn anschnallte. Emely brauchte keine Windel mehr. »Musst du noch mal Pipi machen?«, fragte Mathilda, während Emely den Kopf schüttelte. »Mach ich zuhause, Mama!«

»Das dauert zu lange, Schätzchen, komm, wir gehen noch mal in die Büsche!«

Endlich waren wir abfahrtbereit. Johannes fuhr direkt hinter dem Beamten, während David uns folgte. Wir hatten aus den Gesprächen der anderen Reisenden auf der Fähre schon herausgehört, dass es in Venedig ein Problem mit Parkplätzen gab und dass sämtliche Straßen überfüllt und gestaut seien. Daher waren wir ganz froh, dass uns der Beamte zur Autobahn bringen sollte. Ein Schleichweg, der nur Einheimischen bekannt war, wäre jetzt die Rettung!

Der italienische Beamte führte uns ruck zuck zur Autobahn und verabschiedete uns mit Lichthupe. Wir bedankten uns und verließen Italien, so schnell es ging. Ohne Pause fuhren wir durch und hielten nur kurz zum Tanken an. Mathilda hatte auf der Hinfahrt immer auf den Pausen für die Kinder bestanden, nun schaltete sie den DVD-Player an und ließ die Kleinen beschallen. Wir alle wollten nur noch schnell nach Hause!

Nach Hause, welch wunderschönes Wort. Besonders für mich, die ich fürchten musste, eine kroatische Gefängniszelle von innen zu sehen. Auch wenn unser Zuhause nicht perfekt war, so erschien es mir doch jetzt wie ein kleines Stück vom Paradies.

In München trennten wir uns. Mathilda, David, die beiden Kleinen und Nele fuhren weiter zu Verwandten. Wir wollten keine Verzögerung mehr. Außerdem hatten wir noch etwas zu regeln.

Johannes, Alex, Vince und ich, wir fuhren über den Münchner Ring direkt zum Polizeipräsidium. Dort erzählte ich dem Beamten, was uns in Kroatien alles geschehen war. Schließlich unterschrieb ich das Protokoll und meine Angehörigen bezeugten meine Aussagen.

Die Münchner Beamten wollten meinen Bericht unverzüglich an das Auswärtige Amt weiterleiten. Einen Eintrag in ihrer Kartei gab es nicht. Meine Weste schien absolut sauber zu sein.

Das beruhigte mich. Eine große Last war von meinen Schultern gefallen. Was nutzte einem ein ehrliches Leben, wenn Kriminelle den guten Ruf missbrauchten?

Nun war es vorbei. Ich war in Deutschland und in Sicherheit. Und was konnten mir diese Gangster antun?

»Habt ihr nicht mehr drauf?«, wollte ich ihnen entgegenschleudern. »Werdet ihr nicht mal mit einer Mutter fertig, ihr Luschen?«

Doch ich wusste, dieses Erlebnis wird aufgeschrieben, angefangen mit dem Traum als Warnung und endend mit dem Zusammenhalt der Familie. Mein erster Roman!

In der Nähe der Polizeiwache gab es ein Café. Wir setzten uns dort hinein, weil wir inzwischen müde, hungrig und durstig waren. Geredet wurde nicht viel, denn wir waren noch mit unseren Gedanken beschäftigt.

»Wollt Ihr etwas essen?«, fragte Johannes. »Wir werden noch oft im Stau stehen!« Alex und Vince hatten richtigen Hunger, sie bestellten sich jeder ein Schnitzel. Johannes und ich, wir nahmen nur eine Suppe, mehr hätte ich jetzt wirklich nicht essen können.

»Und, wie geht es Dir?«, fragte mein Mann nach dem Essen. Ich zuckte mit den Schultern.

Wie sollte es mir gehen? Ich steckte in einem Gefühls-Chaos. Heute Morgen hatte ich mich noch um meine Freiheit gesorgt und nun saß ich in München und interessierte einfach niemanden mehr. Das ging irgendwie zu schnell. Bis zur Freude würde ich heute nicht mehr gelangen, dafür war zu viel geschehen. Aber in den nächsten Tagen würde ich wieder die lustige, spontane Samantha Mary Lynn sein, die man kannte und die sich nicht unterkriegen ließ.

Einen Weg musste ich noch gehen.

Meinem guten Gott sollte ich danken, der mich durch alles hindurchgeführt hatte und der mir Justus als Helfer zur Verfügung stellte.

Und meine Familie sollte ich künftig in einem anderen Licht sehen, sie waren alle mehr als hilfreich gewesen.

Johannes sprach mich an: »Komm, ich habe etwas für dich, was dich vom Trübsinn-Blasen ablenken wird!«

Mein Mann kramte aus seiner Tasche umständlich ein Kästchen hervor.

"Was hast du denn da?" Ich beugte mich zu ihm. Es sah aus wie ein Schmuck-Kästchen.

Johannes öffnete langsam den Deckel.

Oh! In dem Kästchen lag auf rotem Samt eine goldene Halskette, die als Anhänger einen tiefblauen Edelstein hatte. Es sah so teuer aus, dass ich fragte: »Hast du die gestohlen?«

Mein Mann lachte. »Ich klau doch nicht. Nein, Fürstin Theresia hat sie mir anvertraut. Sie ist ein Geschenk für dich. Die Fürstin meinte, die Kette wird gut zu deinem blauen Kleid passen. Und ich sollte dir dieses Geschenk erst in Deutschland geben. Da liegt auch noch ein Brief dabei.«

Ich las den Brief und war tief berührt. Justus hatte hier kräftig übersetzt.

Liebe Halbschwester, mach dir bitte keine Sorgen, es wird alles gut gehen und ihr werdet in Sicherheit sein. Ich habe mit dem Polizeipräsidenten gesprochen. Er wird sich um deine angebliche Straf-Akte kümmern. Vergiss mich nicht und vielleicht sehen wir uns mal wieder.

Theresia

»Hätte sie mir die Kette früher gegeben, dann hätte ich das Geschenk abgelehnt.«

Johannes nickte. „Das hat sie sich wahrscheinlich gedacht, deshalb hat sie mir das Kästchen anvertraut. Die Fürstin meinte, du hättest die Kette verdient und sollst sie zu ihren Ehren tragen."

Ich zog die Schultern hoch: »Ich konnte gar nicht anders handeln!«

»Mama, Du warst schon immer naiv«, warf mir Alex vor.

»Aber besser so als ein Arschloch!«

Und Vince ergänzte: »So können wir wenigstens stolz auf dich sein!«

Ich lachte. Das war meine Familie, das Teuerste, was ich hatte.

Ich legte mir die Kette um und fragte: „Wie konntest du sie vor mir verstecken?"

Johannes lachte. „Du warst mit deinen Gedanken ganz woanders und zwischen meinen gebrauchten Socken hättest du sicher nicht nachgesehen!".

Ich befühlte die Kette und stellte mir vor, wie ich sie zur nächsten Feier tragen würde. Noch nie hatte ich so etwas Wertvolles besessen.

Und dennoch war die Freiheit das kostbarste Gut. Wir waren in Sicherheit und konnten schon wieder lachen. Sehr gerne hätte ich noch die Bestätigung gehabt, dass auch die Fürstin in Sicherheit war, aber man bekam nicht alles im Leben, ich konnte es nur erhoffen.

Zwei Erkenntnisse habe ich aus diesem Urlaub mitgenommen. Erstens: Ich war froh, dass ich in Kroatien nicht allein gewesen war. Alle meine Lieben standen zu mir, egal, welche Entscheidung ich auch getroffen hatte. Ich brauche solche Menschen, die mich lieben, die zu mir halten und die mir vertrauen.

Und zweitens: Wäre ich nicht in diesen Urlaub gefahren, dann wäre mir das alles nicht passiert.

Aber vielleicht war es auch nur ein Traum? Wer weiß?

Nachwort:

Liebe Leserin, lieber Leser,
hat Dir diese Geschichte gefallen?
Dann besuch mich doch mal auf meiner Homepage und teile mir das mit.
Ein wenig Ermutigung würde mir guttun.
Dort erzähle ich auch, wie dieses Buch
entstanden ist und noch das ein oder andere kleine Geheimnis.

https://eineantwortaufeinefrage.jimdo.com

Den Urlaub gab es wirklich, Anfang Juli 2019 während der Internationalen Filmfestspiele in Pula. Wir erfuhren an unserem letzten Urlaubstag, dass damals ein Mann getötet wurde. Ansonsten verschwimmen die Grenzen zwischen Realität und Fiktion …

Ich wünsche Euch ganz viel himmlischen Segen, persönliche Freiheit und nette Menschen, die zu Euch halten, auch wenn das ganze Fundament ins Wackeln gerät!

Eure Sammy

P.S. Ähnlichkeiten mit lebenden oder toten Personen sind rein zufällig.

JANNIK & THOMAS FUHLBRÜGGE

WOLFSHATZ

Ein historischer Kurzkrimi aus Altheim

coortext
VERLAG

Der Coortext-Verlag

Bücher lesen heißt: Wandern gehen in ferne Welten, aus den Stuben über die Sterne. Jean Paul

Der Coortext-Verlag freut sich über Ihr Interesse an unserem Angebot. Wenn Sie auf der Suche nach interessanten und spannenden Büchern sind, dann befinden Sie sich auf der richtigen Homepage.

www.epubli.com